古遠清臺灣文學五書

臺灣文學學科入門

古遠清　著

推薦序　特別的古遠清

謝　冕

在中國學術界，古遠清是一個很特別的現象。他在一個不引人注意的「角落」，做著一種引人注意的學問。他的學術研究具有創造性和開拓性。據我所知，在大陸和臺、港、澳地區，以及世界華文文學研究界，他的研究範圍幾乎涉及了這些地區的文學史、文學理論批評史、各種文類和各地區、各類作家的單獨的、綜合的和比較的研究。研究範圍廣是一個特點，而他面對的難度更多：各個地區意識形態和社會環境的迴異、這些地區文學生存狀態的差別、以及作家作品的複雜性，還有，更重要的是，他要閱讀的作品和文獻浩如煙海，而他卻是從容應對，且游刃自如。他是如此的與眾不同，從這點看，他幾乎就是不可替代的「這一個」。

前面我說的「角落」，絲毫不帶貶義，指的是他長期服務的學校，這所學校的全稱是中南財經政法大學，一所非關文學研究的高等學府。這所學校也很「特別」，它爲了「挽留」古遠清，居然「因神設廟」，專門成立了特別的機構：世界華文文學研究所，並委任古遠清做了所長。學校提供可能的條件，讓他在這裏呼喚四海賓朋，開展他的幾乎不見邊際的學術研究。古遠清所在的這所學校，不居一線的位置，而古遠清的學問卻做到了一線學校甚至做不到的廣度和深度。從這點看，這所大學因它「特別」的眼光而取得了「特別」的效果。用當下流行的概念，叫做「雙贏」。

古遠清沒有辜負學校對他的信任。他的研究門類之廣，研究成果之多，讓人矚目。他幾乎每隔一段時間，就有一部編著問世。人們驚詫，他要教學，還要出席會議，他的寫作和編輯的時間從哪裏來？我看，特別的古遠清的秘訣無他，就是特別的勤奮！古遠清就這樣，從容不迫地應對著紛至沓來的文獻，埋頭做著他的學問，教書、參加會議、寫書和編書，以及整理資料。

他做學問不僅從容，而且快樂。我知道許多學者做事很勤奮，也很苦，往往愁容滿面，但古遠清做事很快樂，他把艱苦的工作做得有滋有味：發言，行文，總是語帶幽默，詼諧而有趣，此乃他治學的特別之處。他經常「自問自答」，還有他的拿手好戲——「學術相聲」，都是他的特別之處，也是學界的一道特別的風景。往往許多嚴肅的話題，經他「特別處理」，頓時充滿了趣味。古遠清做的是快樂的學問。爲了逗樂，有時他也會「編造」，例如他「編造」過我給同窗洪子誠的退稿信，這種寓莊於諧的「造假」，被「造假」者也都知情，往往會引發眾人的會心一笑，大家於是開心，於是知道做學問是天底下最開心的事。

但以上說的並不影響人們對他的學術定位。古遠清有嚴肅剛正的一面，他是學界的諍友，甚至是我的老師吳小如先生自豪的「學術警察」。他經常爲朋友指出史料的謬誤，他更不容忍學術上的虛僞，前些年他與某一名人著名的「官司」，事情並不涉及個人恩怨，對此，大家也是了然於心。這位愛說笑話的特殊的學者，也因此獲得不抱偏見的學人的尊敬。

這位姓古的、行爲有點「特別」甚至「古怪」的人，知道他的爲人的人都會喜歡他。他是文學家，也是理論批評家，更是一位廣泛聯絡大陸和臺、港、澳及世界華文文學界的友好使者，也是一位國內爲數不多的世界華文文學研究家和資料收集家。喜歡嚴肅的人們可能不喜歡他的不夠嚴肅，然而，我總認爲，做學問應當允許有個性，不應當千人一面。

謝　冕

二〇二一年五月二十四日，於北京大學

目次

推薦序　特別的古遠清……謝　晃　一

上編　臺灣新文學關鍵詞……一

臺灣文學……一
日據時期……三
日本語文學……四
白話文運動……七
新舊文學論爭……九
「臺灣話文」論辯……一一
「風車」詩社……一二
普羅列塔利亞文藝……一四
鹽分地帶文學……一六
大東亞文學者大會……一八

皇民文學……二一
銀鈴會……二三
漢詩……二四
如何再建臺灣新文學……二六
中國文藝協會……二七
戰鬥文藝……二九
三大詩社……三〇
三民主義文學……三二
文化清潔運動……三三
「文星集團」……三五
中西文化論戰……三六
鄉土文學……三八
「旅臺」馬華文學……四〇
「五小」出版社……四一
唐文標事件……四三
大河小說……四四
鄉土文學論戰……四六
兩大報副刊……四八

三三文學現象……四九
政治小說……五一
眷村文學……五三
環保文學……五五
女性書寫……五六
同志小說……五七
本土化運動……五九
張愛玲在臺灣……六一
臺灣文學系、所……六三
文學臺獨……六四
原住民文學……六五
南北文學……六七
臺語文學……六九
華語語系文學……七〇
下編　百年臺灣文學大事記要……七三
一九二〇年……七三

一九二一年……七三
一九二二年……七四
一九二三年……七六
一九二四年……七七
一九二五年……七九
一九二六年……八一
一九二七年……八二
一九二八年……八四
一九二九年……八五
一九三〇年……八六
一九三一年……八八
一九三二年……九〇
一九三三年……九一
一九三四年……九二
一九三五年……九四
一九三六年……九六
一九三七年……九九
一九三八年……一〇〇

一九三九年……一〇一
一九四〇年……一〇二
一九四一年……一〇三
一九四二年……一〇六
一九四三年……一〇七
一九四四年……一一〇
一九四五年……一一二
一九四六年……一一四
一九四七年……一一七
一九四八年……一一九
一九四九年……一二〇
一九五〇年……一二三
一九五一年……一二四
一九五二年……一二六
一九五三年……一二八
一九五四年……一二九
一九五五年……一三一
一九五六年……一三三

一九五七年……一三四
一九五八年……一三五
一九五九年……一三六
一九六〇年……一三七
一九六一年……一三八
一九六二年……一四〇
一九六三年……一四二
一九六四年……一四三
一九六五年……一四五
一九六六年……一四六
一九六七年……一四八
一九六八年……一五〇
一九六九年……一五一
一九七〇年……一五二
一九七一年……一五四
一九七二年……一五五
一九七三年……一五七
一九七四年……一五九

一九七五年……一六〇
一九七六年……一六二
一九七七年……一六三
一九七八年……一六五
一九七九年……一六七
一九八〇年……一六九
一九八一年……一七一
一九八二年……一七三
一九八三年……一七五
一九八四年……一七七
一九八五年……一八〇
一九八六年……一八二
一九八七年……一八四
一九八八年……一八六
一九八九年……一八八
一九九〇年……一九一
一九九一年……一九三
一九九二年……一九五

一九九三年……一九八
一九九四年……一九九
一九九五年……二〇一
一九九六年……二〇四
一九九七年……二〇五
一九九八年……二〇七
一九九九年……二〇九
二〇〇〇年……二一一
二〇〇一年……二一三
二〇〇二年……二一四
二〇〇三年……二一六
二〇〇四年……二一八
二〇〇五年……二二〇
二〇〇六年……二二二
二〇〇七年……二二四
二〇〇八年……二二六
二〇〇九年……二二七
二〇一〇年……二二九

二〇一一年……二三一
二〇一二年……二三三
二〇一三年……二三四
二〇一四年……二三六
二〇一五年……二三七
二〇一六年……二三九
二〇一七年……二四一
二〇一八年……二四二
二〇一九年……二四三
二〇二〇年……二四五
附錄　不願退休後學術生涯就此被「淪陷」——自己訪問自己……二四七
參考書目……二五七
作者簡介……二六一

上編　臺灣新文學關鍵詞

臺灣文學

在臺灣地區產生和發展的臺灣文學，長期受政治與地緣因素制約。故無論從地緣、血緣、文緣來看，臺灣文學均無法脫離中國文學母體，因而理所當然被視爲中國文學之一種；在發展上，受到中原文化相當大的影響。除日據時期臺灣作家被迫用日文寫作外，它均以中文爲書寫工具。

臺灣文學自十七世紀浙江寧波人沈光文在臺灣播下第一顆文學種子算起，歷經了明鄭時期、清代時期、日據時期，一九四五年光復後臺灣文學邁進了另一個新時代。

臺灣文學不能自我設限爲新文學的一百年，而應上溯明鄭的古典詩文以及豐富多彩的民間文學。從作家成分構成看，不應以省籍作界線。不論移民先後、居臺時間的長短以及土地認同的態度和族群的分屬，只要是生活在島嶼的作家寫的作品，均應視爲臺灣文學。

臺灣文學的稱謂，早在日據時期就出現過，計有臺灣新文學、臺灣文學、文藝臺灣、臺灣文藝等。光復後國民黨政府採取的文化政策是徹底中國化，首先是把臺灣「中國化」，然後把臺灣人「中國人化」，在文化上爲了實現「中國化」的目標，也爲了遏制臺獨傾向，不許成立以「臺灣」命名的文藝團體，「臺灣文學」的稱謂從此被「中華民國文學」或「中華民國臺灣省文學」所取代。

由於意識形態的介入或權力鬥爭的參與，臺灣文學在不同時期有不同的含義，如在八十年代前後，臺灣文學有時被定義為「三民主義文學」，或「（中國）邊疆文學」，或「鄉土文學」或描寫臺灣人心靈的文學。進入九十年代後，無論是「中華民國文學」還是「三民主義文學」，已從主流論述走向邊緣，使用頻率極低。在這一時期，最突出的是本土派對臺灣文學的界定，如李喬認為：所謂臺灣文學，就是站在臺灣的立場，寫臺灣經驗的文學。所謂「臺灣人的立場」，是指站在臺灣這個特定時空裡，廣大民眾的立場；是同情、認同、肯定他們的苦難、處境、希望，以及追求民主自由的奮鬥目標的立場。這裡用省籍和階級成分作為劃分的標準，把站在統治者立場的文學和非省籍作家的文學排斥在外，顯得不科學和不公正。為了否定臺灣文學是中國文學的一個分支的說法，彭瑞金把舊有的說法逆轉過來，說「臺灣文學」已包括「中國文學」。這種做法的效果是把中國文學對臺灣文學的支配意義顛倒過來。林宗源認為只有用臺語創作的文學，才算臺灣文學。某些極端學者則主張臺灣文學即「臺灣共和國文學」。可是，「臺灣國」至今未建立，這種文學自然是出於虛構和妄想。

在強大的本土化潮流面前，面對「當前臺灣文學正瀰漫反抗以中國為文學宗主國的反殖民文學情緒」（彭瑞金），無論是中性的「民族分裂時代的臺灣文學」含義或統派對臺灣文學的詮釋聲音，均顯得有些微弱。在統派中，最簡單明瞭的臺灣文學定義是陳映真所說的「臺灣文學是在臺灣的中國文學」。逆轉前的葉石濤在八十年代初也過說「臺灣文學是居住在臺灣島上的中國人建立的文學」。超級統派李敖則認為沒有單獨存在的臺灣文學。在臺灣，不少人雖然使用「臺灣文學」這一稱謂，但「臺灣」在他們眼中只是地理名稱，呈中性，而沒有解嚴後某些人強行塞進去的「新國家新文化的色彩」。

日據時期

日據時期的「據」，指占據、竊據，意指日本侵略者竊取臺灣、殖民臺灣。具體說來，它是指清朝簽訂〈馬關條約〉割讓臺灣之後，一八九五年至一九四五年之間。被日本帝國殖民統治的時期，又稱「日據時代」或「日本殖民統治臺灣時期」。一九四一年，中國政府對日宣戰廢除了〈馬關條約〉，因此日本屬非法統治，〈開羅宣言〉、聯合國反殖民宣言均認定日本對臺灣屬「殖民統治」。

日據時期，殖民地的開拓規劃由臺灣總督府負責。在文化上，這一時期係日本帝國主義殖民政策在主導，日人統治的宗旨是讓臺灣與日本同化。由於日本是最後一個躋身近代殖民帝國的國家，和西方由資本主義引導國家海外殖民政策不完全相同，再加上日本的資本主義遠未有西方發達，故沒有能力在臺灣從事大規模資本活動，但在文化上有一系列的侵略行爲。

不可否認，無論是政治、經濟還是文化上，日據時代的臺灣，都有某種現代化的色彩。加上光復後接收的國民政府腐敗，治臺無方，以及本地人與外省人之間的思想隔閡，相當一部分的本省人，在日本投降後對日據時期產生某些程度的懷念，但這並不能由此否定臺灣與大陸的歷史關聯以及同根同種同文的關係。

用「日據」還是「日治」，有不同的看法，如本土派認爲「日治」屬領土轉移，是「日本外來政權治理臺灣」或「日本軍國主義統治臺灣」，一八九五年清帝國戰敗而割讓臺灣給日本，所以日本並非莫名強據，因而不可稱「日據」，而且〈馬關條約〉是「有效的國際法」，日本對臺統治是「合法統治」。《中國時報》和某些大學教授認爲這是詭辯，使用「日治」反映出臺灣內部的「皇民遺毒」從來沒有眞正清理過。歷史教科書使用「日治」，無異是在歌頌日本人的殖民統治。

「日據」與「日治」之爭涉及「一字喪邦」的微言大義，兩者是「正統史觀」與「臺獨史觀」的分辨：「正統史觀」將甲午戰爭之八年抗戰皆視日本爲侵略國，因此稱「日據」；「臺獨史觀」稱「日治」則欲美化日本的殖民統治，等同日本皇民的「日本史觀」。若以「日治」形容日本人的殖民統治，那麼早起臺灣先民的抗日活動豈不成了非法，「義士」就有可能成爲「暴民」。稱「日據」，畢竟代表著臺灣人記得日本人欺壓、侵略的歷史，代表記得自己是中國人，而稱「日治」，則代表臺灣順從日本人的殖民統治。

在文學教科書編寫上，同樣存在著是「日據」還是「日治」的爭論。淡江大學施淑編的《日據時代臺灣小說選》，與臺灣師範大學許俊雅編的《日治時期臺灣小說選讀》，便是這兩種不同史觀的代表。政治人物馬英九認爲自己從小到大都用「日據」，但不反對有人要用「日治」。不少稱「日治」者，只不過是隨大流，或將其理解爲「日本人統治臺灣」的簡稱，並非有意不要民族尊嚴。

日本語文學

在日本統治臺灣的時代，臺灣人的身分不是中國人而是日本人。儘管他們的母語不是日本語，在日常生活中支配他們的也不是東洋文化而是中原文化，但他們在異族統治下，不得不做出某種妥協，如主動去瞭解日本文化，學習日本語言，學習有成效成爲「皇民」者上戰場時均以日本人身分出現，哪怕戰死在沙場其名分也不是中國人而是日本人。另一種學習和改造成功的，則表現在用日文從事創作。他們的作品，屬「日本語文學」，又稱爲「外地文學」，具體是指寫作於日本本島外的文學。用梁明雄的話來說，「外地文學指在殖民地之作者或以殖民地爲題材之文學作品，故亦稱『殖民地文學』。係以日本爲本位，由日本人之觀點，描述殖民地中與日本不同之風土、人物、社會之特色，提供與殖民母國文化不同的異國趣味，由殖民母國添加新風格，使成爲從屬殖民母國的文學。」這種「在臺灣的日本語文學」，也就是「外地文學」的首創者爲臺北帝國大學島田謹二。西川滿接過他的觀點，將《文藝臺灣》作出日本南方文學建設者的定位。這種主張遭到臺灣作家張文環、龍瑛宗等人的反彈。

「日本語文學」一詞，早就出現在日本學者尾崎秀樹一九六三年出版的《近代文學の傷痕》。它是指日本殖民統治體制下用異族母語即日語書寫的文學作品，而不是指所有用日語書寫的作品。

在外來政權統治下無法使用中文的臺灣作家，典型的有吳濁流。他於一九四六年用日文創作的長篇小說《亞細亞的孤兒》，以表現臺灣人的歷史命運爲主題，並用「孤兒意識」生動地刻劃出臺灣人民無法掌握自我命運的無奈與哀痛。此外，還有龍瑛宗、張文環等人均用日文寫作而活躍於一九四〇年代文壇，作品多發表在《文藝臺灣》、《臺灣文學》雜誌上。

一九九八年二月，臺灣出版了垂水千惠著、涂翠花翻譯的《臺灣的日本語文學》。該書聚焦在一九四〇年代的臺灣文學，討論活躍在文壇上的邱永漢、周金波、陳火泉、王昶雄、呂赫若和臺灣文壇中的日本作家坂口䙥子等六位作家。比較而言，無論是臺灣還是在大陸，對「日本語文學」的研究都存在著大片空白。這種情況的造成是由於一些研究者不精通日語，對「日本語文學」常常透過譯本去閱讀和評價；另方面，「日本語文學」涉及到一些「皇民作家」的評價問題，這就難免帶來非文學的道德審判。

垂水千惠這本書，是站在右翼立場立論的，對陳火泉等「皇民作家」採取同情、諒解而非批判的態度。她十分感興趣的是「皇民文學」創作的主題表現在如何從「支那人」轉化爲日本人。在她看來，這個主題很具時代性。可在臺灣的左翼作家陳映眞等人看來，這些作家背叛中華文化，故他們的名字出現在文學史上時，是非正面的；而又由於他們原來是中國人，故在日本文學史上，也很難尋覓到他們的身影。

「日本語文學」不限於日據時期的作品，它還包括光復後有些作家用日語創作的作品。對這種文學的評價，不能籠統說是「皇民文學」，像呂赫若用日文寫的〈牛車〉、楊逵的〈送報伕〉，就表現了臺灣人民的反抗精神。這裡有語言問題，也有「日本語作家」與日本文壇、大陸文壇的互動關係。當然，也不能否認日本同化政策所帶來的「皇民化」色彩。

和「日本語文學」對應的是作爲殖民地文學的「日本文學」，它專指日據時期居住在臺灣的日本作家用日文創作的作品。這是殖民地特有的文學景觀。這樣的作家不少於一百人，最著名的是幫日本軍國主義者推行「皇民文學」運動的西川滿。日人作家有像濱田隼雄那樣長期居住在臺灣的文人，有短期居住在臺灣的中村地平，另有旅行者森鷗外。

這種「日本語文學」所指的「外地」作家，包括在地住民以及因爲日本統治而到臺灣的日本人。爲此，一九九八年日本出版了《日本統治時期臺灣文學日本人作家作品集》，共六卷，三千二百多頁。出版這樣的書，從學術角度來說，是爲了糾正臺灣文學只有中國本省作家、外省作家而無外籍作家的偏頗。但在某些右翼學者看來，不把這種文學看成是日本文學而視爲臺灣文學的組成部分，並非出於包容，而是爲了展示日本作家侵略中國臺灣文壇的「戰果」。「作品集」中有不少與「皇民文學」有關的作品，便是明證。

還應説明的是，日本投降後，這種「外地文學」轉化爲南美洲日裔移民的日語創作。直到二十世紀九十年代冷戰不再，及隨之而來的後殖民論述的崛起，「外地文學」這一説法再次受到學界的重視，按張文薰的説法，這類「代表性作家，如臺灣的龍瑛宗、周金波、西川滿、濱田隼雄，朝鮮的金史良，『滿州國』的古丁」等。

白話文運動

臺灣新文化運動擔負著文化啓蒙的重任，其內容不僅是指文學創新，還兼具文化改革、社會改造和喚起民族自覺的功能。臺灣新文化運動一出現，就與臺灣白話文運動密切相關。

新文學運動的終極目標，本在於內容全新，形式也是與以往不甚相同。新思想和新生活的表現，自然離不開新技巧、新語言的加入，而新內容、新形式與新語言更是密不可分。解決語言問題，就可讓新思想輸入人民大衆的心中，新文學運動就可得到老百姓的認可和支持，從而使新文學運動走出象牙塔回歸大衆，完成民主自由的重大使命。

早在一九二〇年，臺灣文藝界就開始探討語言運用問題。爲解決寫作語言問題上，《臺灣青年》雜誌發行人蔡培火提出普及羅馬字，以廈門話作爲標準用語，以羅馬字標注發音，而其他人則主張推廣和普及白話文。黃朝琴稍後發表的〈漢文改革論〉，主張漢文改革必須從自我做起，以便爲普及白話文盡自己的一份力量。他提出下面幾種普及白話文的方法：一、對同胞不寫日文信；二、以後寫信全部用白話文；三、用白話文發表議論；四、自願擔任白話文講習的教師等。

《臺灣》雜誌於一九二三年元月發表了從大陸旅遊返回臺灣的黃呈聰的〈論普及白話文的新使命〉，詳細論述了「白話文之歷史考察」、「白話文和古文研究的難易」、「文化普及與白話文的新使命」。作者的結論爲：白話文是文化普及運動的急先鋒，今後我們要用最快的速度來普及文化，使我們的同胞明白自己的地位和應當做的事情，這樣便可促進社會的進步。黃呈聰還認爲大陸與臺灣的關係不能割斷，應主動接受大陸進步文化的薰陶，以推廣和運用白話文。比張我軍更強調地域性的黃呈聰，更實事求是地將外來文化融會貫通。其文和陳端明的文章一樣，係臺灣文學革命的先聲。

作家使用何種語言，不僅關係到作者和讀者的溝通，關係到報刊雜誌能否有自己較爲固定的受眾，還關聯到臺灣印刷出版業的生存和發展，何況這裡還有民族認同這類大是大非問題。基於這種原因，語言的應用，自然成爲日據後臺灣作家急待解決的頭等大事。一九二二年元月出版的《臺灣青年》，陳端明在該刊發表了〈日用文鼓吹論〉，抨擊文言文的各種局限和弊端。他認爲，文言文難於充分表達現代人的思想，學起來很困難，而且不容易普及，是形成文化阻滯的重要因素；墨守成規的古文極容易阻礙革新進取精神，是造成國民大眾元氣沮喪的源頭，因而「改革文學，以除此弊，俾可啓民智。」這篇鼓吹白話文的文章係用文言文寫成，這說明白話文在當時還未成爲主流。一九二三年四月創刊的《臺灣民報》，也一直在鼓吹臺灣白話文運動，這個運動面臨著用什麼語言書寫，尤其是白話文適不適合臺灣作家書寫問題。在當時，文言文已無法適應新的社會需求，白話文寫作又還未普及到普羅大眾，書寫方言更是困難重重，因爲它面臨著有音無字必須邊寫邊用代字或造字的困境，再加上被日語同化的危機情形不容小覷，這使臺灣文壇陷入尷尬的境地，清醒人士無不對此深深憂慮。然而受殖民者奴化思想的影響，特別是日本軍國主義者還在不斷打壓臺灣文化，這便造成臺灣文化人要想推行白話文的改革，難上加難。

臺灣白話文運動雖然不像新舊文學論爭那樣形成大規模的論戰，但不等於說這場運動風平浪靜。因爲提倡白話文，就會使寫文言文的守舊派感到不快，改造臺灣語文就必然會損害他們的既得利益。爲此，稍後發生了「臺灣話文論爭」。

臺灣白話文運動最大的收穫不僅在於完成了文學語言的變革，而且還在於這場運動讓臺灣新文學納入了中國新文學的格局中。

新舊文學論爭

臺灣新舊文學論爭有兩次，第一次是一九二四～一九二六年間。一九二四年九月，張梗在《臺灣民報》連載〈討論舊小說的改革問題〉，開始探討新小說創作理論的發展。隨後，不少有識之士大力推行臺灣的新文學運動，極力主張推翻只適用於怡情養性的舊文學，呼籲臺灣作家以白話文創作寫實文學和社會文學，這引起臺灣文學評論界的激烈反彈。

發軔於二十世紀二十年代的臺灣新文學運動，其源頭是中國大陸新文學運動，然而兩者仍有差別，如後者一經提倡，即風靡全國，而臺灣新文學運動開始後的二十年間，新文學自始至終不能打垮舊文學。廖漢臣將二十至四十年代連綿不絕的「新舊文學之爭」，分爲三期：第一期爲一九二四年十一月起，以張我軍爲代表的新文學作家對舊文學陣營發起衝擊，催生了臺灣新文學運動；第二期包括一九二五年至一九四〇年間發生的「一連串的小官司」；第三期則爲一九四一年爆發於《風月報》上的「臺灣詩人七大毛病的論爭」，乃「最後而最激烈的一次論爭」。

新文學攻擊的舊文學，是指以儒家思想爲精神支柱，只是追附古人無病呻吟之腐朽文學，其文學觀爲「文以載道」，這是一種爲歷代統治者服務的封建文學。新文學創作者號召大家起來徹底清除這種用「濃情」與「豔意」做成的貴族文學，而另創用「血」與「淚」寫成的平民文學。

首先向舊文學發起進攻的是在北京求學的張我軍，他於一九二四年四月二十一日寫了〈致臺灣青年的一封信〉，其中云：「諸君怎的不讀些有用的書來實際運用於社會，而每日只知道做些似是而非的詩，來做詩韻合解的奴隸，或講什麼八股文章替先人保存臭味（臺灣的詩文等，從未見過眞正有文學價値的，且又不思改革，只在糞堆裡滾來滾去，滾到百年千年，也只是滾得一身臭糞），想出出風頭，竟然自稱詩翁、詩伯，鬧個不休。」

不反對引進中國新文學的鄭坤五，認爲應結合臺灣現實，因時制宜和因地制宜進行改革。他認爲大陸的白話文應該落地生根。一九二四年十一月，張我軍另在《臺灣民報》發表〈糟糕的臺灣文學界〉，爲守舊的臺灣文壇投下了一顆重型炸彈。此文在把筆鋒轉向世界文學的演變和日本文壇及大陸文壇所出現的除舊布新的運動時，最後又回到臺灣文學界：「在打鼾酣睡的臺灣文學，卻要永遠被棄於世界文壇之外了。臺灣的文士一般都戀著壟中的骷髏，情願做守墓之犬，在那裡守著幾百年前的古典主義之墓。」張我軍後來發表的〈請合力拆下這座敗草叢中的破舊殿堂〉，涉及了新舊文學的本質問題。該文引進胡適的新小說創作的「八不主義」和陳獨秀的「三大主義」，作爲「拆下這座敗草叢中的破舊殿堂」的利器。這時期，舊文人的代表有：鄭軍我、黃衫客等。新文學的代表人物有張我軍、蔡孝乾等。後者除發表〈爲臺灣文學界續哭〉聲援張我軍外，還著有長篇論文〈中國新文學概觀〉，向臺灣文壇介紹新文學運動後大陸文學發展的概況，在兩岸文學交流中發揮了重要作用。

這次論戰的一個重要收穫是創辦了兩份新期刊，即由楊雲萍等人創辦的《人人》，和張紹賢創辦的《七音聯彈》。這兩份雜誌都以提倡新文學、反對舊文學爲使命。

第二次論戰發生在一九四一～一九四二年間。傳統文人鄭坤五、黃石輝希望維持原有的社會秩序，不能背離「文以載道」的傳統，新派文人林荊南、林克夫努力用新文學的形式注入時代的新風，將文藝從少數人手中普及到大眾。

無論是第一次還是第二次論爭，也無論是傳統漢文、大陸白話文、臺灣地區話文或教會羅馬字，都無法成爲主流，最終難逃「日文國語」成爲臺灣地區文學最重要的載體的命運。

「臺灣話文」論辯

用白話文取代文言文後，臺灣文學的語言制度應朝「官話」方向，還是朝鄉土化方向建立？爲此，黃石輝在一九三〇年八月出版的《伍人報》，發表〈怎樣不提倡鄉土文學〉。這裏說的「鄉土文學」，是指擁抱臺灣本土，充滿生活氣息的大眾化文學：「你是臺灣人，你頭戴臺灣天，腳踏臺灣地，眼睛所看到的是臺灣的狀況，耳孔所聽見的是臺灣的信息，時間所歷的亦是臺灣的經驗，嘴裏所說的亦是臺灣的語言，所以你的那支如椽的健筆，生花的彩筆，亦應該去寫臺灣的文學了。臺灣的文學怎樣寫呢？便是用臺灣話做文，用臺灣話做詩，用臺灣話做小說，用臺灣話做歌曲，描寫臺灣的事物。」這裏連用了八個「臺灣」，不應爲此以古證今，說他早就具備了「臺灣意識」，這只能說明他有濃郁的鄉土情懷。

他主張和提倡的文學，有別於西化的文學，也有別於都市文學。

黃石輝主張的臺灣鄉土文學，要求作家必須使用鄉土語言，這種文學「以勞苦大眾爲對象」。黃石輝的論述，受了無產階級意識的影響。他所強調的臺灣文學制度，必須是「民族的」，同時又是「階級的」。他這種觀點，受到另一左翼作家賴明弘的質疑，認爲黃氏的觀點違背了無產階級無國界的論述。要建設具有鄉土特色的臺灣話文文學，必須優先解決語言如何轉化爲文字問題，這是一個難題。爲此，黃石輝具體提出建設鄉土文學制度，要用臺灣話寫成各種文藝、要增加臺灣特有的土語、要增讀臺灣音等三個要點。

臺灣話文的支持者包括黃石輝、賴和、莊遂性、郭秋生、鄭坤五、周定山、黃純青、黃得時、李獻璋等人。中國白話文支持者則有廖毓文、吳逸生、林克夫、陳臥薪、朱點人、賴明弘、林越峰等人。另外也有態度中立的張深切和主張用日文建設臺灣文學的吳坤煌、劉捷，在臺日人小野西洲也加入論戰。

這場論戰的最大意義是爲臺灣文學制度的建設注入「鄉土」的鮮活力量，爲大眾化文藝的發展鳴鑼開道，並促進了一九三三年臺灣文藝協會以及一九三四年臺灣文藝聯盟的成立。而一九三六年李獻璋編輯的《臺灣民間文學集》，按照陳淑容的說法，「更進一步匯流了論戰中不同立場論者的作品，在臺灣文學史上深具意義。」

「風車」詩社

有鼓吹詩壇新詩風之意的「風車」詩社，於一九三三年六月創辦於臺南市，一九三六年夏季解散。

和詩社同名的《風車》詩刊創辦於一九三三年十月，停刊於一九三四年十二月，其成立宗旨為「主張主知的現代詩的敘情，以及詩必須超越時間、空間，思想是大地的飛躍」。按詩社領頭人的講法：「文學寫作技巧方法很多，寫實主義必定引發日人殘酷的文字獄，因而引進法國正在發展中的超現實主義手法來隱蔽意識的表露。」這種主張亦是對「思想陳腐、思考通俗，表現的只是滿腹感嘆、饒舌的文字」的反撥。

深受日本文學和歐美文藝新潮影響的楊熾昌，在〈土人的嘴唇〉中，反對詩的形式和方法論的貧困，不讚同詩論的混亂和詩人的墮落；詩人擁有的年輕及其努力，使詩壇顯得有氣魄。新詩不為報人和小說家所理解，絕非詩壇的不名譽。有「詩人的悲劇」這句話，說明詩人的生命如按照詩人的意志完全被控制，就會產生悲劇。意識到這個悲劇或從這個悲劇中逃避，無非就是詩人的死亡。詩人走在懷疑和不屈服之中，新的文學將破壞通俗的思考，會創造出修正它的思考。現代詩的完美性是從詩法的適用來創造，非為一均勻的浮雕不可。所謂詩的才能離不開詩的純粹性，這全靠生動的知性表現。詩的另一表現是感性的纖細、聯想的飛躍，成為思考的音樂。主張詩歌時代性的《風車》，並不滿足於少女的感傷與嗟嘆，更不會在文字的細節上模仿他人，新的詩人應擁有自己的韻味。需要調整詩的秩序和摒棄散逸的概念，這需要高度的方法論，詩才能在異色的花園裡成就其典雅的風格。

鑑於寫實主義備受日帝摧殘，楊熾昌另轉移陣地強調「知性」，以免與日本人發生硬對硬的對抗。力圖推敲文學的表現技巧，以其他角度描寫方法，來透視現實社會，剖析其病態，分析其人生，進而使讀者認識生活問題，以躲避凶殘的日人；將殖民文學以一種「隱喻」方式寫出，是想拓展新詩創作的道路，希望詩人們不墨守成規，有獨立創造的精神。

楊熾昌以《風車》爲基地，把超現實主義從日本移植到臺灣，嘗試把文學上的新風注入。成爲新即物主義的水源地帶。但他並不是食洋不化的人，而是對土地、對故鄉有深厚感情的作家。只是爲了逃避統治者的書報檢查，他才用「曲筆」表達自己對現實的反抗。這就是他引進超現實主義的政治意義。

楊熾昌的許多觀點受日本《詩與詩論》同仁的啓發，這就遭到社會的不理解而受到圍攻；再加上「治安維持法」、出版、言論……等取締法的控制，政治環境不容許藝術革新，因而這股革新思潮隨著《風車》的停刊而止息。

在臺灣詩史上，「風車」詩社的貢獻在於倡導新詩學觀念，首先使用「現代詩」一詞，並揭起超現實主義旗幟，爲五十年代紀弦倡導新詩再革命和洛夫實踐超現實主義打下基礎。

普羅列塔利亞文藝

普羅文藝，係普羅列塔利亞文藝的簡稱，指無產階級文藝。這種文藝在日據時代尤其是三十年代風行一時，其別名爲左翼文學，社會主義色彩是其一大特色。

一九三六年，臺灣左派的政治運動發展不順利。既然在政治上無法開展工農運動，便轉向文化上的建設。左翼文藝趁著一九三〇年蘇聯的普羅文藝理論翻譯介紹到臺灣之際，轉而以文藝宣揚自己的政治主張。這種文藝的特徵是同情下層民眾，宣揚階級鬥爭觀念和民族主義，強烈抗議日本的帝國主義侵略，形塑出一種帶有殖民色彩的普羅文藝。這種文藝以楊逵爲代表。他在一九三五年發表過〈藝術是大眾的〉，與此相呼應的有劉捷的〈創作方法的片斷感想〉、吳坤煌的〈臺灣的鄉土文學論〉。這種文藝著名的作品有楊逵的小說〈送報伕〉，另有呂赫若的〈牛車〉、賴明弘的〈魔力——或某個時期〉。楊逵的小說以階級觀點倡導無產階級的民族戰線，使臺灣社會發展不再緩慢並引申到資本主義擴張問題，由此引發國際文壇的重視。普羅詩歌的代表作家有王白淵、吳坤煌、吳新榮。普羅文藝描寫資本家壓迫殖民地勞苦大眾，或寫臺灣知識分子在參加社會運動失敗後頹唐的過程。普羅文藝也有用中文創作，但不占多數。

在文藝口號上，臺灣的普羅文藝呼應一九三〇年代蘇聯提出的社會主義現實主義創作方法，如林克夫在一九三五年初，主張引進這種創作方法，以克服臺灣作家多寫心境小說的傾向。楊逵在一九三五年發表的〈新文學管見〉中，將俄國和日本的文藝理論在地化，提出用無產階級世界觀眞實地描寫現實的「眞實的現實主義」。在文體上，臺灣的普羅文藝主張引進蘇聯的「報告文學」，這種文學在一九三四～一九三七年的臺灣風行一時。楊逵的〈小鎭剪影〉，便是臺灣最早的報告文學作品。這方面的作家還有呂赫若、楊守愚、郭秋生、李禎祥。在理論作品方面，楊逵有一系列文章：〈關於報告文學〉、〈何謂報告文學〉、〈徵求報告文學〉、〈報告文學問答〉。

在文藝行動上，楊逵還吸收日本倡導的行動主義精髓，將這種昂揚的能動精神納入臺灣普羅文藝大眾論述的範疇。這種行動主義，一九二七年法國也流行過，臺灣則發生在一九三四～一九三五年之間。楊逵這方面的理論文章有〈擁護行動主義〉、〈檢討行動主義〉、〈進步作家與共同戰線〉。儘管有楊逵這樣的實幹家在大力提倡，但由於這種理論不易爲大眾瞭解，且沒有更多更好的創作實踐加以論證，最終只好無疾而終。

對理論有濃厚興趣的楊逵於一九三七年二月，還提出過「殖民地文學」的口號，主張殖民地文學不為表現形式所局限，以臺灣觀點描寫本土的眞實面貌，爲臺灣人民提供富於生活力和感染力的作品。他這方面的理論文章有〈對臺灣新文學的期待〉、〈談藝術之「臺灣味」〉。這裡說的「臺灣味」，就是既不同於大陸，更不同於日本的臺灣地方特色。楊逵的這種理論從蘇聯高爾基和日本左翼作家那裡吸取過營養。可惜他的主張一直受到當局的壓制，連爭取國際支援的文藝戰略也只能付諸東流。

鹽分地帶文學

鹽分地帶文學，泛指在臺灣新文學誕生後，於臺南州北門郡的佳里、學甲、西港、七股、將軍及北門一帶含有鹽分較多、經濟不夠發達、生活比較落後的沿海地區，和其自發形成有著鮮明地方色彩、較爲獨特的文學團體。

日據時期臺灣新文學重鎭北部在臺北，中部在臺中、彰化，南部不在府城臺南，而在佳里，因爲佳里有一個以吳新榮爲中心的文學團隊，這個團隊打造的「鹽分地帶文學」引領風騷數十年。日據時期二十世紀三十年代臺南北部郡出生的作家所組成的「鹽分地帶文學」，係臺灣文學史上的明珠。鹽分地帶作家所書寫的作品，離不開當地的風土人情，而鹽分地帶人民和作家在貧瘠的自然環境下，無不具有堅韌不拔的性格和艱苦奮鬥的精神。

「鹽分地帶文學」的歷史傳統，最早可追溯到明鄭時期。當年在萬年興一帶駐兵的吳將軍，有文化情懷，常與知識分子交朋友，並支持文化教育事業，爲「鹽分地帶文學」奠定了基礎。此外，明清當局也注意精神文明的建設，以致這時的臺南取代了不可一世的臺北，成爲全島文化興旺發達的地方，其標誌是詩社與「書房」（私塾）雨後春筍般出現。正是依靠這種文化背景和地理位置，貧瘠的鹽分地帶成了富庶的文化特區。

「鹽分地帶文學」的關鍵人物是吳新榮。他於一九三二年從日本回臺灣，與文朋詩友郭水潭、徐清吉等人於一九三三年十月四日成立了「佳里青風會」，其成員每週集合一次，相互交換讀書心得，尤其是交換書刊和文壇信息。由於日本政府的干預，「青風會」只活動了兩個多月。但「青風會」的成員不甘心終止文學活動，這種外力壓迫使他們更團結，以致形成爲一個文學社團。

「鹽分地帶文學」的定義及其譜系，郭水潭下列說法極具權威性：「在日據新文學運動鼎盛時期，佳里鎭上有十多人的文學同志，以佳里醫院做爲聯絡中心，常集會，談文學，進而與全省的文學同道，聯繫結交。所謂『鹽分地帶』同仁，計有吳新榮、郭水潭、王登山、林精鏐（林芳年）、王碧蕉、陳培初、陳挑琴、黃炭、葉向榮、徐清吉、鄭國津、郭維鍾、曾對等。這班人均參加新文學運動，一九三四年臺灣文藝聯盟結成時，成立佳里支部，常在文藝雜誌或新聞副刊發表文藝作品的，計有郭水潭、吳新榮（筆名兆行、史民）、王登山、王碧蕉、林精鏐、莊培初（筆名青陽哲）等。我們傾向普羅文學，故被世人稱爲『鹽分地帶』派。其所謂『鹽分地帶』另有原因。唯佳里本來是個富庶的地方，但其多含鹽分，嘉南大圳未開鑿以前，在行政劃分上稱『鹽分地帶』，且帶有濃厚的鹽分氣質，所以文藝批評家冠以『鹽分地帶』文學，我們也樂於接受這一名稱，由來如此。」這裡講的「臺灣文藝聯盟」，於一九三四年第一屆全島文藝大會召開時成立，這是臺灣文壇劃時代的事件，係頭一個全島性的文藝團體，值得注意的是成立地點不在臺北而在臺中市。這個團體規定會員大會每年召開一次，地方可以設支部，於是郭水潭等人便成立了「臺灣文藝聯盟佳里支部」。這個支部由郭水潭發表了強調文學的地域性，強調文藝的大眾化，充分體現了鄉土文學特色的「宣言」。鹽分地帶文學意義還在於改寫了以小說爲主的臺灣文學史，而代之以詩歌爲中心。臺南北門郡首批出現的現代詩人有吳新榮、郭水潭、林芳年、林清文、王登山、徐清吉、莊培初，被稱爲「北門七子」。在貧瘠的土壤上成長起來的鹽分地帶作家，在異族的統治下不得不使用日文，但也沒有放棄中文，只不過用中文寫作時，反而比用日文艱難得多。

反帝國主義侵略，是貧瘠的鹽分地帶並不貧瘠的一個重要文學主題。鹽分地帶詩人群的詩作，關懷社會，批判現實，有冷靜的抒情，其佼佼者爲吳新榮、郭水潭。後者的詩篇洋溢著「勝利的歡欣」，體現了愛國主義精神，表現了對「慘敗」的日本帝國主義藐視之情。

大東亞文學者大會

「大東亞文學者大會」是在日本軍部情報局監督下的文學報國會組織召開的，與會者包含日本殖民地：臺灣、朝鮮以及中國大陸、「滿州」、蒙古等半殖民地的作家代表們。這是直接服務於「大東亞戰爭」的會議，是日本軍國主義對東亞地區文學實施思想控制和文化殖民化，讓「支那人」認識日本文化的「先進」面貌，促進「共榮圈」的文化交流，以資建設所謂「新的東洋文化」的一種重要措施。

從一九四二年到一九四四年，「大東亞文學者大會」共舉辦三次。第一次於一九四二年十一月三日至十日在日本東京大阪舉行。參加的代表有來自蒙古、「滿洲國」以及中國淪陷區和日本（包括臺灣地區、朝鮮等日本殖民地）的代表，東南亞各國以準備不周爲由缺席。來自中國淪陷區的大都是一些不知名的文人，臺灣代表則被視爲外地代表，比日本、中國大陸和「滿洲國」低一個層次。大會分兩天討論

「大東亞文學精神的樹立」、「其精神的強化普及」、「以文學促進民族國家間思想和文化融合的方法」、「透過文學達成大東亞戰爭的策略」。執行主席菊池寬採取點名發言的方式，一些參與者只好虛以應付，說些離題的客氣話。會後安排了參觀宮城（皇宮）、靖國神社、明治神宮。與「大東亞文學者大會」相關的是首屆「大東亞文學賞」。此賞的「正獎」空缺，獲「次獎」的有石軍的〈沃土〉等。

第二次「大東亞文學者大會」於一九四三年八月二十五到二十七日在日本東京舉行。中國淪陷區、「滿洲國」、蒙古的代表共二十六人。中國代表除參加過第一次大會的古丁、柳雨生、沈啓無、張我軍外，還有商務印書館編輯長周越然、《新中國學藝報》主編丘韻鐸、《中華日報》編輯陶亢德、《新中國報》總主筆魯風、《女聲》月刊編輯關露、南京中央大學農學院院長陳學稼、浙江日語編輯局長章克標、《江漢晚報》社長謝希平、北京藝術專科學校教授陳綿等十八人。臺灣代表有楊雲萍、周金波等人，而日本代表則有百餘名。第二屆「大東亞文學賞」，也在各代表團分別推薦的基礎上，倉促評出中國梅娘的〈蟹〉爲獲獎作品。此外還有泰國、菲律賓的兩部小說。

第三次「大東亞文學者大會」於一九四四年十一月十二日在南京召開。日方派出參加南京大會的代表有十四名。中方參加會議的人數共四十六名，其中有「滿洲國」代表及加入了「滿洲國」的日本人共八名；華北代表有錢稻孫等二十一名。華中地區及上海市方面出席的代表有包天笑、路易士、陶晶孫、柳雨生、楊之華等二十五名。

爲了宣揚「大東亞共榮圈」，三次大會的主辦者廣泛動員亞洲地區的殖民地、日本國內和日本占領區的文學工作者，爲他們的侵略罪行辯護和宣傳。日本右翼作家出席這種會議不足爲奇，奇怪的是主辦者將日本以外的不少作家都去淌這池渾水，讓這些人在光復後被人指責爲叛國、「漢奸」等罪名而被釘到歷史的恥辱柱上。有些作家只好含淚離開文壇，有的人試圖爲自己漂白反遭到更多的靈魂拷問。

參加「大東亞文學會議」的出席者，有些人的確寫過「漢奸」作品，如臺灣的陳火泉、周金波、王昶雄，他們和大陸的陶亢德、柳雨生一樣，屬落水文人；臺灣的龍瑛宗、張文環和大陸的路易士（紀弦）、沈啓無等不妨視爲同路人。不迴避與日僞頭面人物打交道，但政治上守住自己底線的張我軍，則不是「大東亞共榮圈」的一員，可見不能把全部參加者視爲漢奸。不少人是在不知情下勉強參加的。有爲了文化交流、翻譯作品或以文會友而與會的，也有的人是爲了瞭解日本文化而捲入其中。像大陸的陶晶孫長期被人誤爲「文化漢奸」，後來夏衍專門作了澄清。胡蘭成的妻子張愛玲雖出現在會議名單中，其實她沒有出席。關露則是大陸有關部門派她打入敵人內部的情報員。周作人雖然接到邀請，但出於派系鬥爭的考慮沒有參加，而指派北平淪陷區文壇的活躍分子沈啓無參會，他曾在僞華北作家協會等機構任職。後兩人鬧翻：一九四四年三月，周作人公開發表〈破門聲明〉，斷絕與沈啓無的一切關係。俞平伯也接到「大東亞文學會議」邀請，同樣沒有出席。

參與這種會議，對某些作家來說，是歷史上的一大污點，儘管臺灣的龍瑛宗在會上作的是西川滿事先準備好的〈感謝皇軍〉的發言，張文環的講稿〈感謝從軍作家〉也是別人寫的，但這兩位作家會後畢竟發表過一些宣揚「東洋精神」、「亞洲合一」的講話和文章。對這類主張「內臺融合」，還有什麼跨越民族橫溝的言論，看似與主流論述保持一致，但有些人帶有自我保護的性質。他們言不由衷的實踐，多少反映了戰時體制對公眾論述的宰制和壓抑。

皇民文學

一九四三年五月，由日文作家田中保男在《臺灣公論》正式提出「皇民文學」口號。這口號係發生在一九三七年八月日本擴大對華南與南太平洋地區的侵略，占據了臺灣之後所開展的「皇民化運動」的產物。這個運動在臺灣總督府「皇民奉公會」的領導下，動員臺灣投入一切人力、財力、物力，爲「建立大東亞秩序」效勞。在思想文化上，取消漢文教育、禁止使用漢字漢語、更改服飾衣著、廢除原來的寺廟神祇，禁止出版、言論、集會、結社自由，不許舉辦跟漢族有關的宗教、民俗、演藝活動，強迫臺灣老百姓改用日式姓名，以及使用日本語言、日本文字、日本服飾、日本寺廟神祇，強迫老百姓加入皇民組織，要求臺灣人民效忠日本天皇，忘掉自己的身分去做「眞正的日本人」。文學界的某些人爲配合這一運動，一九四三年四月底將「臺灣文藝作家協會」改組爲「臺灣文學奉公會」。此後，「奉公會」與「日本文學報國會」相配合，並在總督府保安課、情報課、州廳警察高等課、日本臺灣軍憲兵隊的強有力支持下，一起構成了一支推動臺灣「皇民文學」發展的別動隊。他們舉辦全島的「大東亞文藝講演會」，還在《文藝臺灣》和《臺灣文學》雜誌上發表頌揚日本軍力和文化的短論及隨筆。這時爲「大東亞聖戰」宣傳的小說家只有周金波、陳火泉、王昶雄等少數人。其中周金波在第二次「大東亞文學工作者」會議上有「建立皇民文學」的提案。無論是周金波或其他人寫的作品內容單薄，藝術粗糙，小說總數量還未達到十篇，其內容多半爲貶損中華民族，宣傳以做日本人爲榮，由此去圖解日本殖民者的政策。如周金波創作於一九四一年的〈志願兵〉，係臺灣作家首次從正面表現日本帝國主義戰時體制的小說。作品所寫的臺灣青年高進六，爲了響應「聖戰」的號召，將姓名改爲帶日本色彩的「高峰進六」。他認爲爲天皇戰死可以提高臺灣人的地位，因而寫了血書上前線當志願兵。另有王昶雄的〈奔流〉，比較複雜。這篇小說不讚成把中國人改造爲日本人，但仍嫌棄臺灣的落後和不文明，認爲只有到日本留學，才可以提升臺灣人的文明水準。這體現了作者彷徨矛盾的心態，從而表現了臺灣人的認同危機。

以周金波爲代表的「皇民作家」，儘管在宣傳皇道文化上起的作用不盡相同，但在文學觀念和思想方法上符合日本軍國主義者所鼓吹的「禁祖先崇拜」、強迫施行「皇室尊崇」的「日本式近代合理主義」，對當時的臺灣社會影響有限，從產生到消亡不過四年左右。

銀鈴會

銀鈴會，係創辦於一九四三年九月的臺灣民間文藝團體。該會由張彥勳跟臺中第一中學朱實、許世清等三人發起成立。其中朱實是該會的精神領袖，他與同學共同彙編習作，將原稿裝訂成書一樣的本子，用來觀摩切磋。一九四四年因成員增加、難以用傳閱的方式運作，便在畢業之前將原來的組織命名爲「銀鈴會」，並出版由朱實主編的油印機關刊物《緣草》（《うちぐさ》）。

「銀鈴會」參加者主要是本省人。日本投降後，陸續有幾位從中國大陸來的文人加入。該會成員有張彥勳、詹冰、林亨泰、錦連、蕭翔文（蕭金堆）、詹明星、朱實、子潛（許育誠）、埔金、有義、春秋、松翠、殘屛、籟亮、鴻飛、陳素吟等。由於參與者多爲文藝青年，因此，早期這份雙月發行的《緣草》，讀者對象主要爲學生。該刊以日文爲書寫工具，除童謠、短歌、俳句、新詩外，還有隨筆。

第二次世界大戰後，「銀鈴會」繼續以日文出刊《緣草》。後因跨越語言障礙不容易，便於一九四七年初停刊，一九四八年一月復刊，並更名為《潮流》出版冬季號，成員包括臺灣省立師範學院的學生、臺中一中的師生及彰化和后里文友。該會除舉辦眾多聯誼活動外，還聘請文壇前行代楊逵當顧問，而楊逵倡導「用腳寫」的文學主張，也深深地感染了「銀鈴會」成員，他們均活躍在楊逵所編《力行報》及歌雷（史習枚）主編的《臺灣新生報》「橋」副刊。《潮流》總共發行五期。

一九四九年五月二十日，全省戒嚴令發布，原本處於地下狀態的「銀鈴會」在高壓下只好解散。成員離散後潛藏在臺灣基層，直到一九八〇年十二月《笠》一百期紀念專號中，才由張彥勳撰寫〈從「銀鈴會」到「笠」〉，首次在詩壇上專文介紹「銀鈴會」發展的經過，「銀鈴會」也終於從「地下」狀態轉向詩壇。

「銀鈴會」的詩歌創作成就突出，主要詩人有戰後臺灣第一代作家張彥勳，以及跨越戰前戰後兩代的詩人詹冰。不讚成為藝術而藝術的「銀鈴會」，強調詩人要有社會擔當，要注重推廣世界文學，其影響波及戰後現實主義及現代主義兩個流派。「銀鈴會」對臺灣詩史的貢獻在於接續了第二次世界大戰前後臺灣新詩的發展，其特色在於繼承反帝反封建的臺灣文學精神，放開胸襟接受世界文學以及艱苦環境中孕育的奮鬥精神。正如古添洪所說：「『銀鈴會』的重要性，是在於其所處的時代；它橫跨中日戰爭、臺灣光復、國民黨政府遷臺，以及慘痛的『二·二八事件』，而終止於政治迫害的四六運動：『銀鈴會』被驅散，顧問楊逵被捕入獄。換言之，他們在這最艱苦、最轉折的政治時期，延續了臺灣詩歌中最珍貴的寫實、批判與反抗的傳統，同時超越了書寫語言的障礙，從日文過渡到中文的書寫，並且詩學上能與歐美及日本的現代詩潮保持接觸。最重要的是，『銀鈴會』這一群超越語言世代相傳的詩人群，並沒有因『銀鈴會』的被驅散而輟筆，而事實地成爲了光復後臺灣本土詩人的主要構成：他們之中的主要詩人林亨泰、錦連等積極參與了雖爲紀弦發起但卻是眾人同心的現代詩運動；而在本土詩人大結合的『笠』詩社裡，『銀鈴會』同仁亦爲其主要構成。」

漢詩

在臺灣新文學運動發生以前，用漢文寫的文章和詩歌，一直占統治地位，這種舊文學滿足了臺灣民眾的心靈需求。島內眾多的漢詩社、漢詩人、小說家保持著民族精神，在一定程度上抵制了東洋文化的入侵。後來由大陸輸入新文學潮流，臺灣亦如大陸有新舊文學之分，即如在吳濁流主編的《臺灣文藝》上，新詩曰「詩潮」，而舊詩曰「漢詩」。在吳濁流看來，中國漢唐兩朝最盛大，正因爲如此，民國初年以前舊詩都稱「漢詩」，另查《辭源》所載「（甲）漢高祖劉邦滅秦有天下，國號漢，都長安……，至魏晉以後，外人猶稱中國曰漢，即本國亦自稱漢，如俗謂男子曰漢子，是也。又謂中國本部人曰漢人，對於滿蒙回藏及苗族而言也。」

吳濁流認爲，人們常把「五．四」以前的詩稱作舊詩，「五．四」以後模仿西洋的詩稱之新詩，若要恢復我國固有詩的地位，非用「漢詩」的名義才能相對稱。查漢以前沒有五、七言的詩，到了漢時代，才發展到五、七言，所以用「漢詩」二字並無不妥。不管「漢詩」是否是日人命名，或是我國固有，只要用得恰當，均與國格無損。不要因爲人家用了，我們就不用。殊不知日本人所用的名義也是根據我們原有的傳統而來，並非憑空捏造。況且是我們固有的名稱，用之完全名正言順。

一九七五年，《臺灣文藝》出版十週年時，《中華雜誌》主編胡秋原前往祝賀，其中對《臺灣文藝》稱「舊詩」爲「漢詩」提出質疑。胡秋原認爲詩只有好詩壞詩之分，並無新舊之別。「漢詩」之名之所以不妥當，是因爲日本人用來對和歌俳句之稱。白話詩用漢字寫成，當然也是「漢詩」。詩與文學分了新舊之圈，使兩方面的作家天地狹隘化。

胡秋原本是民族主義者，他這位外省人擔心本地人受日本殖民文化的影響，使用「漢詩」一詞有「皇民化」之嫌。另方面，從學術上來說，胡秋原不同意「漢詩」一詞，是連帶「新」、「舊」文學的用語說及的。他認爲中國新文化運動的最大不幸，是「新」字內涵不明確。當時所謂「新」是針對老祖宗固有的，通通名爲「舊」。凡是舶來品，則一律叫「新」。於是即便是外國的舊東西，如希臘、羅馬和中古的東西，也還是「新」。何況「漢詩」的「漢」，有歧義：「如漢指朝代，則漢詩對唐詩宋詩而言。如漢指民族，則漢詩對蒙、回、藏、苗之詩而言，如對外國而言，似乎只能說是『國詩』。然而在國內使用，不免多餘。我們總不好說我們在寫『漢文』，辦漢文的《臺灣文藝》或《中華雜誌》。如說柏梁體，則柏梁聯句出於依托，早經顧亭林論定。如謂五七言，則楚辭實爲權輿，加減兮字即得。而《臺灣文藝》中漢詩欄所錄，如四十二期，皆爲絕律，那應稱『唐詩』而非『漢詩』。我只是提出討論，吳先生有用任何名詞之權。」

林文訪、李騰岳和胡秋原一樣，認爲「漢詩」這個名詞是日人命名的，光復後不可再用，因此吳濁流請教魏清德及國立編譯館編審韓道誠及其他人，他們不讚成胡秋原的說法，認爲「漢詩」可以用。弔詭的是，到了二十世紀末，「漢詩」的說法卻在大陸詩界流傳開來；只不過這「漢詩」——準確說法是「現代漢詩」竟成爲「新詩」而非「舊詩」的代稱。

「新詩」本係從「白話詩」演變而來的歷史概念，其存在有合理性，但從當下看，新與舊、傳統與現代，不應像「五·四」時期那樣勢不兩立，互相排斥，而應按大陸「現代漢詩」研究家王光明說的是異同互動，吸取轉化，尋求「通變」。從語言上看，「白話」早已發展成相對成熟的現代漢語。使用「現代漢詩」這一文類概念，比較能夠呼應現代漢語這一古今並包、中西合璧的語言形態，糾正詩歌寫作中「形」、「質」分離的偏向，更自覺地根據現代漢詩和現代經驗的特質，尋求漢語詩歌的形式和表現策略。

如何再建臺灣新文學

一九四八年四月七日，《臺灣新生報》副刊《橋》開展了如何建設臺灣新文學的討論。許多作家認爲，重建臺灣新文學，必須繼承「五·四」新文學運動的傳統·堅持現實主義的大眾文學路線。楊逵在談到這個問題時認爲：一、臺灣文學「在表現上所追求的是淺白的大眾形式，而在其思想上所標榜的即是『反帝、反封建』、『民主與科學』。」二、一九三七年後，臺灣作家被迫以日文寫作。「但在思想上，臺灣作家卻未曾完全忘卻了『反帝和反封建』與『科學和民主』的大主題」。三、臺灣文學有特殊性，「但在思想上『反帝與反封建』、『科學與民主』與國內卻無二致」。四、光復後文學沉滯，原因在語言不濟和政治上的威脅感與恐懼感。楊逵還指出「本省與外省的作者，應當加強聯繫與接觸」。

駱駝英的長文《論「臺灣文學」諸論爭》中，對將近二十個月以來的論爭，做了總結性的發言。陳映眞概括爲：

一、關於臺灣新文學的特點問題，駱駝英認爲在帝國主義與封建主義雙重壓迫下，「反帝、反封建是中國革命人民共同之要求。」大陸和臺灣新文學，或有使用日文和漢語之別，但就充滿反帝、反封建內容來說，並無多大差別，因而「用不用『臺灣文學』四個字，並不是什麼大問題」。

二、關於怎樣理解臺灣社會、文學的特殊性問題，駱駝英主張「要分析臺灣現階段的社會特殊性，並且從這一個別的特殊性，找出中國的一般性，配合現今全國性的新文學的總方向。」

三、有關「新現實主義」的定義：是「立腳在辯證唯物論和歷史唯物論上，且站在與歷史發展的方向相一致的階級的立場上的藝術思想和表現方法」。

如何再建臺灣新文學的論辯，觸及了臺灣文學與當前中國文學的關係等這些在今日也具有理論重要性的諸問題，而且在一九四七至一九四九年的歷史背景下，爭論充分顯現了被重編到中國當時的半殖民地、半封建社會基礎上的臺灣新文學，如何不能自外於中國新民主主義革命時期文學所承擔的使命。

中國文藝協會

在國民黨中央宣傳部長張其昀、教育部長程天放、國防部政治部主任蔣經國、臺灣省教育廳廳長陳雪屏等人的支持贊助下，「中國文藝協會」於一九五〇年五月四日正式掛牌，這是「自由中國文壇」正式建立的標志。作爲五十年代最活躍的文藝團體，該組織並沒有理事長，只有三位常務理事：張道藩、陳紀瀅、王平陵。這個臺灣最大、且惟一有辦公地點和少量專職幹部的文藝團體，其支持和贊助者或任要職，或具有立法委員身份，且有充分從事三民主義文運的熱誠，他們給這個民間群眾團體塗上一層政治色彩，這色彩另一表現是財政上的支持。成立時由行政院補助三萬元，國民黨中宣部補助二千元，一九五八年後增加爲一萬元。事實上，國民黨也常常從政治上、政策上、方針上給這個組織下達指令。該協會會章寫道：「團結全國文藝界人士，研究文藝理論，從事文藝創作，發展文藝事業，實踐三民主義文化建設，完成反共復國任務，促進世界和平爲宗旨。」這就把作家們納入了反共復國爲核心的體制化管理。正是這種寫作體制，使「文協」會員獲得了創作資本和高於普通作家的話語霸權。反過來，他們在聽命當局的政治指令時，又強化了文學的制度力量。

「文協」成立之初只有一百四十多人，後來不斷擴充以至壟斷文壇達十餘年之久。這個團體的宗旨雖然也說到要「研究文藝理論」，但「研究」的最終目的是爲反攻大陸服務。爲此，他們從一九五八年起不定期編印《大陸文藝情資研究》簡報。別看這個「文協」當年寄身於十分破舊的中國廣播公司汽車間，後遷至寧波西街的一條小巷中，可就在這個「汽車間」和「小巷中」，文學生產被組織成一個規模寵大的「投稿比賽的得獎游戲」。這個提倡寫大陸「暴政」的「政治游戲」，網羅了絕大多數知名度高的作家、藝術家。

有相當於軍事化組織紀律的「中國文藝協會」，制定有《中國文藝協會動員公約》。這個「協會」在組織作家創作方面沒有取得重大成績，經得起時代篩選的作品少之又少。他們熱衷於搞運動，最著名的是「除三害」運動。

由於這個組織過於政治化、軍事化，到了本土化思潮興起的年代，「中國文藝協會」雖然還存在，但早已沒有當年的指導力量，已從中心走到邊緣。

戰鬥文藝

二十世紀五十年代，國民黨的恐共、恨共的情意結，不僅表現在軍事上、外交上，也體現在文藝上。一九五〇年三月，由蔣介石十七名親信組成的「中央改造委員會」，在政綱上列入「文藝工作」一項，要求文藝工作者全力配合「反共抗俄」、「反共復國」的戰鬥任務。

五十年代流行的宣揚「反共復國」精神的「戰鬥文藝」，就題材而言，相當一部分屬「回憶文學」；就功用而言，是為政治服務的「大兵文學」。倡導者要求文學自由主義者犧牲個人的自由，要求作家放棄個人單獨的行動和寫作主張，「一致聲討共產黨」。當時孫陵因創作反共歌詞有功，很快被委任為臺北《民族報》副刊主編，使該副刊成為臺灣第一家反共報紙副刊。

一九五五年元月，蔣介石正式出面號召作家創作「戰鬥文藝」。部分大陸赴臺的文人，如陳紀瀅、王藍、姜貴、潘人木、潘壘、朱西甯、司馬中原、段彩華等相繼創作了一批反共作品，如〈女匪幹〉、《馬蘭自傳》、《紅河三部曲》、《荻村傳》、《華夏八年》、《近鄉情怯》、《荒原》、《幕後》、《蓮漪表妹》、《滾滾遼河》等。其中在湯恩伯總部任過上校的姜貴創作的長篇小說《旋風》、《重陽》，曾受到胡適等人的肯定，王藍《藍與黑》也曾名噪一時。寫反共詩與反共歌詞的作家亦不少。

由於「戰鬥文學」的提倡是逆歷史潮流而動，不符合臺灣人民渴望過和平生活的意願，因而遭到不少作家、讀者的抵制和反對。當時的主流派作家和評論家之所以願意炮製這類作品，一方面是爲了適應政治需要，另一方面也是爲了逃避現實，麻醉自己的心靈。正如聶華苓所說：「大陸來臺的人，由於懷鄉，不得不相信國民黨的反攻神話，生活在一廂情願的夢想中、幻想中。他們不敢也不願承認自己會長期流放下去。」

隨著國民黨「反攻大陸」神話的破產，這種「戰鬥文藝」理論及其公式化作品遂在五十年代後期急劇衰微。雖然它不可能完全壽終正寢，但畢竟是強弩之末，再也無法左右臺灣文壇局勢，更無法與後來興起的現代主義及鄉土文學潮流抗爭了。

三大詩社

在五十年代和六十年代前期，臺灣最著名的詩社有：一九五三年由紀弦成立的現代詩社，一九五四年三月以覃子豪爲核心創立的藍星詩社，一九五四年十月由張默、洛夫發起成立的創世紀詩社。這三社的結合均帶有同盟性質，如現代詩社是現代主義精神的匯合，創世紀組社是基於軍人聯誼的需要，藍星近於精英們沙龍式的雅集。這種或出自觀念或出自同業、同行情誼的結合，再怎樣鬆散都會有一些基本的信條。

現代詩社的共同主張是「領導新詩的再革命，推行新詩的現代化」，具體說來是「新詩乃橫的移植，而非縱的繼承」等六大信條。憑著這信條，紀弦登高一呼，擁有一百一十五名現代詩社同仁。這些同仁在反共文學時期另闢蹊徑，爲臺灣戰後現代主義風潮拉開序幕。但六大信條中的第二條過於極端，許多人不贊同，紀弦內心感到非常孤獨，卻又無法保持這種光榮的孤立，尤其是在藍星的制衡下，只好於一九六二年春解散「現代派」，《現代詩》在一九六四年二月也關門大吉。但是叱吒風雲的紀弦，不僅延續了大陸現代詩的生命，而且還擴大了在大陸時期只止於象徵派的「現代派」內涵，栽培無數新人，影響藍星、創世紀、笠詩社的演變，其領導現代詩運動的功勞，將記載在臺灣現代詩史上。

具有沙龍精神的藍星詩社社性極低，不打旗號，不宣傳什麼主義，但從其發表的作品以抒情爲主調和對西化作家直言苦諫來看，他們的結合是在和「主知」的紀弦唱反調。創世紀實行的又是另一種路線。他們在〈代發刊詞〉中，揚言要「建立鋼鐵般的詩陣營」去反「赤色、黃色流毒」。至於藝術上，他們對現代派運動抱觀潮的心態不願加盟，另提出「新民族詩型」的主張。

從三大詩社的詩學主張看，現代詩社是極端前衛的，藍星詩社比較溫柔敦厚，而創世紀詩社早期主張的是中國風和東方味，而一九五九年以後變得像剛出爐的鋼鐵，熾熱炙人：大量接收「現代派」人馬，同時也接過「現代派」反傳統的創作觀念，不再提「新民族詩型」，轉而強調詩的「世界性」、「超現實性」、「獨立性」、「純粹性」。創世紀實現這種旋風式大轉變後，各詩社便像走馬燈一般：洛夫們由「性近開放，是一只跑百米的急足」，變成了「性趨激進」的新現代派，成了「一隻跳躍式的長足」——衝勁十足、睥睨詩壇，重新領導現代詩運動的一股龍頭力量。而繼承新月派秀美傳統詩情的藍星詩社，走向了創世紀早年提倡過的新民族詩型的立場，眞正成了「較爲穩重，是一隻步態安詳的健足」。

當「現代派」狂飆時期過後，正如一位詩人所說：藍星暗淡得只有薄薄的「詩葉」在閃著微弱的亮光，似有晚唐的興嘆，而《創世紀》也淪爲一年勉強出一期的詩刊。在現代詩壇快要處於眞空狀態的情況下，不同詩學主張的勢力在崛起，使詩壇的結構起了劇烈變化。先是於一九六二年成立的既有「主張」又有「道路」的葡萄園詩社，他們以「明朗、健康、中國」的路線，反對創世紀所掀起的晦澀詩風。以本土籍詩人爲主要班底的笠詩社於一九六四年六月成立。它打破了大陸遷臺詩人及其反共文學壟斷詩壇的局面，扭轉了現實主義在六十年代居於邊緣的地位，使現代主義不再一統天下。

現代、藍星、創世紀三大詩社及後起的笠互動而衝突的關係，書寫了臺灣現代詩學批評史，書寫了臺灣當代詩學論爭史。

三民主義文學

三民主義是孫中山所建立的政治倫理信條，是國民革命的綱領。如同蔣介石打著孫中山的旗號販賣自己的私貨一樣，張道藩也是利用三民主義的動聽詞句，把臺灣的文藝運動納入「反共抗俄」的軌道。至於三民主義文藝的創作方法，張道藩認爲應是寫實主義。他這裡講的寫實主義與三十年代左聯倡導的寫實主義的不同點，在於他標榜的是所謂徹底的寫實主義，即作家不能只滿足眞實地反映現實，還要通過人的思想、行爲提出改造現實的思想，並使讀者接受這種思想。如不能光描寫大陸的「黑暗」，還要寫出所謂「大陸的重光」，以激勵人民和中共進行鬥爭。張道藩這裡講的「三民主義寫實主義」，其初衷是要和「社會主義現實主義」劃清界限，但除意識形態和階級立場的根本對立外，張道藩對作家的要求和他的論敵在表面形態上並無質的差異。

張道藩獨尊「三民主義寫實主義」，認爲只有通過它才能「打破一切偏蔽錮塞，趨於中正宏大」。

至於三民主義工作者的世界觀，他認爲應是「即不偏於唯心，復不偏於唯物」的「唯生論者的世界觀」。在張道藩看來，只有「從唯生的世界觀出發，去把握民族的、民權的、民生的諸種事件的中心，描寫其現實的質，顯示其發展的傾向，解決其各種矛盾與糾葛，能夠把握民族的、民權的、民生的諸種事件的中心，在描述上即得其要領。」在創作形式上，張道藩也有自己的規範。他指出：「三民主義文藝的形式，爲著順應時代潮流與供應現實大眾的需要，第一個前提便是要作大眾化的通俗」，以「通俗的文藝形式」、「寫一個階級的一切人物」。可事實上，他講的大眾化有許多前提的限制，排他性非常突出。

企圖用大眾化、通俗化的形式來宣傳三民主義的張道藩，用行政手段要求作家把三民主義的寫實主義作爲最高的創作準則，但從他講的這麼多「非我們目前所需要」來說，不難看出他是政治功利主義者。他憂心忡忡地怕作家受西化文藝思想影響，又說明他是保守主義者。

當時的「三民主義文藝」論的鼓吹者除張道藩外，尚有任卓宣、王集叢等人。在鄉土文學論戰期間，鄉土文學被指責爲「工農兵文學」的變種，任卓宣巧妙地用三民主義爲其辯護。王集叢的主要著作有《三民主義與文藝》。八十年代後，隨著強人政治的瓦解和黨外勢力的興起，三民主義文藝運動很快走向式微。

文化清潔運動

爲了貫徹蔣介石清除所謂「赤色的毒」和「黃色的害」、「黑色的罪」的指示，「中國文藝協會」

於一九五四年五月四日集合了陳紀瀅等人成立「文化清潔運動專門研究小組」，負責研究如何會同各界開展這項運動。陳紀瀅指出：「文化清潔運動」也可以叫做「除文化三害運動」。這是兩年前鑑於不少出版商專門編印誨淫誨盜、造謠生事、揭發隱私的書籍而提出「肅清文化陣容」口號的發展。一九五四年八月七、八日，陳紀瀅和王藍以「中國文藝協會」代表人物：嚴厲呵斥「赤、黃、黑」三害，並表明「中國文藝協會」願意充當除「三害」的「前驅」，從而正式揭開了「文化清潔運動」的序幕。

無論是蔣介石還是陳紀瀅講的「赤色之毒」，均是指宣傳共產主義。「黃色之害」是指低級下流的色情作品和誨淫誨盜的圖文。「黑色之罪」，是指用誇張渲染手法寫黑社會殺人越貨、走私販毒黑幕的作品，其中包括當時有的報紙雜誌與通訊社虛構大陸新聞而美其名曰揭發內幕的報導。

由於動員面之廣，「文化清潔運動」所涉及的不僅是文藝界，而是整個文化界。其中反「黃」、反「黑」在客觀效果上雖然有一定的積極意義，但反「赤」則純是禁錮言論自由、以通「匪」爲藉口修理異己，由此實施以打擊「赤害」爲名的恐共統治的的一種專制手段。可見，「文化清潔運動」並不是單純的文化運動，而是由官方支持的一項政治整肅運動。正因爲反「三害」的重點在反「赤」，而反「赤」又是爲了統一思想、除掉異端的聲音，因而這一運動馬上引起很大的爭論。

「文化清潔運動」像一陣狂風橫掃臺灣文壇。由於它的破壞性大於建設性，故來得猛，去得也快。它給文壇帶來的更多是負面影響：一、掃黃反黑擴大化，把不是黃的、黑的，也打成黃、黑。二、反「赤害」同樣嚴重擴大化，當時被視爲「以隱喻方式爲匪宣傳」查禁的武俠小說就多達一千多種。在一九五五年一年中，「文協」爲了擴大「戰果」，又繼續開展「反黃色作品運動」，把並非黃色書刊打成淫穢書刊，由此造成了一片白色恐怖氣氛，以致不同政見、文見的作家的創作積極性受到極大的打擊。

「文星集團」

「文星集團」，係指蕭孟寧夫婦於一九五二年在臺北開的一家以「文星」命名的書店，另指創刊於一九五七年十一月十五日的《文星》雜誌及其骨幹作者群。這本側重學術文化的雜誌，以「生活的、文學的、藝術的」爲宗旨，以報道新知或其他重大事件爲主，設有校園之聲、文學評論、時事評論、藝術、現代詩、電影、人物等欄目。書店開張十年，雜誌辦了五年，均顯得平淡無奇，未能鼓動風潮，造成聲勢。直到中西文化論戰暴發，《文星》成了主戰場，各路人馬紛紛在該刊發表不同意見，尤其是李敖所發射的〈老年人和棒子〉、〈播種者胡適〉、〈給談中西文化的人看看病〉三顆重磅炸彈，《文星》一時洛陽紙貴，才有了眞正的文化生命。

不按牌理出牌的《文星》，富有獨立且超然的精神。它爲中國思想趨向尋求答案，在挖根上苦心焦思，在尋根上愼終追遠，在歸根上四海一家，在定向方面言辭激烈，尤其是有「憤怒青年」之稱的李敖，從第四十九至九十八期任主編時，他讓《文星》走「思想掛帥」的路。李敖深信思想是冷靜的、愼密的；政治是狂熱的、粗糙的。李敖努力在這種思考自由、思想獨立的大方向上，給《文星》讀者乃至兩岸的中國人指引前進方向，使中國人不受獨裁政治的誘惑。

《文星》的辦刊方針觸怒了黨政要人，如曾任「國防部心戰組組長」的侯立朝奉蔣經國之命，於一九六四年八月寫了一篇個人署名的檄文〈文化界中的一株毒草〉。作者以國民黨代言人自居，指控「文星」使用各種拳腳散布毒素和挑戰國民黨的威權統治。說什麼他們接過被查封的《自由中國》雜誌的棒子反體制。所不同的是，他們不是組織反對黨，而是通過造輿論從事「政治變天動作」。侯立朝在另一篇《文星集團想走哪條路？》文章中，還繪出所謂的「文星」政治造反動作的擬圖，以公開告密的方式企圖讓「文星集團」成爲「警總」的刀俎之肉。可《文星》愈戰愈勇，一九六五年十二月一日出版的第九十八期，發表〈我們對「國法黨限」的嚴正表示〉，矛頭直指國民黨中央及其主管宣傳的太上皇謝然之。這篇文章火力很猛，構成了《文星》被消滅的最後條件。謝然之利用他的權力封殺「文星」，蔣介石還親自下手令：「該書店應即迅速設法予以封閉」。一九六八年一月二十五日，「警總」用鐵腕手段掐死「文星」。同年三月十五日，「文星」總經理鄭錫華被加上「涉嫌叛亂」的罪名被捕。三月二十日，蕭孟能被以同樣罪名抓進保安處審問。三月三十一日，在「文星」正式進入墳墓和歷史前，還發生了動人的一幕：爲了搶購，爲了抗議，也爲了惜別，許多讀者將書店擠得水洩不通，場面之壯觀令李敖欣慰，同時令「文星」的敵人膽寒。

在「文星」宣告結束的廣告與海報出現後，一九六八年三月十七日出版的《紐約時報》，便提前報「喪」：臺北文化人失去書店……從一九六〇年雷震坐牢，到《時與潮》雜誌結束，一連串的文禍都使持不同意見的知識分子常遭逮捕與迫害。文星書店的關門，重新揭開了知識分子的舊仇新恨，和哪年復一年的創傷。

中西文化論戰

五十年代至六十年代初，臺北空氣窒息，一群對臺灣現狀不滿，對國民黨不滿的人，對前途不存希望，陷入一片苦悶之中。

中西文化論戰以創刊於一九五七年十一月五日的《文星》雜誌做戰場。這是一個綜合性月刊。自從一九六一年李敖尖銳潑辣的文章不斷在《文星》亮相之後，《文星》才改變了它過去默默無聞的地位，以致「雜誌變色，書店改觀」，成了繼雷震的《自由中國》之後，直接和國民黨產生矛盾衝突的黨外雜誌，和不時給臺灣社會帶來強烈震盪的文化刊物。

胡適去臺後，在政治方向上和國民黨保持一致的前提下，不時小罵大幫忙。雷震事件之後，胡適以〈科學發展所需要的社會改革〉作爲自己演講的題目，在學術討論的掩蓋下，以批判中國文化傳統的糟粕部分爲名，責備國民黨近乎老朽，缺乏現代民主的風度。敏感的李敖從中看出胡適弟子和好友所忽略的作爲胡適思想核心的自由主義精神，於是不顧軍隊中掀起的一股「槍斃雷震，趕走胡適」的惡浪，寫了一系列諸如〈播種者胡適〉、〈胡適先生走進了地獄〉的文章，在爲胡適講話的同時，力圖恢復胡適的自由主義者形象，借此推動自由主義在臺灣的發展。

李敖這些極端色彩甚濃的言論，完全是對臺灣社會現實有感而發，其鋒芒所向是傳統文化和以國民黨作後盾的傳統勢力，這便使以民族傳統繼承者自居的國民黨深感不安。但李敖並不想就此打住，一發不可收拾地寫了〈給談中西文化的人看病〉、〈我要繼續給人看病〉、〈中國思想趨向的答案〉等火藥味甚濃的文章，列舉了三百年來中西文化衝突的歷史事實，集中抨擊封閉保守落後的中國文化，滋生了中國人落後的群體性集體意識。

在沉悶僵化了多年的臺灣思想界，李敖以他過人的膽識和尖銳潑辣的文風，展現了黨外文化界新世代威猛的活力與批判的勇氣，成爲繼殷海光之後指點江山、激揚文字的人物，引起了相當一部分原就對現實強烈不滿而無處發洩的知識分子的共鳴，同時也觸犯了一大批朝野達官貴人和學術權威，所謂「三大評論」（即《政治評論》、《民主評論》、《世界評論》）便紛紛起來反擊李敖。胡秋原是李敖的頭號論敵，鄭學稼、任卓宣批李的火力也很猛。

一場文化論爭終於導致法律解決。先是鄭學稼控之於法院，胡秋原則先由律師警告對方，後於一九六二年九月十八日，正式宣布起訴，與鄭案合併辦理，一理就是十多年。這裡不僅有思想問題、法律問題，而且與這小島上的政治暗潮有關。最後打贏官司的是胡秋原。這是因爲李敖及「文星」的現實表現比歷史問題更可怕。於是當局毫不客氣給其戴上「與共匪隔海唱和」、「協助臺獨」的嚇人帽子，於一九六五年十二月將出版至九十八期的《文星》封閉，其下場與《自由中國》一樣慘。李敖並未因此停止對胡秋原的進攻，終於碰得頭破血流，於一九七一年三月入獄，次年以「叛亂」罪判刑十年，蔣介石死後減刑爲八年。這場起於徐復觀與胡適的中西文化論戰，終於在槍桿子的干預下收場。

鄉土文學

所謂「鄉土文學」，是根植在臺灣這塊土地上反映社會現實面貌的文學，能表現臺灣地域特色的中國文學之一種。鄉土作家關心自己賴於生長的土地，努力表現臺灣鄉村和都市的具體社會生活，用富有地方色彩的語言和形式揭發社會內部矛盾和體現民族精神，去批判精神上和物質上殖民化的危機，從而在寶島上高高舉起中華民族自立自強的旗幟。

這類作家前行代有吳濁流、楊逵、鍾理和、鍾肇政等，後起之秀有王禎和、黃春明、王拓、陳映貞、楊青矗等。他們的作品雖然多以鄉村爲背景，但不限於表現田園風光和地方風俗人情，還廣泛地反映現實生活中大眾的思想感情，描寫了他們奮鬥、悲歡、掙扎和心理願望。透過這些作品，能使讀者對臺灣社會有更深切的瞭解和關切。

臺灣的「鄉土文學」與一般意義上的「鄉土文學」，其不同之處在於它是對外來強勢文化入侵的抵抗。作家們強烈要求獨立自主，反對崇洋媚外而擁抱生我養我的祖國大地。具體說來，五十年代中期以後，臺灣文學界在西化浪潮的衝擊下，向西天取經蔚成風氣。不論外省或本省作家，差不多都強調文學非縱的繼承，而是橫的移植。這時統治文壇的是繼「戰鬥文學」後出現的以象徵主義爲代表的現代主義文學。七十年代後，由於國際重大事件的衝擊，臺灣社會政治和經濟環境發生了急劇變化，使得文學界和社會各界一樣，對社會、經濟、政治、文化方面作出反省。這種劇變，激發了作家反抗殖民經濟和買辦經濟的民族意識及文化侵略的強烈願望。在這種情況下，便產生了政治革新要求、經濟平等和反剝削要求，隨之而來的是文化從唯西方馬首是瞻到回歸鄉土。「鄉土文學」適時地順應了這一歷史潮流。這種「鄉土文學」，正如齊益壽說：「在他們的作品中，對外來的文化文明，有鮮明的批判；對國人的崇洋媚外，有辛辣的嘲諷；對於生於斯長於斯的這塊大地，有熱情的擁抱；對廣大的中下階層，有焦灼的關注和悲憫的批評。」這種「鄉土文學」，與其說是文學流派，不如說是文學潮流變革的先聲；是文學由虛假變作眞實，由西方文學的附屬變爲獨立自主的民族文學報春燕。

鑑於「鄉土文學」是新興的文學潮流，這就難免遭到一些人的誤解，乃至產生新舊兩派的對峙和論爭。鍾肇政認爲：「鄉土文學」如果要嚴格的賦予定義是不可能的。用一種比較廣泛的眼光來看，所有的文學作品都屬於鄉土，沒有一件文學作品可以離開鄉土。王拓也認爲「鄉土文學」的稱謂不確切。七十年代後期鄉土文學論戰結束後，「鄉土文學」的合法性得到了確認，但它已被新的名稱「臺灣文學」所取代。

「旅臺」馬華文學

所謂南洋，是東南亞的別稱。在南洋文學中，馬來西亞是一支不可忽視的勁旅。

從一九六〇年代初開始，從馬來西亞到臺灣定居或學習的馬華作家，有黃懷雲、李永平、張貴興、陳慧樺、溫瑞安、方娥眞、張錦忠、黃錦樹、林建國、陳大爲、鍾怡雯、林幸謙等人。他們大部分能寫、能評、能編，並以蕉風椰雨的異國情調成功地介入了臺灣文壇。到了一九九〇年代，旅臺馬華作家所書寫的熱帶文學，開始在臺灣文壇大放異彩，他們無不以自己的「臺灣經驗」審視馬華文學，在馬華文壇掀起陣陣波浪：或勇奪兩大報文學獎，或通過《中外文學》等權威刊物製作馬華文學專輯，或在臺灣舉辦馬華文學研討會，或在大型出版社出版《南洋論述》、《馬華散文史讀本》等專著。此外，他們還在大學開設東南亞華文文學課程，進入學院體制，占領文學講臺。

按陳大爲的解釋：「旅臺」馬華文學只包括當前在臺灣求學、就業、定居的寫作人口（雖然主要的作家和學者都定居或入籍臺灣），不含學成歸馬來西亞的「留臺」學生，也不含從未在臺居留（旅行不算）卻有文學著作在臺出版的馬華作家。從客觀層面看來，「旅臺」的意義著重於臺灣文學及文化語境對旅居的創作者產生了直接的影響，那是一個完整的教育體制與文學資源，在一定的時間長度中（大學四年或更久），從單純的文藝少年開始啓蒙—孕育—養成—茁壯其文學生命（間中或經由各大文學獎的洗禮而速成），直到在臺結集出書，終成臺灣文壇一份子的過程。從結果來看，這個過程並非單向的孕育，臺灣文學跟馬華旅臺作家之間產生了雙向滲透，旅臺作家以強烈的赤道風格回饋了臺灣文學，成爲臺灣文學史當中唯一的外來創作群體。此外，還有「在臺」馬華文學。其存在依據有一部分來自「在臺得獎」，更大的一部分來自「在臺出版」。必須先有了「旅臺」作家成功建構出風格鮮明的「赤道形聲」，再加上其餘「非旅臺」馬華作家在臺的出版成果，由此聯繫起來的馬華作家總體形象，方才構成「在臺馬華文學」的全部陣容。「馬華在臺作家」等同於「馬華旅臺作家」，是以人爲依據的概念，只要在臺灣出版、發表、得獎才算。「馬華在臺文學」卻大於「馬華旅臺文學」，是以書爲依據的概念，只要在臺灣出版、發表、得獎都算。

經過近五十年的在臺發展，旅臺文學逐步成爲馬華文壇愛恨交織的一個關鍵詞，甚至可以形容爲一枚核武，它既產生過最富有活力和爆發力的文學團體，也多次引爆過影響深遠和具爭議性的話題，當然更少不了許多大幅提高馬華文學國際能見度的重量級得獎作品。不過，旅臺文學的人數不多，同時期活躍在臺灣、馬來西亞文壇上的名字，通常保持在個位數。

「五小」出版社

開一代文風的文星書店被當局鎮壓下去後，文人不甘就此全軍覆沒，便辦了五家小型的出版社。「五小」的「小」，係相對「聯經」、「時報」等資金雄厚的大出版公司而言。一、純文學出版社創辦於一九六八年，發行人林海音每年僅出十多本書，一九九五年結束業務。二、大地出版社創辦於一九七二年十月，發行人姚宜瑛。該社出版過席慕蓉的代表作《七里香》、《無怨的青春》，余光中的詩集《白玉苦瓜》。一九九〇年，「大地」由他人接辦。三、爾雅出版社創辦於一九七五年七月，發行人隱地。該社每年出書二十多種。「純文學」停業後，「爾雅」便成了「五小」出版業最活躍的一支勁旅。四、洪範書店創辦於一九七六年八月，由瘂弦、楊牧、沈燕士、葉步榮等人發起。該社以出高雅的嚴肅文學爲己任。五、九歌出版社成立於一九七八年三月，發行人蔡文甫出版的書多次獲臺灣的各類獎項。極具文學史料價值的是余光中任總編輯的《中華現代文學大系》「臺灣：一九七〇～一九八九」、「臺灣一九八九～二〇〇三」。

同是出純文學書的出版社，創辦人既是編輯家也是作家，出的書不是小說、散文，就是詩歌或文學評論。業務相似，按常理應該競爭激烈，但據隱地回憶，「五小」出版社的老闆經常像朋友般聚餐，在聚餐時互相交流出版信息，還組團到國外旅遊。同行之所以沒有成爲冤家，是純文學出版社的老闆林海音在起關鍵作用。這位個子最矮的社長，是「五小」最高的精神領袖。但有時也難免出現磨擦的情況，如一九八九年，九歌出版社出版《中華現代文學大系．臺灣》，由於牽涉到作品版權以及信息保密問題，「五小」便意見不一致，以致有雜音。高信疆編《證嚴法師靜思錄》，原打算五家聯合出書，後來演變成獨家出版。在編「年度短篇小說選」問題上，「爾雅」和「九歌」也有過誤會。但總的來說，友情仍在，沒有出現你死我活的場面。

唐文標事件

從一九七〇年代初起，在新世代詩人推動下，現代詩壇開始了內部反省。正是在這種氛圍下，在新加坡大學英文系執教並爲《中國時報》「海外專欄」撰稿的關傑明，刮起了一股導致現代詩人創作路線的論戰與反省的旋風。就他讀過的三本均冠以「中國」名，而實際上很少中國性，卻有濃厚的「國際性」、「世界性」的三本有關詩集：葉維廉編譯的《中國現代詩選（一九五五～一九六五）》，張默、瘂弦、洛夫主編的《中國現代詩論選》，洛夫主編的《中國現代文學大系（一九五〇～一九七〇）》詩一、二輯，沉痛地指出：「中國作家們雖然避免了因襲傳統技法的危險，但所得到的不過是生呑活剝地將由歐美各地進口的新的東西拼湊一番而已」。

在關傑明的啓發和帶動下，一九六〇年代曾寫過詩的唐文標，於回國前夕的一九七三年發表的三篇文章。這三篇文章的共同之處是強調文學的社會功能，批判「藝術至上論」。唐文標把「逃避現實」者視爲「新一代的有閒階級」，認爲「他們的文學，是嗜好的，而非需要的；是賞玩的，而非合成一體的；是小擺設的，而非可運用的；是裝飾的，而非生活的。」在第一篇文章〈什麼時代什麼地方什麼人〉裡，他列舉了新詩中的三種錯誤傾向：一是以周夢蝶爲代表的「傳統詩的固體化」；二是以葉珊爲代表的「傳統詩的氣體化」；三是以余光中爲代表的「傳統詩的液體化」。對這「三化」，唐文標並未作具體解釋，但他批評現代詩未爲社會、現實服務的意圖仍可體現出來。分上、下篇的〈詩的沒落〉，副標題爲「香港臺灣新詩的歷史批判」。上篇〈腐爛的藝術至上論〉，下篇〈都是在「逃避現實」

中〉，批評現代詩人不該搞個人逃避、非作用的逃避、思想的逃避、文字的逃避、抒情的逃避，以及集體的逃避。唐文標的文字寫得十分富於感情色彩和諷刺意味，感嘆「他們生於斯，長於斯，而所表現的文學竟全沒有社會意識、歷史方向，沒有表現出人的絕望和希望」。〈僵斃的現代詩〉火藥味更濃，作者特別強調「今日的新詩，已遺毒太多了，它傳染到文學的各種形式，甚至將臭氣閉塞青年作家的毛孔。我們一定戳破其僞善的面目，宣稱它的死亡。」

唐文標以一人的激揚文字、糞土當年現代詩的氣魄向整個詩壇挑戰，自然犯了眾怒，怪不得受到眾多詩人、作家的抵抗，以致成爲「事件」。關、唐的文章儘管有不夠客觀科學和盛氣淩人之處，但它畢竟是一九五〇年代左翼政治、文化思想全面遭受鎮壓後首次衝破冷戰思想體系而得到的一次勃發，在光復後的文藝運動史乃至思想史上具有重要意義。在文學上，關、唐不無偏頗的文章，也引起了人們思考現代詩向何處去的問題。關傑明這股旋風披靡所及，「爲人生而藝術」路線獲得越來越多作家的認同。詩人們也喊出：「唯有眞正屬民族的，才能成爲國際的了。」

大河小說

按楊照的說法，「大河小說」這個名詞直接的來源應該是法文的Roman-fleuve。Roman意指小說，Fleuve則是向大海奔流的河。

Saga Novel與其他小說最大的不同點，第一是其中深厚的歷史意味，故事發生的背景往往設定在某個變動劇烈的歷史大時代；第二是其敘述是以一位主角或一個家族爲中心主軸，利用一人或一家貫穿連續的經歷來鋪陳、突顯過去的社會風貌；第三是以較多的篇幅處理社會背景，以及當時日常生活中的種種細節。第四個特色就是其敘事綿綿不斷，好像可以和時間一般永續不斷，一路講下去成就了的不止是長篇小說，更是特大號的超級長篇。

鑑於「大河小說」的界定幾乎沒出現在有官方背景的文學論述中，而只出現在本土文學的論述裡，因而楊照認爲「大河小說」的概念還有這樣的潛臺詞：「那就是『大河小說』要刻畫、建構的歷史敘述，是相對於中國史，外於中國史的臺灣歷史」。

如果把「大河小說」的出現限定在臺灣光復後，那吳濁流的三部長篇作品，即《亞細亞的孤兒》、《無花果》、《臺灣連翹》，由於有爲臺灣現代史作形象證明的意圖，因而具有「大河小說」的雛型。如果說，典型的「大河小說」必須具備濃厚的歷史意識，在寫家族史的興亡時必須橫跨不同的歷史時期，而這些歷史階段必須與國家民族的盛衰密切相聯的話，那公認的「大河小說」是鍾肇政的《臺灣人三部曲》、李喬的《寒夜三部曲》和東方白的《浪淘沙》。

「大河小說」的概念不應局限在本地作家所寫的本土歷史。只要通過家族的興亡表現出國家民族的命運，具有濃厚的歷史意識，那「外省作家」表現大陸歷史滄桑的作品也應算在內。從這個角度看，九十年代「大河小說」最重要的收穫是墨人長達一二〇萬言的《紅塵》。不同於臺灣某些「大河小說」對中華民族的歷史特點注意不夠，以致出現了離開中華文化母體的迷走現象，墨人的小說創作始終著眼於中國歷史特點和現實狀況，著意反映中華民族的苦難和揭示阻礙中國進步、危及中華民族那些存在的病毒。

「大河小說」在臺灣小說中的地位雖然沒有短篇小說顯赫，如《聯合報》、《中國時報》的小說獎常常突出短篇而把中長篇作爲陪襯，但這種文體的發達興旺是加強臺灣文學創作分量和價值的一個重要方面。

鄉土文學論戰

一九七七至一九七八年發生的鄉土文學論戰，表面上是一場有關文學問題的論爭，其實它是由文學涉及政治、經濟、思想各種層面的反主流文化與主流文化的對決，是現代詩論戰的延續，也是臺灣當代文學史上規模最大、影響最爲深遠的一場論戰。

一九七七年四月，《仙人掌》雜誌製作的「鄉土與現實」專輯所發表的陳映眞、王拓、尉天驄等人肯定鄉土文學的文章，引發了主流作家與西化派的圍剿。《中央日報》主筆彭歌發表〈不談人性，何有文學〉，點名批判陳映眞等人，稱他們的「鄉土文學」係中共「工農兵文學」的翻版。余光中的〈狼來了〉，則公開把陳映眞、王拓這些鄉土作家往共產黨陣營推而主張動武「抓頭」，這是臺灣三十多年來文學論爭中鮮見的露骨的政治指控。

綜合當時讚同鄉土文學人士的論點，在意識形態方面主要有：

一、文學家應把關心貧困者作爲自己的道德標準，而工農大眾是經濟上受富人剝削的階層，作家必須關照他們、同情他們、描寫他們。

二、沿襲二、三十年代反帝、反封建、反殖民主義的口號，將臺灣經濟視爲「殖民地經濟」，反對臺灣工農群眾遭受帝國主義剝削。更有甚者，指責執政當局爲殖民政府，甚至認爲以聯合報系《中國論壇》爲陣地的胡佛等「自由主義學者」是「洋奴買辦」。

不必諱言，是鄉土文學的擁護者首先從意識形態而非文學本身出發去進行論爭的。批判鄉土文學的一方，在許多情況下則出於歷史夢魘的驚疑，特別是兵敗大陸的慘痛教訓促使他們有些神經過敏。另方面也怕鄉土文學的興起侵犯了自己既得的利益，使自己從主導地位上跌落下來。

當時的一片白色恐怖氣氛，使論戰成爲一場朝野作家意識形態的決鬥。這就難怪鄉土文學的聲援者照批判者的做法離開文學主題去進行政治較量。像從〈狼來了〉中獲取靈感而寫作三評余光中詩的作者陳鼓應，所持的解剖刀就不是文學，他的出發點不過是以其人之道還治其人之身。陳鼓應這一遠離鄉土文學的極端筆戰的例子，充分證明這場論戰「是一場文學見解上沒有交叉點的戰爭，只是兩種對立意識形態的對決。」

這場論戰結束後，編印了兩本代表完全不同傾向的書。一本是由「青溪新文藝學會」編印，彭品光主編的《當前文學問題總批判》，一本是尉天驄主編的《鄉土文學討論集》。前者由尹雪曼作〈消除文壇「旋風」〉序。這裡講的「旋風」，主要是指「鄉土文學」，由此可見此書的總傾向；後者也旗幟鮮明地選了許多反駁「總批判」的文章，同時附錄了不少論戰的原文。更值得重視的是這兩本書的作者名單，所反映的不同意識形態媒體所集聚的不同思想傾向的作者群。

兩大報副刊

《聯合報》正式創辦於一九五三年九月，一創辦就有「藝文天地版」，為綜合性副刊，林海音一九五三年十一月接沈仲豪之手時改為以純文學為主。先後擔任主編的有沈仲豪、黎文斐、平鑫濤、駱學良、馬各、瘂弦、陳義芝、宇文正等人。此副刊服膺的主要不是政權的利益而是商業現實，以致從一九七〇年代後期起成了強勢副刊。在官方文藝政策瓦解的年代，它和《中國時報》「人間」副刊一起取代了以往張道藩控制的「中國文藝協會」指導文藝運動的地位，引導著臺灣文學的走向。

瘂弦（王慶麟）一九七七年至一九九七年所執掌的《聯合報》副刊，以「三眞」作為編輯理念：「探索眞理，反映眞相，交流眞情」。它不似「人間」副刊那樣前衛而顯得較為沉穩。這種「文學的、社會的、新聞的」副刊，使中年人覺得《聯合報》格調高雅，有大家之風範。

由瘂弦執掌的副刊，聚合了來自民間的社會力量，形成臺灣最具代表性的文化公共領域。它鼓吹極短篇小說、政治文學，使副刊守門人由此成為文化界的風雲人物，其副刊也成了文學傳播的權力磁場。到了一九九〇年代中期，由於社會政經結構的變化和電子傳媒的興起，「聯副」開始為文學獎「減肥」，但以文學為主導的路線未變。

作為臺灣省最大的民營報紙之一《徵信新聞報》，創辦於一九五〇年十月，一九五五年九月創辦「人間」副刊，一九六八年該報改稱《中國時報》，「人間」副刊正式創立於一九七二年。前後任主編的有徐蔚忱、畢珍、王鼎鈞、桑品載、高信疆、劉克襄等人。高信疆一九七三～一九八三年執掌的「人間」，係人文精神的副刊典範，對社會發展的重大事件和文化上的引人矚目的事情均積極參與。它改變了從前副刊「既與新聞無關，又與人生無涉，更談不上激動人心、傳承歷史、創造文化等等的趣旨」的呆板形象，從而開創了嶄新的「文化」天地。它扮演的是煽風點火的角色。在高信疆主持的副刊中，集結了一大批思想解放的學者、作家、畫家、音樂家，如李敖、柏楊等。一九七七年，「人間」副刊和《聯合報》副刊從正反兩方面聯手引爆了在臺灣當代文學史上有重大影響的「鄉土文學大論戰」，使文學由西方化轉型為鄉土化和中國化。

《聯合報》副刊與《中國時報》「人間副刊」，一直是雙雄並逐。競爭的激烈表現在版面規劃、專題設計與作家的爭取上最為白熱化。在專欄作家的名單變動上，「聯副」幅度小，專欄的持續性遠比「人間副刊」更為長久。

這兩大報的副刊主編瘂弦即「副刊王（慶麟）」、「副刊高（信疆）」，有瑜亮情結。具有濃厚的社會運動家氣質的高信疆，全力嘗試改變傳統文人副刊的體質，將其提升到報人副刊的層次，使副刊具有現代傳播的新思維。在這種思想指導下，「人間副刊」在臺灣首次圖文並茂地大膽介紹從牢獄出來後的李敖。七、八十年代，「副刊王」、「副刊高」兩人因報業的競爭而成「敵人」，但私下是好朋友。他們在臺灣掀起了媒體風雲，創造了副刊的黃金時代。

三三文學現象

三三文學集團是個鬆散的社群。它創立於一九七七年四月，由三三集刊、三三雜誌、三三書坊、三三合唱團以及周邊運作（如星宿書店）所集結的人力和成果組合而成。所謂「三三」，前一個「三」代表三民主義，後面的「三」則代表聖父聖子聖靈三位一體的眞神。主要成員有朱天文、馬叔禮、仙枝、朱天心、謝材俊、林端、丁亞民、盧非易等人，胡蘭成、朱西寧則爲該集團的靈魂人物。廣義的成員包括旁聽胡蘭成「易經講座」的蔣勳、張曉風、劉君祖、呂學海，父執輩文友鄭愁予、瘂弦、管管、袁瓊瓊，臺大詩社文友苦苓、楊澤、渡也、向陽以及朱西寧學生一輩蕭麗紅、蔣家語、蔣曉雲、履彊，還有小字輩三三林燿德、楊照、銀正雄、林麗芬等人。這個並沒有嚴密的組織和主張鬆散的聯盟，後因胡蘭成去世而於一九八四年自動解散。

被稱作「張派」小說傳人「三三」集刊和雜誌的作者，其作品所代表的是眷村第二代知識階層。在一九七〇年代末，他們作爲本土意識的對立面大規模搶占文壇，成爲大中國最後蒼涼的一筆，在臺灣當代文學史上成了一條亮麗的風景線。正如張瑞芬所說：時移事往，三十年後「三三」成員淬鍊出來的文學實力，迸現出臺灣當代文學空前的火樹銀花，這璀璨無比的世紀末華麗，跨越散文、小說、戲劇、電影諸多文類。朱天文、蕭麗紅、蘇偉貞、林燿德、楊照、朱天心，連同一向與朱家友好的張大春，至今仍是文壇中生代主力。

在風格上，「三三」成員表現出一種「張腔胡調」。「張腔」是指張愛玲用深刻細膩的文筆特立獨行作風，形成一種揉合了《紅樓夢》小說和西方言情說部這種新舊並存的敘述方式。正如王德威所說，張愛玲小說的魅力摒棄了忠奸立判的道德主義，專事「張望」周遭「不徹底」的善惡風景，並注重用「庸俗」反當代。

「胡調」用張瑞芬的話來說是內在世故，外表一派純眞，文字以婉媚多姿、青春美質著稱，另加潔癖與天眞。「張」與「胡」風格相異處在於：張氏對人生採取冷眼靜觀的態度，總在陰暗角落裡偷窺著，而「胡爺」則永遠意識到自我的存在，與高采烈地活著。朱天文等「三三集團」諸人，「胡腔」勝於「張調」，形塑爲「內在老成，外在天眞」的表徵，一種「跌宕自喜，與造化相頑」，宛若天山童姥般的童顏稚語，一種胡、張交融的「三三」文體，即所謂「張腔胡調」。

政治小說

「政治文學」中的政治，不只包括在國會、議會及各級政府中發生的事情，也不只包括政治權力或權力之間的衝突。政治常常包含各階級之間的鬥爭、爲推翻政權所作的輿論準備、帶政治訴求的示威遊行、爲實現某種政治目標的結社行爲、政治謀殺……政治當然離不開政治體系，但政治體系不以所有的權力情境或決策場合爲範圍，而只有替全民作出的權威決議，才能與政治有關。作爲文學家，不可能個個都去參與社會決策或政治鬥爭，但他們的文學活動很難脫離政治，其寫的作品也不可能完全不食人間煙火。

「政治文學」在五十年代就出現過。在七十年代中期以後出現的政治詩、政治小說，其功能和五十年代正好相反，即以反當局、反體制著稱，它們是被壓迫者的心聲，是弱勢階層的代言人，具有強烈的在野的反叛性格。

就小說與社會現實的關係來說，政治小說有一類是以政治訴求作爲主要目標的。另一類沒有明確的政治主張，只是基於作者感時憂國的精神去寫政治鬥爭。

如果從題材上分，政治小說有牢獄小說，如施明正的〈喝尿者〉。有人權小說，它是政治文學運動與反對運動的合流，其理論家爲宋澤萊，作品有楊青矗的〈選舉名冊〉。有歷史小說，如東方白的《浪淘沙》。有揭露賄選的，如宋澤萊的〈鄉選時的兩個小角色〉。有政治寓言，如陳映眞的〈華盛頓大樓〉，寫國際企業如何使人泯滅民族意識，開了寓言小說風氣之先。

如果從描寫的政治事件分，政治小說則有四大類型：寫島內政治事件的小說，如二‧二八事件、反體制運動成長史、個別侵犯人權案例、地方政治活動、各級選舉內幕等等。寫涉外事件的小說，是指退出聯合國、中美斷交、保釣運動、海外政治謀殺等等。寫兩岸關係的小說，是指解嚴前的懷鄉文學、解嚴後的探親返鄉文學。另有虛構政治事件的作品，如猜測大陸武力攻臺的暢銷書《一九九五閏八月》，就屬此類。

臺灣政治小說具有如下特色：

一、政治小說的繁榮不是作家的政治因子特別活躍造成的，而是惡質化的社會環境和一度出現的政治「抓狂」現象，政壇所進入的多元無序、非理性狀態，以及權力機構啓動下兔死狗烹的必然下場，均爲政治小說之花的盛開提供了肥沃的土壤，因而政治小說的興衰主要取決於外因而非文學發展的內因。

二、不少作者是政治運動的積極參與者甚至是領導者。且不說在一九七九年的「美麗島事件」中，像王拓、楊青矗這樣的「黨外菁英」因抗議國民黨的高壓而鋃鐺入獄，就說同樣坐過大牢的陳映眞，在九十年代其主要精力也不是用來從事創作，而是以領導「中國統一聯盟」一類的政治實踐爲人們所注目。

三、無論是統派還是獨派作家，都具有強烈的政治使命感。他們均企圖爲這個時代過磅，秤出政治人物的重量。

四、「向時代的統治者挑戰；向時代的統治者、利益共同體及其外圍支持者挑戰；向時代精神的統治者上帝挑戰；甚至向這個時代挑戰。」

五、由於作者趕政治浪頭心切，有的作品往往以達到政治目的便認爲大功告成，因而常常流於新聞事件的演繹或「政治就是高明的騙術」的圖解，其功利性遠大於藝術性。

眷村文學

眷村係指從國民黨退守臺灣起至六十年代，當局爲了安排由大陸各省遷移至寶島的國軍及其眷屬所興建的房舍。七十年代眷村由興旺至衰亡，但它造就的人才和影響力，意外地成爲臺灣軟實力的亮點。眷村走出了各行各業的眾多名人，成爲當今有特色的臺灣文化組成部分。如果不從狹義看，眷村亦包含榮民與眷屬自行興建的大範圍違建，例如寶藏岩等的所謂「另類眷村」。此外，駐臺美軍軍官、士官及其家屬在臺的住所，也被稱爲「眷村」。

所謂眷村文學，是指描寫眷村中的人、事、物、生活狀態及其特有的文化現象或以眷村爲故事發生背景的作品。朱天心的小說〈想我眷村的兄弟們〉多次獲獎，由此被稱爲「眷村文學第一人」。

在廣義上，臺灣是一個舊移民與新遺民混雜住在一塊的移民或曰遺民社會。對他們來說，歷史的遺骸既然無法消除，由移民帶來遺民的影響也就永恆存在。每逢政權更替，必然發生「遺民」現象。一批忠於前一政權的文人，面對道統一去不返的現實而失去原有的話語霸權，便會與新政權產生強烈的疏離感。對這種逆天命、不認同新政權的「遺民」作家，寫出來的文字不再是詩語，而是符咒。他們嗜好傷逝或懷舊，在筆端中常常流露出強烈的故國之思。作爲遺民後代的後遺民，他們的「後遺民寫作」與「遺民寫作」最大的不同是在遺忘與記憶、除魅與招魂中游走，其懷鄉情緒由濃到淡，反共意識不像過去那麼鮮明突出，著重書寫外省人下一代與本省人或衝突或融合的故事。正如王德威所說：「臺灣由於當下國族政治情勢使然，遺民與殖民的悲情常被大量渲染，遺民意識則被視爲保守懷舊的糟粕。但對於嚴肅的臺灣文學及歷史研究者而言，遺民文人所銘刻的家國創痛、歷史糾結，是臺灣主體建構不可或缺的部分。」其中眷村寫作，便是這種後遺民寫作的開先河者。

還應指出的是，作爲臺灣「母文化」之一的眷村文化，有第一代與第二代之分。住在眷村的第二代沒有國共鬥爭的經驗，因而朱天心比其父朱西寧多了一點懷疑主義和自由民主思想，在一九八〇年代崛起的眷村文學中表現出外省第二代家國難分或揶揄反共復國的特性，故事離不開悲歡離合的套子，情節在現實與理想、他鄉與故鄉、臺灣與中國之間穿梭。當然，作爲臺灣特定文化政治產物的眷村，在本土化浪潮衝擊下正在消逝，但這些「遺民」仍然在發表作品，在敘述鄉土、追述童年的同時反思記憶，描寫兩代衝突，甚至操縱情欲政治；繼續鋪寫外省籍的父輩逃離臺灣的遭遇，探討這些文學上的異鄉人兼政治上的孤兒的命運，眷村寫作也就順理成章成爲「後遺民寫作」。這方面的代表作另有朱天心對現實充滿了流離、疏離、怨恨情緒的《巫言》，還有舞鶴的《餘生》以及張大春的《聆聽父親》。

環保文學

近半個世紀以來，臺灣大力推動政經建設，並且一步步向具有高度工業化、都市化的目標邁進。伴隨著經濟起飛和礦藏的開發，帶來了它的無可抗拒的負面：大自然美景被機械文明割裂乃至戕殺，餿水油、戴奧辛、核能發電廠、黃麴毒素造成的一類公害污染，成了令人頭疼的問題。環保文學，便是表現自然生態及環境被破壞之作品。

環保作家以自己的藝術敏感很早就體會到，環境污染和自然生態的破壞對人類生存所造成的威脅。大量地表現生態環境的主題，是臺灣正式步入工業社會時代之後。這時的人們不僅受影印機、電視機的侵擾，也受核能外洩和浮塵、垃圾、水污的威脅。這些作者認爲，工業社會發展是人類文明的標誌，但現代化的實現，卻以生態破壞和環境污染爲代價。這種污染和破壞，不但給人體健康造成危害，而且使人失卻生存的動力，因不堪生活環境的惡劣，自殺率明顯上升；許多人只好苟且偷安，及時行樂。不滿足於寫反公害污染的作品，則進一步思考生態保育、人與自然平衡的關係。由於題材的擴大和深度的挖掘，八十年代以來的環保文學，呈現出一片興旺繁榮的景象。其中有的透視核能電廠的黑幕，爲了子孫後代的安全和幸福請命；有的深入體會污染對國民健康的推殘，扮演公害災難的見證者；有的批評當局環保政策的失誤；有的由賞鳥、愛鳥而進入生態保育的主題；有的寫臺灣豐富的植物資源，有的寫臺灣野生植物的價值，有的寫森林的災難，有的寫石油污染海洋生態的慘酷……，無不扣緊地方特點，突出生態環境的保育觀念。其中韓韓、馬以工一九八一年初在《聯合報》副刊發表的系列文章，陳述環境污染的危害性，後結集爲《我們只有一個地球》，正式開了環保文學的先河。

他們創作的作品，有一類爲「土地傷口報導」。這裡講的「土地傷口」，是指工廠廢氣、亂砍亂伐森林、河流受到嚴重污染。「報導」是指作品多用報導文學形式。另一類環保文學是與「自然寫作」靠攏的「野外拙趣散文」。代表作家有劉克襄、洪素麗、陳煌等。

環保文學雖然有與政治緊密結合的一面，但更多的是用文化手段來獲得對病態社會的療救，其宗旨在於消除大自然與人的對抗，倡導科學與人相溶的一面，使廣大市民不再呼吸刺鼻的化學品燃燒的氣味，不再忍受間歇發作的野蠻噪音。老詩人余光中，正是本著社會關懷，關心民間疾苦的心情，不忍看見美麗的天空被污染，而用文字向製造環境污染者提出控訴。他的新詩〈控訴一支煙囪〉，是聲討空氣污染的經典之作。

女性書寫

八十年代以後，隨著婦女經濟力量的抬頭，價值多元變遷影響了社會及家庭結構，也改變了男女關係的模式，這樣便有女作家的大面積崛起，如施叔青、李昂、蘇偉貞、廖輝英、袁瓊瓊、蕭颯、蕭麗紅等人。這些女作家在和平時期長大，有機會和男性平等競爭。再加以西蒙·波伏娃爲代表的女性主義思潮傳入臺灣，當時還未當上副總統的呂秀蓮從哈佛大學畢業返臺後，在「幼獅」出版了鼓吹女性主義的論文集，爲臺灣掀起新女性運動打了頭陣，女性主義思潮從此風起雲湧出現在臺灣文壇。《聯合報》副刊、《中國時報》「人間」副刊的文學獎把獎項投給女作家，使她們一登龍門，便身價百倍。

從一九八六年開始，許多大專院校外文系和中文系都設有女性、兩性或婦女、性別研究室。按照陳玉玲的說法，反省女性在社會結構中的性別角色的女性主義批評家，有「激進」與「溫和」兩派之分。前者要顛覆父權，爭取身體自主權，典型的有李昂的《殺夫》。溫和主義路線代表主要有曹又方等人。她們認爲女性只需要自我努力加上一點運動，便可以成爲全面的成功女人。

在女性評論家推動下發展的女性文學，突破了男剛女柔、男外女內的刻板模式，在性別角色的認知上提出新的求索與質疑。進入九十年代後，女作家開始探索「性與政治」的關係，其中以寫政治女人最具挑戰性。

女性文學突出的特色是消解男性/女性二元對立。作品不是寫「大我」，而是寫「小我」，寫自己：寫女人的身體、情欲和私房話。這些作品中的自戀女人不同於以往雖然擁有經濟自主、感情自主卻談不上身體自主的風姿綽約的女性。在新世紀，不少女同性戀小說寫得極爲狂放粗鄙，女性文學在迅速向「次文化」轉化。

同志小說

同性戀題材在臺灣小說中出現的時間很早。林懷民一九七四年出版的《蟬》，寫了男同性戀的失蹤和性的關係。不過，只有等到白先勇〈孽子〉在一九八三年發表，男同性戀在臺灣小說中才取得正式發言機會。

一九八七年隨著戒嚴令的廢除，企業家的權威取代了政治家的霸權，這便帶來了文化思想空前多元化的局面，過去被窺視、被議論、被驅逐的性別與情欲意識也開始瓦解、鬆綁。正是在這種背景下，女性主義運動帶動了「我們之間」這種女同志團體的興起和臺灣同志運動的蓬勃開展。這時臺灣出版的《熱愛雜誌》，還遠銷香港。一九九五年九月，皇冠出版社同時出版三本「新感官小說」。在九十年代，涉足同性戀題材的新世代作家有楊麗玲、朱天心、顧肇森、葉姿麟、梁寒衣、江中星、紀大偉、洪淩、陳雪、曹麗娟、淩煙、張亦絢等人。其中朱天文的《荒人手記》和邱妙津的《鱷魚手記》，於一九九四、一九九五年獲時報文學獎，從制度上爲「同志藝術」在臺灣文壇取得合法地位作了衝刺，被譽爲「九十年代臺灣文壇最精彩的嘉年華」。

解嚴前的同志小說在性別呈現方面還不夠明朗，作品中充溢著的是悲情。爲了取得社會的理解，作者用防衛自辯的手法以求取得人們的同情和接納。開放黨禁報禁後，隨著社會的開放，從國體到個體——身分情欲與性別認同的糾葛，尤其是國際同志文藝影視的大量引進，以及臺灣同志運動的公開化，因而作品不再停留在彼此相同的性向與邊緣人的處境中尋求認同，和被主流邊緣化的描寫上，而是在衝破傳統家庭結構的同時，進行政治的組合，尋找包括政治理念與性別傾向的身分認同，如陳雪《惡女書》寫「惡」，就是在挑釁法統，紀大偉的酷兒科幻小說《膜》，也被稱爲性政治文本。在同性愛欲表現方面，近年來的小說強化酷異性別的主體性。

綜觀臺灣同志小說的流變與走向，可看出它與香港和西方小說在批判異性戀家庭制度方面所表現的異質同構性質。臺灣同志作家其長處是能注意本土特徵，而不像香港的某些寫男同志錯身的小說常常出現異國情調。無論是同志、酷兒乃至怪胎書寫，它們均跨越性別、年齡、文化、階級、種族，情欲的想像空間愈來愈寬廣。同志小說所出現的女同性戀吸血鬼鬼影的反寫實風格，以及和科幻小說、恐怖小說等文類結盟，均表明這些作品屬後現代文學範疇。它們以顛覆常規的抗爭姿態出現，可視爲國際同志文藝與本土文藝資源合力的結晶。這類小說愉悅地面對身體與情欲，不再認爲情欲是人性的墮落，其狂野色彩和營造的敗德的詭異氛圍，挑戰了家庭觀念及感官所能容忍的限制，由此形成臺灣文壇另立與主流文化相頡頏的次文化的一幅重要風景。

本土化運動

陳昭英追敘本土化的源頭時，將臺灣的本土化運動分爲一八九五年以後「反日」、一九四九年以後「反西化」、一九八三年以後「反中國」三個階段。這種分法有動態的闡述，也有靜態的剖析。亦即「三反」既是對日本占領臺灣以來一個世紀期間本土化運動進行「斷代」的概念，同時又表現爲三種界定「本土化」意義內涵的概念系統。「就動態方面來說，三階段並不是前後截然劃分」，它「所標示的各階段時間只是指涉該階段起始或茁壯的時間，不包括結束的時間，因爲各階段有重疊的情形。」

關於「反中國」階段，解嚴後出現了一種「多元主體本土論」。隨著各族群自主意識的覺醒，原住民文學、客家文學、臺語文學、眷村文學得到長足的發展，但發展、競爭的同時也出現了互相傾軋的現象，如「客家文學」指責「臺語文學」由閩南話獨占，是「福佬沙文主義」。據游勝冠說：爲了解決這種族群意識強化後產生的矛盾，張炎憲於一九九〇年代提出去漢人中心主義的歷史觀，以臺灣這個地理空間的歷史發展爲主體，而不是以其中任何一個族群爲主體。這種概括表面上說要尊重島內各族群的主體性，其實一旦去「漢人中心主義」，「外省人」便不可能受到尊重。葉石濤寫於一九九三年底的〈開拓多種族風貌的臺灣文學〉，呼應張炎憲的主張，認為「臺灣一向就是多種族社會」。只有弘揚「多種族臺灣文學論」，才能去掉歷史上的族群糾紛，才能使「島內五個種族和平共處」。這好像是以臺灣的自由民主化、多元化的現狀為構想作依據，實際上是用一個極端排斥另一個極端，其效果是解構「中國中心論」。

隨著「本土論」的日益強大並逐漸在論述場域中建立了霸權地位，更由於「本土論」的高度政治化，其排他性格和封閉性也愈發突出，因而也遭到了來自「本土論」內部和外部兩方面的批判與挑戰。如在「本土論」陣營內部逐漸出現了一種反省的力量和聲音，陳芳明是其中最有代表性的學者之一，他已意識到本土論的封閉化和政治化對臺灣社會的巨大傷害。而傳統左翼、後現代主義、後殖民主義和自由主義的知識分子對「本土論」展開了更為深刻全面的批判。劉小新將其概括為：一、左翼的批判針對的是「本土論」對階級差異和底層庶民真實生活的遮蔽。二、後現代主義和後結構主義以及「民主左翼」的批判鋒芒則直指「本土論」和「國族論」的本質主義傾向。三、後殖民主義的批判直接指向「本土論」的「純質膜拜」傾向和對霸權化典範的仿製性質。四、自由主義對本土論的批判則直指本土論的民粹化傾向。

「本土論」與「反本土論」構成了一九九〇年代以來臺灣思想史的一條重要線索。如果「本土論」在國民黨威權統治時期還具有反抗支配和壓迫的積極意義的話，那麼，當「本土論」獲得話語霸權並且成為新威權的統治意識形時，它已走向反面蛻變為一種新的壓迫力量。

張愛玲在臺灣

在一九六〇年代，張愛玲僅到過臺灣一次，且時間甚短，她也從未有過描寫臺灣的小說問世，可從五十年代後期起，臺港及海外文壇一直在上演著臺灣的香港傳奇：張愛玲熱。那時嗜好張氏小說者被稱爲「張迷」，模擬張氏小說筆法則被稱作「張派小說」，張愛玲本人亦被尊稱爲「祖師奶奶」。稱自己爲「張迷」、別人稱他爲「張痴」的水晶，對張氏小說的視角與象徵手法運用、性心理描寫、文字的精煉以及張愛玲對人生的感受，均有細緻的分析。「張派小說」的代表人物有施叔青、朱天文、朱天心、蘇偉貞、袁瓊瓊、三毛、白先勇、郭強生、林俊穎、林裕翼。他們延續「想像中國」的欲望，也等同於一種文化懷舊，這使得「張派」傳人的主力集中在中產階級，尤其是眷村第二代女作家。

在臺灣，也有人認爲張愛玲是抗戰時期的「落水作家」。旅美學者夏志清不受這些看法的局限，在一九五七年發表了〈張愛玲的短篇小說〉，給了張氏極高的評價，並破例給張愛玲四十二頁的篇幅，而論魯迅的專章僅有二十六頁。夏志清能獨具隻眼用「人文關懷」、「人文主義」的視角肯定張愛玲的文學成就，在張愛玲研究中開創出以外文系學者身份解讀張愛玲現象的一個新的學派。像接過夏志清論述的李歐梵，另以「上海都市性」的方法詮釋張氏作品，而王德威吸收夏志清、李歐梵的論述精神——「頹廢在他那裏得到了細化，而且，他提出了一套『晚清現代性』文學史敘事，更多的把通俗文學納入到日常生活敘事之中。」但「夏志清—李歐梵—王德威」這三代相傳的論述，均把張愛玲捧得太高，於是，出現了和夏志清爭鳴的文章。如王拓認爲張愛玲最大的弱點是在努力表達時代的大事件時能力不足。

臺灣的左右兩翼對張愛玲的評價雖然南轅北轍，但就對張愛玲如此痴迷這一點來說，並無多大差別。在七十年代出版的研究張愛玲的論著中，對張氏又恨又愛的唐文標所著的《張愛玲雜碎》，影響最大。他認爲，張氏早期的小說是純粹的「上海傳統的小說」，「『張愛玲世界』是一個死世界，張氏小說表現的是悠閒居民的生活心理。唐文標研究張愛玲，是把張愛玲當作當時展開的保釣運動的替代品或曰犧牲品。在臺灣，參與把文壇變成「非張（愛玲），即鄉土（文學）」以及把張愛玲演變成一則傳奇的唐文標，並不因爲臺港兩地批評家的「惘惘的威脅」而顯得孤立。

到了八十年代，仍然有許多作家和評論家像施叔青那樣不自覺地「不止一次踩在張愛玲的腳印」上，這種臺灣的香港傳奇，到後來發展爲把張愛玲視爲臺灣作家，一九九九年還把她的《半生緣》選入「臺灣文學經典」。這種奇異現象的造成，是因爲臺灣畢竟文學歷史不長，在臺灣也還眞的挑不出一位本地作家能像張愛玲影響那麼大。何況，張愛玲本是臺灣評論家（準確說法是海外評論家）夏志清發現的，是被大陸長期遺棄的。可根本問題在於：張愛玲是原汁原味的上海作家，也許還勉強可以稱她香港作家，但絕不可以將其定位爲臺灣作家。張氏既不生於斯，也不長於斯，且不認同臺灣，把去臺灣的短暫訪問稱之爲「回返邊疆」，還說臺灣有臭蟲。張氏作品絕大部分均在上海和香港發表，不習慣用臺灣背景寫小說。她傾力營造的藝術世界是上海和香港，其作品沒有反映過臺灣的社會現實，也沒有用閩南話和客家話寫作，更未有葉石濤所強調的「臺灣意識」。

臺灣文學系、所

研究臺灣文學，本應是大學中文系的題中應有之義，但由於臺灣在五、六十年代實行白色恐怖，不許講授中國現代文學，再加上中文系長期以來厚古薄今，甩不掉國學的沉重包袱，致使許多人並不認為臺灣有文學，或認為有文學但成就很小，完全不值得研究，這便形成研究本地文學沒有學術地位的偏見，使臺灣文學一直無法進入高校講壇。這就不難理解解嚴以前，全臺灣約六十個中文系及其研究所，沒有一個臺灣文學專業。從一九九三年五月起，靜宜大學在本土化的浪潮推動下，數次申請中文系下設臺灣文學組，遭教育部否決。一九九五年，臺灣筆會、臺灣教授協會等十八個團體，發表〈臺灣文學界的聲明——大學文學部不能沒有臺灣文學系！〉。到了一九九七年，淡水工管理學院（後更名為眞理大學）終於成立了全臺灣第一個「臺灣文學系」。

如果說，二〇〇〇年以前執政者尚未有設立「臺灣文學系」的計畫，或認為要設只能在中文系之下設立臺灣文學組的話，那到了二〇〇〇年民進黨執政後，「臺灣文學系」的建立不再是下面請求，而是由上層鼓勵。二〇〇〇年八月，教育部通令十九所公立大學籌設「臺灣文學系」和研究所，有的還有碩士班、博士班，個別學校還成立了臺灣語文學系。目前全臺只剩三所學校保存了臺灣文學系，分別為成功大學、靜宜大學與眞理大學。

「臺灣文學系」的孿生姐妹是一九九九年由成功大學成立的「臺灣文學研究所」。該所獨立於中文系之外，而隸屬在文學院之下。該所開的全部是以「臺灣」命名的課程。

相對於中文系對中華文化經典的探究，臺灣文學系、所的成立不是一般的學科建設問題，如成功大學於二〇二〇年成立臺灣文學系和博士班的申請，曾被教育部長曾志朗壓下，直至林瑞明拜見陳水扁總統時，陳氏才下令教育部受理申請，不許拖延。博士班的成立，主要專注在教導臺灣學生學習關懷臺灣、瞭解臺灣，其學術成果與教學課程則依學校的不同而有差異，尤其與弘揚中華文化爲主的中文系差異甚大。

文學臺獨

「文學臺獨」是指臺灣新文學屬「獨立」於中國文學之外的一種文學，或者說是不同於日本文學也不同於中國文學的一種「獨立」的文學；它早已與中國文學分道揚鑣，已經「斷裂」和自成一格、自成一體。

「文學臺獨」的發生和發展大致有兩個階段，即從「鄉土」向「本土」轉移，進而拋出臺灣文學「主體論」；從「主體論」進而鼓吹與中國文學切割的「臺灣文學論」，即「兩國論」的文學版。具體來說：

一是爲臺灣文學正名。其中以「臺灣意識」詮釋「臺灣文學」定義的評論家如彭瑞金講的「臺灣文學」中的「臺灣」，已沒有地理學上的意義，這是以意識形態劃線。還有人鼓吹不能光看作品是否具有「臺灣意識」，還要看用什麼語言寫成。

二是宣揚文學上的「兩國論」。林衡哲等人鼓吹「中、臺文學的關係，猶如英、美文學之間的關係」。他們呼籲臺灣作家最緊要迫切的是不應再寫留有中國印痕的文學，而應寫合乎臺獨標準的「臺灣共和國文學」。

三是爲「皇民文學」減壓。所謂「皇民文學」，係發生在一九三七年日本擴大對華南與南太平洋地區的侵略，占據臺灣之後所開展的「皇民化運動」的產物。爲了替「皇民文學」張目，張良澤拋出了「同情」論。陳映眞批駁道：「同情」論歪曲了臺灣歷史。其實當時的臺灣人民，並不都願意做日皇的順民。比起敢於反抗的另一類臺灣人來講，這「順民」其實就是臺奸或漢奸的同路人。爲「皇民文學」減壓思潮的出現，導致二十一世紀一些本土作家把「日本文學」作爲臺灣文學創作的楷模。

四是鼓吹「臺灣民族文學論」。此論與過去文學本土論的最大不同，是突出「臺灣文學」排斥中國文學的立場：論者不僅將反抗矛頭指向國民黨，也指向中國共產黨。這是把文學緊緊捆綁在政治戰車上，重蹈國民黨「反共文學」的覆轍。

五是爲「臺灣文學系」的建立製造輿論。一旦建立，便努力擠兌中國文學，最終目標是讓中文系與外文系合併。

「文學臺獨」的代表性作家有葉石濤、鍾肇政、李喬、彭瑞金等人。

原住民文學

所謂原住民，是六〇〇〇年至一〇〇〇年前先後來到臺灣定居的南島民族，其中最重要的是高山族，包括泰雅、賽夏、布農、鄒族、排灣、魯凱、卑南、阿美、雅美（達悟）等九個民族，是中國多民族大家庭的有機組成部分。

原住民文化是臺灣最古老的文化，但由於沒有自己的文字，沒有書寫系統，其創作多爲傳說、神話、民間故事、歌謠一類的口頭文學，多見於漢族或其他民族的記錄之中。隨著原住民教育的普及和文化水平的提高，尤其是隨著種族中心主義的瓦解，原住民的主體意識逐步覺醒。他們一方面用漢語改編各族群的神話傳說，另一方面在認同作爲主流的漢文化後，反過來回憶與反省部落生活。這種創作實踐，不僅拓寬了文學史的領域，而且爲臺灣文學研究提供了無限生機。

作爲臺灣文學瑰寶的原住民文學，它首先是指原住民作家以夾雜有比例不等的日語遺留的母語書寫的作品，但大量的是指以漢文爲書寫工具刻畫民族本性、表現其受壓迫受欺淩的沉重叫喊的作品，其明顯的特色爲「多爲自傳式的小說，語法上常見與一般漢語語法迥異者、意象與節奏常是屬族群生活經驗的凝練、融入族群文化的精髓等」。從表現形式看，原住民作品的文字有奇妙的韻味，其語言不以華麗著稱，而以樸拙見長，這與原住民崇尚自然，熱愛山海文化的習性相一致。比起流行文學，它更顯得渾厚，其場面描寫也更充滿豐富的色彩。

第一，原住民作家的創作與用第三人稱「他者」的摹寫，其共同之處在於描寫的大都是「土俗瑣事」，或再現了原住民歷歷如繪的情境，塑造了栩栩如生的「蕃民」形象。但由於原住民作家多用原住民的語言思考，卻用漢語創作，這就使其寫作過程形同「翻譯」。在多次重寫過程中，必然會對壓抑的民族本性和對本民族與文化的危急存亡之感表現得更眞切。

第二，在表現原住民面臨現代化和族群衝突的處境方面，突破了以往「海洋敘事」、「獵狩敘事」、「山林敘事」某些框框，在「返本」的同時又有所創新。

第三，原住民作家不僅注意鄉音的捕捉，表現「山」和「歌」是原住民的靈魂，而且還有對兩性角色的反思。

第四，表現了原住民對現實的不滿及其反叛的性格。如介入當前各種政治、文化焦點議題的描寫，均是達悟族、布農族、排灣族之子延續母體文化生命的表現。

總之，原住民生活已由過去被漢族作家所書寫到發展爲原住民自己「書寫的主體」。這種轉變解構了漢人中心論及充滿意識形態偏見的文學史敘述。正是在原住民與漢民族的互動中，調劑了整體文化，豐富了臺灣文學的內容，爲臺灣文學研究家提供了新的馳騁領域。

南北文學

區塊中心在臺北的非本土派文壇即「臺北文學」，它和區塊中心在高雄的本土文壇一樣，都是一種隱性存在。北部的非本土派支持者占多數，而南部的民眾大都是本土派支持者。這種南北分野的現象造成文壇上兩極分化：部分作家以臺北爲基地，創作具有中華意識的作品和色彩繽紛的都市文學，如李敖的雜文、陳映眞的小說。臺北不僅具有中華意識的作家居多，而且全臺灣的統派或具有中華意識的傳播媒體、出版機構、文學團體幾乎都集中在這裡。

書寫工具多半爲標準漢語的臺北作家，不留戀寫實的田園模式的寫作，鍾情於都市詩、都市小說、都市散文創作，代表作家有張大春、黃凡、林燿德、蔡源煌等人。

關於「南部文學」，並沒有結社也沒有正式命名的機關刊物，但它確是一種鬆散的聯盟。葉石濤說：「前後大約十年之久的臺灣，八十年代文學的演變的確證實了有南北兩派的兩種文學主張。」又說：「一般說來南部沒有北部那種都市叢林高度物化、異化，民眾生活較保守、傳統。在這種環境下，南部作家傳統、扎根生活，少用後設小說、超現實主義、意識流，屏東的陳冠學、曾寬，高雄吳錦發、許振江，鹽分地帶周梅春、陳豔秋，草根性強，以本土為主。北部作家以臺北市為主心發出來的是都市叢林文學，以國際性著稱……」南部作家不滿足於鄉土，而從鄉土出發將「臺灣意識」逐漸演變為臺灣本土意識——臺灣自主意識——臺灣獨立意識——臺灣民族解放意識。這種排斥中國意識的所謂具有主體性的路線，對「臺北的」文學主要從兩方面進行攻擊：攻擊戒嚴時期文學政治化的傾向和解嚴後文學中存在的「中國結」；攻擊解嚴後因工業文明過度發達而導致人文精神喪失的「物質巨人，精神侏儒」的物化傾向。

如果說在新世紀發起成立「搶救國文教育聯盟」，並非居住在北部但精神卻在北部的余光中，是北部文壇的盟主；那葉石濤、鍾肇政和李喬則是「南方文學集團」的靈魂人物。至於文壇第三勢力，號稱超越黨派背景，不討好官方，又不要財團支持，這注定了它是一個弱勢群體。

之所以會出現天南地北的文學現象，從大的方面來講，這是因為隨著政權的更替，新世紀的臺灣文壇，不再有「警總」那樣的政治勢力明目張膽的干預，但仍逃不脫意識形態的操控。在上世紀，文壇是以外省作家為主，發展到新世紀，本土作家已從邊緣向中心過渡，「臺北文學」包辦文壇的傳統結構模式，在本土思潮洶湧而來的情勢下，發生了明顯的裂變。正是在外來因素的誘導與內部求變的兩種合力作用下，文壇的結構作了相應的調整。隨著本土勢力的強大與綠營對藍營的滲透，藍綠兩派文化結構在新世紀還作了重新洗牌。

所謂「臺北文學」和「南部文學」之分，並不是絕對的，兩者時有交叉。

臺語文學

隨著九十年代本土論述惡性膨脹，「臺灣意識」成了知識分子熱烈討論的話題及「臺灣文學國家化」口號的提出，臺語文學的創作也成了一股不可忽視的潮流。

臺灣使用的語言除北京話外，另有福佬話（河洛話、閩南話）、客家話、原住民語言。臺灣話通常以福佬話爲代表，因而臺語文學一般是指用福佬話寫作的文學。過去的臺語文學以民間文學爲主，包括民謠、童謠、故事、笑話等，後有文人創作加入。由於臺語文學面臨著語言的困境，全身投入的作家並不多，故這些刊物登載的作品藝術粗劣者居多，以致被人譏之爲「有『臺語』而無『文學』」。

臺語本是中國閩南方言的一個分支，屬中國漢語的「次方言」，使用者多爲中國閩南、臺灣及東南亞一帶的華僑。爲了彼此方便溝通，不少有識之士提出臺語書面化的主張，並在八十年代展開過熱烈的討論。一種意見認爲，臺語在遭日本殖民者根除之後，又受到國民政府的歧視，「臺語書面化」正是對他們的反抗。各地使用的臺語無論是發音還是書寫均不統一，書面化正有助於文藝工作者的使用。另一種意見認爲，把日本與中國國民政府並列是不妥的，因爲日本是殖民者，而國民政府與臺灣人民的矛盾屬內部問題，不應混爲一談。現已有了以北京話爲基礎的「國語」，如再舉起「臺語」的旗幟分庭抗禮，不利於語言的統一。對如何書面化問題，也有不同的意見：有人主張全部採用漢字，或用羅馬拼音字，或漢羅混合應用，或另外創造一種新符號。

正因為臺語文學不僅有學術層面的問題，而且還牽涉到族群和國家的認同，故一些分離主義者，在「多語言文學」的遮掩下，把原本屬漢語方言的臺語膨脹為獨立的「民族語言」。環繞在臺語文學旗幟下的閩南語創作，其理論也陷入「書面文」不如「口語說」的「聲音中心論」的誤區，另還陷入「因臺灣意識激化成『準民族主義』而衍生的『正統心態』或『霸權心態』」。如果說，像林宗源講的「臺灣文學」只能用「母語」寫作，而這個「母語」又專指閩南話而不包括客家話、原住民語言，那與戒嚴時期國民黨認為只有普通話文化才是「中國文化」並無本質的不同。這種「一語獨大」的做法，縮小了臺灣文學發展的空間，妨礙了本土文學多元化的發展。

華語語系文學

長期在臺灣受中文教育的史書美（Shu-mei Shih），不甘心讓臺灣成為美國的附庸或作為中國的替身，這使其發生一種遠離中心的焦慮。「華語語系」（Sinophone）便是在這種背景下，史書美於二〇〇四年發表的用英文寫成的論文〈全球文學與認同的技術〉中提出來的。後來在二〇〇七年出版的英語世界第一本以專著形式將華語語系形諸文字的著作《視覺與認同：跨太平洋華語語系的表述與呈現》中，作者提出作為「華語語系」的主體，沒有必要永遠在「花果飄零」情結裏自沉，而應該從葉落歸根改為落地生根。史書美不像某些人那樣言必稱「離散」，而是提倡「反離散」。正是在「反離散」框架上，她提出的「華語語系」這一理論範疇，係專門指發生在中國大陸之外的華人用華語在文學乃至電影、美術等的創作實踐。用史書美的原話來說，是指「在中國之外以及處於中國邊緣、在數百年的歷史中被不斷改變並將中國大陸文化在地化的文化生產網絡」。

「華語語系文學」研究，是一種跨界研究，其中混雜有文學地理學的研究方法。史書美關注馬來西亞及大陸、臺灣等不居於中心地位的文學交流和匯合，擴大了漢語文學的研究空間，這有一定新意。

自史書美提出「華語語系文學」一詞並在二〇〇六年進入中國大陸以後，引起一波未平一波又起的論爭。值得重視的是經過王德威等學者的鼓吹和充實，美國主流學界是也以極大的熱情給了相當的關注，給人有向學科化方向發展趨勢之感。但無論是史書美還是王德威，其洞見中均有偏見。比如史書美自稱是臺裔美國人，「臺灣意識」還有「西方中心論」的影響，使她對中國充滿了誤讀，由誤讀、偏見還產生出一種敵意。她在臺灣和西方所認知的中國，顯然不是來自於自己的眞實感受，而是用一種意識形態所做的塑造。她號稱提出「華語語系」是爲了批判「中國中心論」，可她始終未能對自己淩駕在「中國意識」之上的「臺灣意識」進行反思。

下編　百年臺灣文學大事記要

一九二〇年

一　月　十一日　臺灣首個海外政治團體「新民會」於日本東京成立，標誌著臺灣新文學的開端。

七　月　十六日　「新民會」在東京發行機關雜誌《臺灣青年》，創刊號有陳炘倡導新文學觀念的文章〈文學與職務〉。

八　月　廿八日　賴和寫作漢詩〈懶病〉等三首。

九　月　大樹吟社創辦《潮》。

十一月　連雅堂在臺南出版《臺灣通史》。

是年，臺灣地方制度改建。日本第一個左翼團體「日本社會主義同盟」成立。《荊棘之座》創辦。《南方藝術》在臺北創辦，只出兩期。

一九二一年

一　月　廿六日　廢除中國人登陸臺灣條例。

二　月　賴和參加臺灣議會設置的請願運動。

三　月　張淮等人設立「斗山吟社」。
五　月　十五日　賴和在《詞苑》發表漢詩〈贈茂堤君〉。
六　月　陳錫如創立「旗津吟社」。
九　月　十五日　甘文芳發表〈現實社會與文學〉。
十　月　三日　專登俳句的《油加利》月刊創辦。
十七日　蔣渭水等人在臺北成立「臺灣文化協會」，賴和當選爲理事。
廿三日　賴和出席「全臺詩社聯吟大會」。
卅一日　《臺灣時報》設立刊登漢詩與短歌的「臺灣新制頌」專欄。
十一月　十七日　吳江山創辦文人俱樂部「江山樓」。
廿八日　臺灣文化協會發行《臺灣文化協會會報》。
十二月　十日　蔣渭水發表日文散文〈臨床講義——關於名爲臺灣的患者〉。
是年，日本左翼雜誌《播種者》創刊。廚白川村出版《近代文學十講》。

一九二二年

一　月　廿日　《臺灣青年》發表陳端明第一篇鼓吹白話文的文章〈日用文鼓吹論〉。
小野村林藏在《臺灣青年》發表〈現代文藝之趨勢〉。
二　月　十五日　《臺灣青年》終刊，共出十八期。

「臺灣教育令」公布。

四　月　一日　《臺灣青年》變身為《臺灣》月刊。

六日　由臺灣文化協會主辦的《臺灣文化叢書》第一號出版，其中有臺灣第一篇中文小說、署名「鷗」（區島）的〈可怕的沉默〉。

十日　林子瑾發表〈文化之意義〉。

七　月　十五日　日本共產黨創立。

七　月～十　月　追風在《臺灣》發表用日文書寫的臺灣新文學小說〈她要往何處去——給苦惱的年輕姐妹〉。

由臺灣文化協會主辦的《臺灣之文化》出版。

八　月　廿九日　賴和用白話新詩體寫作〈祝南社十五週年〉。

林南陽發表〈近代文學的主潮〉。

九　月　八日　蔡培火發表〈新臺灣的建設與羅馬字〉。

官方組織向陽會強制臺灣仕紳入會，引發風波，視為「犬羊禍事件」。

十　月　十七日　賴和加入蔣渭水發起的政治組織「新臺灣聯盟」。

十二月　郭沫若復臺灣讀者S君來信。

是年，文字改革運動發生（至一九三三年止）。蔡旨禪等在澎湖創立全臺灣第一個女詩社「蓮社」。黃茂盛在嘉義創辦「蘭記圖書部」。《臺灣日日新報》開始設立全版的文藝欄。

一九二三年

一月一日　黃呈聰〈論普及白話文的新使命〉以及黃朝琴〈漢文改革論〉在《臺灣》發表，揭開白話文運動的序幕。

八日　總督府施行治安警察法。

一月　新感覺派同人雜誌《文藝春秋》創刊，發行人菊池寬。

三月十日　無知發表寓言小說〈神秘的自製島〉。

謝國文發表小說〈犬羊禍〉。《臺灣》雜誌刊出〈贈刊《臺灣民報》之預告〉。

四月十五日　臺灣新文學運動的搖籃《臺灣民報》在東京創刊。「白話文研究會」在臺南市成立。

《臺灣民報》轉刊胡適的〈終身大事〉。

六月　冰瑤在《臺灣》雜誌發表臺灣新文學首次出現的新體白話詩〈議會請願〉。

七月十五日　《臺灣民報》發表秀湖生〈中國新文學運動的過去現在和將來〉，介紹胡適〈文學改良芻議〉和陳獨秀〈文學革命論〉。

十六日　以吳三連爲首的「東京臺灣青年會」第一次文化演講開始。

廿五日　創刊於一九一九年元旦的首份漢文雜誌《臺灣文藝叢志》停辦。

八月十三日　「臺北青年會」被禁止結社。

《潮》停刊。

九月　十五日　賴和寫作對話體短篇小說〈不幸之賣油炸檜的〉。
十月　張我軍發表漢詩〈詠時事〉。十一月八日辜顯榮等成立迎合日本官憲的「公益會」。
十二月　一日　《臺灣民報》發表施文杞〈送林耕余君隨江校長渡南洋〉，爲臺灣新文學最早的中文新詩之一。
十二月　十六日　發生「治警事件」，受害者有賴和等九十九人。
蔡培火發表〈臺灣新文學運動和羅馬字〉。
是年，日本左翼雜誌《播種者》停刊。《熱帶詩人》創辦。《臺灣文化協會會報》停刊。

一九二四年

二月　九日　臺北星社創辦《臺灣詩報》。
十五日　連雅堂主政的《臺灣詩薈》創辦。
三月　十一日　《臺灣民報》發表施文杞〈對於臺灣人做的白話文的我見〉和逸民（林耕餘）〈對在臺灣研究白話文的我見〉，批評白話文運動中的某些缺點。《臺灣民報》同時發表新詩〈假面具〉。
四月　十日　《臺灣》發表追風〈詩的模仿〉，爲臺灣新文學第一首日文新詩。
廿一日　《臺灣民報》發表張我軍〈致臺灣青年的一封信〉，批判臺灣舊文學。蔣渭水發表〈入獄日記〉。賴和發表〈論詩〉。

五　月　十日　《臺灣》停刊。

十一日　張我軍在《臺灣民報》發表中國白話新詩〈沉寂〉、〈對月狂歌〉。

五　月　廿一日　林進發發行日文文藝雜誌《文藝》，只出一期。

臺北《櫻草》創刊，西川滿編輯。張深切等在上海成立「臺灣自治協會」。

六　月　十一日　《臺灣民報》發表蘇維霖〈廿年來中國古文學及文學革命的略述〉，介紹胡適〈中國五十年來的文學〉。

林進發創辦日文雜誌《文藝》，只發行一期。日本左翼雜誌《文藝戰線》創刊。

七　月　三日　賴和參加林獻堂等發起的「全島無力者大會」。

九　月　十一日　《臺灣民報》開始連載張梗〈討論舊小說的改革問題〉（至十一月十一日止）。

十　月　一日　連雅堂發表〈言語之社會性質〉。

片岡鐵兵等創辦《文藝時代》。

十一月　一日　前非發表〈《臺灣民報》怎樣不用文言文呢？〉。

八日　賴和在彰化作〈對人的幾個疑問〉的演講。

廿七日　張我軍在《臺灣民報》發表〈糟糕的臺灣文學界〉。

十一月　日本作家藤原泉三郎創辦《亞熱帶》詩刊。《麗島》詩刊創辦。

冬，連雅堂在《臺灣詩薈》發表攻擊新文學的〈臺灣詠詩〉〈跋〉。

十二月　十一日　《臺灣民報》發表張我軍〈爲臺灣文學界一哭〉。

是年，發生新舊文學論戰（延至一九二六年）。全臺詩社擊缽吟會成立。楊雲萍在《臺灣民報》發表中文小說〈月下〉、〈光臨黃昏的蔗園〉等作品。張維堅等人成立「星光演劇研究會」。

一九二五年

一　月　一日　張我軍在《臺灣民報》發表〈請合力拆下這座敗草叢中的破舊殿堂〉。
　　　　五日　「悶葫蘆生」在《臺灣日日新報》發表〈新文學的商榷〉。
　　　　十一日　張我軍在《臺灣民報》發表〈絕無僅有的擊缽吟的意義〉。
　　　　廿一日　張我軍在《臺灣民報》發表〈揭破悶葫蘆〉。
　　　　廿九日　鄭軍我發表〈致張我軍一郎書〉。
一　月　周天啓等人在彰化成立「鼎新社」。張清和在臺北創辦《黎華新報》。《臺灣民報》轉刊魯迅〈鴨的喜劇〉。以詩歌和翻譯爲主的《文藝櫻草》問世。
二　月　一日　張我軍開始發表魯迅式的〈隨感錄〉。半新舊發表〈《新文學之商榷》的商榷〉。
　　　　十一日　蔡孝乾在《臺灣民報》發表〈爲臺灣的文學界續哭〉。
　　　　廿一日　張我軍在《臺灣民報》連載〈文學革命運動以來〉及〈復鄭軍我書〉。
二　月　賴和等人成立「流連思索俱樂部」。
三　月　一日　張我軍在《臺灣民報》發表〈研究新文學應讀什麼書〉。
　　　　十一日　楊雲萍等人在臺北創辦第一本白話文藝雜誌《人人》。
　　　　十二日　國父孫中山去世。

　　　廿八日　黃衫客發表〈駁張一郎隨感錄〉。
三月　　　　《大望》詩刊創辦。佐藤春夫發表日文中篇小說〈霧社〉。
四月　廿一日　《臺灣民報》發表蔡孝乾介紹大陸文學的〈中國新文學概觀〉。
四月　　　　《臺灣民報》轉刊魯迅小說〈故鄉〉和冰心的〈超人〉。佐藤春夫發表日文中篇小說〈女誡扇綺譚〉。
五月　　　　《臺灣民報》轉載魯迅小說〈狂人日記〉。
八月　五日　陳福全發表〈白話文適用於臺灣否〉。
　　　廿六日　賴和的第一篇隨筆〈無題〉在《臺灣民報》發表。
九月　　　　《臺灣童謠》創辦。
十月　四日　《臺灣民報》發表社論〈詩學流行的價值如何〉。
　　　十五日　南投張紹賢創辦白話文綜合雜誌《七音聯彈》，發表張紹賢批評連雅堂的文章〈一個詩人的墮落〉。
　　　廿日　賴和發表第一首新詩〈覺悟下的新生〉。
　　　廿三日　在彰化發生臺灣首次農民運動：「二林事件」。
　　　廿五日　張我軍發表〈中國國語文作法導言〉。
十月　　　　《臺灣詩薈》停辦。張維賢等聯合無產青年成立「臺灣藝術研究會」。
十一月　九日　《鯤洋文藝社報》在嘉義創刊。
　　　廿七日　王詩琅等發起的「臺灣黑色青年聯盟」成立。

十二月　六日　日本普羅階級文藝聯盟成立。
　　　廿八日　張我軍在臺北出版臺灣第一本新詩集《亂都之戀》。
　　　卅一日　《人人》停辦。

一九二六年

一　月　一日　《臺灣民報》發表張我軍〈危哉臺灣的前途〉和賴和的白話小說〈鬥鬧熱〉、楊雲萍的白話小說〈光臨〉。
　　　廿四日　賴和在《臺灣民報》發表〈讀臺日紙的《新舊文學之比較》〉。
二　月　四～廿一日　賴和發表小說〈一杆「秤仔」〉。
　　　廿八日　莊泗笙發表寓言〈孤貓群狗〉。
二　月　張我軍出版《中國國語文作法》。
三　月　廿一日　賴和在《臺灣民報》發表〈謹復某老先生〉。
三　月　臺北高校師生創辦日文學生刊物《翔風》。《鯤洋文藝社報》停刊。莊泗笙發表〈臺灣人的特性〉。
四　月　十八日　《臺灣民報》發表劉夢葦介紹大陸新詩運動的文章〈中國詩底昨今明〉。
五　月　校園文藝刊物《翔風》創辦。由西川滿編輯的《洎芙藍》歌詩雜誌創刊。
六　月　「臺灣農民組合」成立。蔣渭水創辦「文化書局」。

八月　十三日　劉獻堂在臺中發起成立文化聯誼團體「中央俱樂部」。
八月　十一日　張我軍在北平會見魯迅，贈魯迅《臺灣民報》四本。
八月　　臺北詩人聯盟主辦《扒龍船》雜誌創刊。只出二期，九月停刊。
十一月　廿一日　陳虛谷在《臺灣民報》發表〈駁北報的無腔笛〉。
十一月　　兩位日本漢詩人訪臺。《臺灣民報》向全省徵詩，黃石輝、黃得時等作品入選，楊華在該報發表〈小詩〉。
是年，賴和主持《臺灣民報》文藝欄，引薦和指導了眾多年輕作家的成長。

一九二七年

一月　二日　張我軍等人重組「北京臺灣青年會」。賴和發表〈忘不了的過年〉。
一月　三日　「臺灣文化協會」內訌，連溫卿成爲新文協負責人，原來的骨幹成員在臺中成立「臺灣民眾黨」。莊垂勝在臺中創辦「中央書局」。
一月　　「臺灣文化協會」在臺中召開臨時大會，連溫卿等十一人當選中央委員，林獻堂堅決不就任委員長。
二月　五～廿四日　楊華入獄，在獄中寫成〈黑潮集〉五十三首小詩。
　　六日　《臺灣民報》發表評論〈農民的悲哀〉。
二月　　臺北高校校園刊物《足跡》創刊（只出三期）。林聚光主辦文人俱樂部「蓮萊閣」在臺北開業。

二　月～三　月　《魯迅日記》出現張秀哲等臺灣人的名字。

三　月　十五日　《少年臺灣》創刊，張我軍任主編。

三　月　《詩火線》創刊，只出一期。

四　月　十五日　北洋政府扣壓《少年臺灣》，造成該刊停辦。

四　月　漢人出版《臺灣革命史》。

五　月　八日　賴和等人發起組織「新生學會」。

彭木發在臺北創立出版社「廣文堂」。

六　月　「臺南共勵會」成立。鄭坤五發表首倡鄉土文學的〈臺灣國風〉。

七　月　廿二日　賴和發表小說〈補大人〉。

七　月　黃春成與連雅堂開辦雅堂書局。

八　月　一日　《臺灣民報》遷移臺灣發行，並增加篇幅。

廿五日　黃金川寫作記載臺南發生大地震的詩歌〈震災行〉。

廿八日　林獻堂開始發表中文長篇遊記〈環球一周遊記〉。

八　月　《臺灣民報》由東京轉移到臺北後發表張資平的〈雪的除夕〉。

九　月　楊逵在《號外》發表報導文學〈自由勞動者的生活斷面〉。

十　月　楊逵成爲「臺灣文化協會」會員。

十二月　五日　楊逵因參與朝鮮左翼運動入獄三天。出獄後回到臺灣活躍於左傾的「臺灣文化協會」。

十二月　臺灣第一本中文長篇小說張建勳著《京夜》，由臺灣中央書局出版。

是年，鄭登山發表有關勞工問題的作品〈恭喜〉。在全島大檢舉中，「臺灣黑色青年聯盟」被取締。

一九二八年

一　月　十日　賴和發表短篇小說〈不如意的過年〉。

二　月　三日　楊逵出任農民運動負責人。

三　月　廿四日　《臺灣大眾時報》創辦。

　　　　廿五日　「全日本無產者藝術聯盟」（簡稱納普）創立，並發行機關刊物《戰旗》。

四　月　十五日　臺灣共產黨在上海創立。

　　　　青釗在《臺灣民報》發表兩幕劇〈巾幗英雄〉。

五　月　九日　「臺灣文化協會」發行《臺灣大眾時報》，內有賴和的散文〈前進！〉。

　　　　廿四~廿七日　因意見分歧，楊逵被解除在「農民組合」中的一切職務。

六　月　校園刊物《水田與自動車》創辦，只發行三期。另一校園文藝刊物《南方文學》創辦，只出二期。張我軍等人發起成立文學社團「新野社」。

七　月　七日　總督府設立高等警察（特高），專門負責緝拿思想犯。

　　　　九日　《臺灣大眾時報》停刊。

八月廿一日　苗栗社出版漢詩月刊《詩集》。

是年，楊雲萍發表小說〈秋菊的半生〉。「臺灣童話演協學會」成立。王詩琅等人因參加「臺灣黑色青年聯盟」被判刑。有漢文欄的《新高新報》改為旬刊發行。

一九二九年

一月八日　葉榮鍾發表批判舊文學的〈墮落的詩人〉。

十日　楊逵當選為「臺灣文化協會」議長。

十三日　「株式會社臺灣新民社」在臺中創立總部。《臺灣民報》成立公司，董事長為林獻堂。

廿七日　賴和任《臺灣新民報》顧問。

一月　楊守愚發表小說〈獵兔〉。

二月五日　謝雪紅在臺北創辦「國際書局」。

十日　日本普羅階級作家同盟成立。

十二日　楊逵及其戰友葉陶被捕。

二月　《風與壺》詩刊創辦，只發行二期。

三月　蔡培火在臺南成立「臺灣白話字研究會」。

三月～四月　楊守愚發表小說〈生命的價值〉。

四　月　七～廿八日　張我軍在《臺灣民報》連載小說〈誘惑〉。
四　月　楊逵、葉陶出獄後結婚。
四月～五　月　楊守愚發表小說〈凶年不免於死〉。
五　月　五日　葉榮鍾發表〈爲「劇」申冤〉，批判江肖梅的劇作〈病魔〉兼及張淑子劇作〈草索記〉。
五　月　葉榮鍾發表〈關於羅馬字運動〉。
八　月　臺灣總督府編印《臺灣出版警察報》發行。楊守愚發表小說〈捧了你的香爐〉。
九　月　廿五日　以詩歌爲主的日文文藝雜誌《無軌道時代》問世。
九　月　校園刊物《文藝批判》創刊。
九　月～十　月　郭秋生發表小說〈死麼？〉。
十一月　廿四日　連橫在《臺灣民報》發表〈臺語整理之頭緒〉，認爲「臺語」來自大陸。
十一月　黃春成創辦「三春書局」。賴和任新文協副議長。
是年，劉吶鷗創辦一線書局並出版《無軌列車》雜誌。

一九三〇年

一　月　九日　矢內原忠雄《帝國主義下之臺灣》被查禁。
十八日　賴和在《臺灣民報》發表短篇小說〈蛇先生〉。

二　月　八日　全臺漢詩在臺中舉行聯吟大會。
三　月　廿九日　《臺灣民報》改名爲《臺灣新民報》。
三　月　林芙美子發表日文短篇遊記〈臺灣風景〉。
四　月　劉吶鷗出版中文短篇小說集《都市風景線》及譯作《藝術社會學》。
六　月　廿一日　左翼中文文藝雜誌《伍人報》創刊。
六　月　葉榮鍾在東京出版《中國新文學概觀》。
七　月　十六日　賴和發表〈希望我們的喇叭手吹奏激勵民眾的進行曲〉。
十六～廿六日　陳虛谷在《臺灣新民報》連載小說〈榮歸〉。
八　月　七日　中日文並用的無政府主義雜誌《明日》在臺北創刊。
十六～十八日　《伍人報》連載黃石輝〈怎樣不提倡鄉土文學〉，掀起鄉土文學論戰。賴和主持《臺灣新民報》文藝欄。
十六日　倡導普羅文學的《臺灣戰線》創辦，出四期後於一九三一年初被查禁。
十七日　「臺灣地方自治聯盟」在臺中成立。
廿一日　謝春木等人在臺北創辦中文綜合雜誌《洪水》，發行二個月　後即遭日本當局查禁。
八　月　謝雪紅等人創辦「臺灣戰線社」。
九　月　六～廿七日　賴和發表長篇敘事詩〈流離曲〉。
九日　中文通俗文藝《三六九小報》創刊。
十五日　《新野月刊》創刊，張我軍發表論文〈從革命文學到無產階級文學〉。

九　月～十　月　郭秋生發表小說〈鬼〉。
十　月　廿七日　原住民反抗日本政府，殺死日軍一三六人，日本政府出動大批軍警鎮壓，是爲「霧社事件」。
十　月　卅日　左翼旬刊雜誌《赤道》在臺南創刊。
十　月　　文言詩刊《詩報》創刊。《現代生活》創辦，賴和在該刊發表〈開頭我們要明瞭地聲明著〉和短篇〈棋盤邊〉。
十一月　卅日　陳奇雲著、多田利郎編的日文現代詩集《熱流》出版。
十一月　　伊藤永之介在《文藝戰線》發表小說〈總督府模範竹林〉。
十二月　　伊藤永之介在《中央公論》發表日文短篇小說〈平地蕃人〉。《新臺灣大眾時報》創刊。
是年，日本左翼雜誌《那普》創辦。朱點人在《伍人報》發表小說〈一個失戀者的日記〉。黃金川在上海出版《金川詩草》。

一九三一年

一　月　一日　賴和發表小說〈辱？！〉
三　月　七～廿一日　賴和發表短篇小說〈浪漫外紀〉。
四　月　廿五～五月二日　賴和發表有關霧社事件的新詩〈南國哀歌〉。

四月　追風原在東京《海外》雜誌發表的〈鎮壓臺灣民眾黨之眞相〉被禁。楊守愚發表小說〈一群失業的人〉。蔡秋桐發表小說〈放屎百姓〉。楊逵的《資本主義帝國主義淺解》遭查禁。

五月　賴和發表小說〈可憐她死了〉。

六月　卅一日　「臺灣文藝作家協會」在臺北成立。

六月　王白淵日文現代詩文集《荊棘之道》出版。

七月　九日　郭秋生開始連載〈建設「臺灣話文」一提案〉。

七月　《新臺灣大眾時報》停刊。

八月　一日　廖毓文發表〈給黃石輝先生：鄉土文學的吟味（一）〉。

八日　廖毓文發表〈給黃石輝先生：鄉土文學的吟味（二）〉。

十五日　黃石輝發表〈我的幾句答辯〉。林克夫發表〈「鄉土文學」的檢討：讀黃石輝君的高論〉。

八月　蔣渭水去世。朱點人等人發表站在中國立場反對鄉土文學的文章，是爲「臺灣話文論戰」。

九月　四日　清葉發表〈具有獨特性的臺灣文學之建設：我的鄉土文學觀〉。

九月　反普度的《反普特刊》創辦，內有朱點人等作家的作品。中日文刊物《臺灣文學》問世。

十月　卅一日　賴和發表新詩〈低氣壓的山頂（八卦山）〉。

十一月　廿七日　「日本普羅列塔利文化聯盟」（簡稱「哥普」）成立。
十二月　十八日　蔡秋桐等主辦的文藝雜誌《曉鐘》在北港創刊。
　　　　廿四日　賴明弘發表〈做個鄉土人的夢想〉。
是年，《戰旗》停辦。臺灣社會運動受到毀滅性打擊。河原功發表論文〈臺灣新文學運動的展開〉。文壇發生「為人生與為藝術」論爭（至一九三七年）。張垂甫創辦「興漢書局」。楊熾昌出版日文詩集《熱帶魚》。

一九三二年

一月　一日　黃春成等在臺北創辦以「第三文學」詮釋文藝大眾的中文半月刊雜誌《南音》，內有賴和短篇小說〈歸家〉。
一月　洪耀勳發表〈創造臺人的言語，也算是一大使命〉。
　　　十七日～七月廿五日　賴和發表短篇小說〈惹事〉。
　　　十七日、二月一日　陳逢源在《南音》發表〈對於臺灣舊詩壇投下一巨大的炸彈〉。
二月　一日　賴和發表〈我們地方的故事（城）〉、〈臺灣話文的新字問題〉。
三月　六日　《臺灣少年界》創辦。
　　　十九日　楊華發表〈小詩十二首〉。
三月　左翼「東京臺灣人文化同好會」成立。

四　月　二日　《新高新報》「曙光」欄停辦。
十五日　簡進發在《臺灣新民報》連載小說〈革兒〉。
四　月　《臺灣新民報》改爲日刊。
五　月　十九日　楊逵在《臺灣新民報》連載小說〈送報伕〉，只登了一半就遭查禁。
五　月　「奇」（葉榮鍾）發表〈「第三文學」提倡〉。
六　月　全島詩人大會舉行。
七　月　「奇」發表〈再論「第三文學」〉。
九　月　張文環等人參加的「東京臺灣人文化同好會」被取締。
十　月　《南音》停刊。
是年，《曉鐘》停刊。朱點人發表〈島郎〉。鄧雨賢以〈挽茶歌〉等歌詞登上文壇。賴慶與賴明弘等人展開臺灣女性問題論戰。

一九三三年

三　月　廿日　張文環等留日學生在東京成立「臺灣藝術研究會」。
四　月　林輝焜的日文長篇小說《命運難違》出版。
六　月　日文文藝研究雜誌《愛書》創辦。「風車」詩社創辦。
七　月　十五日　日文文學雜誌《福爾摩沙》創刊。

八月　五日　《南雅》文藝雜誌創刊。

九月　一日　日本政府壓迫旅居東京的臺灣進步作家王白淵等人。

　　　五日　何春喜發表〈對建設臺灣鄉土文學形式的芻議〉，林越峰另發表〈《對建設臺灣鄉土文學形式的芻議》的異議〉。

十月　廿五日　郭秋生等人在臺北成立「臺灣文藝協會」。

　　　廿九日　賴明弘發表〈對鄉土文學臺灣話文徹底的反對（二）〉。

十月　《風車》詩刊創辦。

十一月　十一～十九日　郭秋生發表〈還在絕對的主張建設「臺灣話文」〉。

　　　十五日　《大阪朝日新聞》增設有「南島文藝欄」的臺灣版。

十二月　劉捷發表〈一九三三年的臺灣文學界〉、吳坤煌發表〈臺灣的鄉土文學論〉。楊熾昌主持《臺南新報》文藝欄（至一九三五年二月）。陳君玉發表歌詞〈跳舞時代〉。

是年，吳逸生發表〈對鄉土文學來說幾句〉和〈呈石輝先生〉。賴慶發表小說〈女性的悲曲〉、〈美人局〉。

一九三四年

二月　二日～四月　廿九日　賴明弘開始發表〈絕對反對建設臺灣話文推翻一切邪說〉。

三月　十五日　《南雅》停刊。

五　月　六日　臺灣新文學作家舉行第一次全島性的大會，成立以中部作家爲主的「臺灣文藝聯盟」，張深切任常務委員長。

六　月　十五日　《福爾摩沙》停刊，共出三期。

六　月　吳希聖發表〈豚〉。

七　月　十五日　臺灣文藝協會創辦綜合性文學雜誌《先發部隊》，蔡嵩林發表〈郭沫若先生訪問記〉。該刊製作「臺灣新文學的探究專輯」，只出一期。

下半年，日本作家小松清等人提倡「行動主義」。

八　月　廿二日～九月　九日　大陸小說家和學者江亢虎訪問臺灣。

八　月　「臺北劇團協會」成立。田村秦次郎出版日文短篇小說集《日月潭工程》。

九　月　「中國文學研究會」成立。

十　月　十日　「臺灣文藝聯盟」成立嘉義支部。

十　月　楊逵〈送報伕〉全文發表於東京《文學評論》，後入選《文學評論》徵文第二名，成爲第一位進軍日本文壇的臺灣作家。日文文藝雜誌《馬祖》雜誌創刊。

十一月　五日　臺灣文藝聯盟機關雜誌《臺灣文藝》創刊，內有張深切的小說〈鴨母〉。

十九日　楊熾昌開始發表〈詩論的黎明〉。

廿五日　楊雲萍發表〈對革新與臺灣文藝而言〉。

廿八日　楊雲萍發表〈評江博士之演講——談白話文與文言文〉。

十一月　日本左翼雜誌《文學評論》刊登賴明弘的讀者來信〈讓我們指導殖民地文學〉。

十二月　二日　賴明弘拜會郭沫若。

十二月　十八日　賴和發表短篇小說〈善訟人的故事〉。楊逵發表臺灣最早的報導文學作品〈小鎮剪影〉。《臺灣文藝》發表〈臺灣文藝聯盟章程〉。

是年，「日本普羅列塔利文化聯盟」被迫解散。《臺南新報》設立「風車同仁作品集」專欄。水蔭萍（楊熾昌）出版小說《貿易風》。楊華發表小說〈一個勞動者的死〉。

一九三五年

一月　六日　《第一線》創刊時推出「臺灣民間故事特輯」，只出一期。

一月　呂赫若在東京《文學評論》發表小說〈牛車〉。劉捷發表〈創作方法的片斷感想〉。楊逵在《臺灣文藝》發表小說〈難產〉，另發表主張「眞實的現實主義」的文章。「臺灣文藝聯盟」東京支部成立。張文環發表日文小說〈父の顏〉。陳炳煌出版《海外見聞錄》。王錦江在《第一線》發表〈夜雨〉。

二月　十日　廖漢臣等人成立「歌人懇親會」。

二月　楊逵在《臺灣文藝》發表〈藝術是大眾的〉，另在東京《行動》發表首倡行動主義的〈爲了時代的前進〉。林克夫在《臺灣文藝》發表文章，主張以社會主義現實主義的手法進行創作。張深切發表〈批判楊逵《就革新與臺灣文藝而言》〉。

三　月　楊逵在《臺灣文藝》發表〈檢討行動主義〉。張星建開始連載〈臺灣的美術團體及其中間作家〉。

四　月　二日　楊雲萍發表中篇小說〈死〉。

廿三日～七月九日　呂赫若小說〈牛車〉被譯介到中國東北的《滿洲報》連載。

四　月　臺灣新聞社文化部部長田中保男以「惡龍之介」的筆名，在《臺灣新聞》「炸裂彈」專欄上，發表〈文藝聯盟的派系問題〉以及〈血統的差異〉。楊雲萍發表〈文藝批評的標準〉。李獻璋發表〈整理民間故事是義務，還是反動——駁夜郎氏的愚言囈語〉。

五　月　五日　張深切在《臺灣文藝》發表〈《臺灣文藝》的使命〉。

九日　漢文通俗文藝雜誌《風月》創辦。

五　月　蔡嵩林在《臺灣文藝》發表〈中國文學的近況〉。

六　月　一日　「臺灣文藝聯盟佳里支部」成立。

六　月～七　月　楊逵與張星建發生一場宗派化與獨善問題的筆戰。

七　月　一日　賴和以「孔乙己」筆名發表新詩〈日光下的旗幟〉。

七　月　《文學案內》創刊。翁鬧在《臺灣文藝》發表日文短篇小說〈戇伯〉。

廿五日　楊逵在《時局新聞》發表〈進步的作家與共同戰線——對《文學案內》的期待〉。

八　月　「臺灣文藝聯盟」召開第二次大會時，內部衝突達到頂峰。黃得時在《臺灣文藝》發表〈讀郭沫若先生著《屈原》〉。《三六九小報》停刊。

九　月　廿四日　「也是」在《臺灣文藝》發表〈農村雜詩〉。
九　月底　《臺灣文藝》休刊。張文環發表短篇小說〈父親的要求〉。
十　月　十日　賴和為李獻璋《臺灣民間文學集》作序。
十二月　廿八日　楊逵在臺中創辦日據時期最後一本中、日文並列的《臺灣新文學》月刊，編委有賴和、楊守愚、吳新榮、郭水潭、賴慶、賴明弘。該刊同時刊登「灰」（賴和）的短篇小說〈一個同志的批信〉，另有十六位日本作家和一位朝鮮左翼作家「對臺灣的新文學的期望」。蔡德音發表短篇小說〈補運〉。
十二月　《臺灣文藝》復刊。小川尚義、淺井惠倫編著原住民口頭傳說文學集《原語臺灣高砂族傳說集》出版。

一九三六年

一　月　平山勳發表〈「對於歷史小說的展望」之摘要〉，引發歷史小說寫作的論爭。校園刊物《臺大文學》問世。《文學案內》製作「朝鮮、臺灣、中國精銳作家集」，內有大陸作家吳組緗的作品〈天下太平〉和朝鮮張赫宙的〈安·赫拉〉作品。
廿四日　「阿Q之弟」即徐坤泉的中文長篇小說《可愛的仇人》由臺灣新民報社出版。賴和發表短篇小說〈赴了春宴回來〉。
二　月　六日　《新文學月報》創辦。

二月　八日　《風月》停辦。
三月　　　　《臺灣文藝》製作「鹽分地帶詩人・文聯佳里支部作品集」特輯。
三月　二日　《新文學月報》停辦。
三月　十日　楊熾昌發表詩論〈土人的嘴唇〉。
　　　　　　「殖民地文學」論爭開始（至一九三七年三月）。吳濁流創作短篇小說處女作〈水月〉。《臺灣新文學》製作「反省與志向」專題。洪耀勳發表〈風土之文化觀〉。
四月　　　　楊逵〈送報伕〉、呂赫若〈牛車〉、楊華〈薄命〉收入胡風編譯、由上海文化生活出版社出版的《山靈——朝鮮臺灣短篇選》。李獻璋等編著《臺灣民間文學集》出版。鹽分地帶同仁舉辦《臺灣新文學》檢討座談會。夏英川發表反駁平山勳的〈臺灣文學所面臨的問題〉。
五月　四日　呂赫若發表短篇小說〈萍蹤小記〉。
　　　卅日　楊華自殺身亡。
五月　　　　劉捷發表〈臺灣文學的歷史考察〉。
六月　一日　楊逵發表論文〈臺灣文壇的明日旗手〉。
六月　　　　楊逵和《臺灣文藝》編輯張星建就能否發表日文作家藍紅綠的小說〈邁向士紳之路〉發生衝突。此篇小說後由《臺灣新文學》六月號刊出。楊逵在《臺灣新文學》發表小說〈田園小景〉。楊守愚發表小說〈移溪〉。吳濁流發表小說〈泥沼中的金鯉魚〉。
七月　二日　朝鮮舞蹈家崔承喜來臺公演。

八　月　廿五日　陳垂映日文長篇小說《暖流寒流》出版。「臺灣新文學社」在臺北、臺南設立支社。王詩琅在《臺灣新文學》發表小說〈老婊頭〉。

八　月　廿八日　《臺灣文藝》停刊。

九　月　十九日　賴明弘日文小說〈魔力——或某個時期〉發表改在臺北印刷的《臺灣新文學》。王錦江發表〈賴懶雲論——臺灣人物論（四）〉。

九　月底　《臺灣新文學》製作「高爾基特輯」。

十　月　十九日　日本政府禁止吳坤煌邀請崔承喜來臺公演，不許借演出之名從事民族解放運動。

十一月　魯迅在上海去世。

十二月　五日　楊逵發表小說〈頑童伐鬼記〉。黃得時在《臺灣新文學》發表〈大文豪魯迅逝世〉。

廿二日　《臺灣新文學》製作「漢文創作特輯」，被日本當局查禁。

十二月　郁達夫短期訪問臺灣，並舉辦演講會。

朱點人發表小說〈脫穎〉。臺灣新文學社主辦「臺灣文學總檢討座談會」。

是年，「爲人生而藝術」的主流地位確立。施學習撰寫〈中國韻文發展概觀〉。葉陶發表小說〈愛的結晶〉。日本作家林房雄發表〈與普羅文學切割宣言〉。邱福發表小說〈大妗婆〉。朱點人發表小說〈秋信〉。

一九三七年

一月　卅一日和三月六日　楊華在《臺灣新文學》發表中文現代詩遺作〈黑潮集〉。《臺灣新文學》刊登翁鬧日文小說〈天亮前的戀愛故事〉，另有日本作家林房雄關於殖民地文學之路如何走的文章。尚未央在《臺灣新文學》發表〈會郁達夫〉。

二月　五日　楊逵在《大阪朝日新聞》臺灣版提出「描寫殖民地臺灣的眞實面貌」的「殖民地文學」觀點。

三月　一日　臺灣總督府禁止漢文媒體出版。

三日　王井泉在臺北日光堂書店二樓創設文人聚所「山水亭食堂」。

四月　一日　廢除各報紙漢文欄後，《臺灣新民報》延至六月份停辦。《臺灣新聞》增設星期一文壇即「月曜文壇」。

廿日　徐坤泉的中文長篇小說《暗礁》出版。

卅日　龍瑛宗小說〈植有木瓜樹的小鎭〉入選《改造》的徵文佳作。

五月　十六日　呂赫若發表短篇小說〈逃匿者〉。

五月　《臺灣新文學》改在臺中印刷，編輯工作從王詩琅手中交還給楊逵。

六月　十二日　徐坤泉的中文長篇小說《靈肉之道》出版。

十五日　《臺灣新文學》停辦。龍瑛宗發表〈爲了年輕的臺灣文學〉。

七　月　七日　中日戰爭爆發，日本侵占臺灣，為帝國服務的文學取代文藝大眾化。
九　月　廿日　漢文通俗文藝雜誌《風月》停刊後更名為《風月報》出版。
十　月　十～十一日　日本政府掃蕩與共產國際、日共及中共聯繫之居住在上海的臺灣人，其中被捕的有評論家賴貴富。
十九日　楊熾昌發表詩論〈詩的化妝術〉。
十　月　十六日　「阿Q之弟」在《風月報》連載中文作品〈新孟母〉。
「文化大檢舉」又一次開始。
是年，楊熾昌日文詩歌評論集《洋燈的思惟》出版。

一九三八年

一　月　短歌愛好者成立「臺灣歌人俱樂部」。
三　月　八日　俳句月刊《如月會句集》創辦。
十五日　〈風月報俱樂部新章程〉發表。
卅一日　臺灣總督府公布〈國家總動員法〉，強調「建設東亞新秩序」。
三　月　《馬祖》停刊。
四　月　詩雜誌《風景》創刊。
五　月　「日孝山房」出版社創辦。

十二月　　　邱淳洸日文詩集《化石之戀》在日本出版。

是年，以小說爲主的文藝雜誌《貴族》創辦，只發行一期。「東都書籍株式會社臺北支店」開始出版書籍。張文環在《風月報》發表〈兩個新郎〉。

一九三九年

三　月　　　吳漫沙中文長篇小說《韭菜花》出版。

四　月　　　陳逢源日文隨筆集和漢詩《新支那素描》出版。

五　月　十九日　臺灣總督府提出「皇民化、工業化、南進基地化」爲統治臺灣三原則。

五　月　　　邱永漢在詩雜誌《月來香　二》發表散文詩〈四面月光〉。

六　月　　　《風月報》開始連載紫珊室主的言情小說〈花情月意〉。

七　月　六~八月廿日　翁鬧的〈有港口的街市〉在《臺灣新民報》連載。

　　　廿九日　張文環發表〈論臺灣的戲劇問題〉。

七　月　　　「新銳中篇創作集」開始在《臺灣新民報》連載。

八　月　廿一日　王昶雄開始連載日文中篇小說〈淡水河漣漪〉。

九　月　一日　張深切主編的《中國文藝》創刊。

　　　九日　西川滿等日臺詩人發起成立「臺灣詩人協會」。

　　　廿三日~十月十五日　龍瑛宗在《臺灣新民報》連載中文小說〈趙夫人的戲畫〉。

九　月　廿八日　賴和等人成立漢詩「應社」。
　　　　　　　金史良在《文藝首都》發表〈在光芒中〉。
十　月　十六日～十一月十五日　呂赫若在《臺灣新民報》連載中篇小說〈季節圖鑒〉。
十一月　一日　張我軍發表〈評菊池寬近著《日本文學案內》〉。
十二月　一日　以新詩創作爲中心的《華麗島》創刊，只發行一期。
　　　　五日　黃得時翻譯的《水滸傳》開始在《臺灣新民報》連載。
十二月　楊雲萍建議臺灣大學設立「廈門語學講座」。「臺灣詩人協會」改組爲「臺灣文藝家協會」。
是年，邱淳洸日文現代詩集《悲哀的邂逅》出版。

一九四〇年

一　月　一日　日文文學雜誌《文藝臺灣》在臺北創刊。
　　　　廿三日　張文環在《臺灣新民報》開始連載長篇小說〈山茶花〉（至五月十四日止）。
二　月　十一日　日本下令臺人用日本姓名，不改者爲非國民。
　　　　十四日　王昶雄連載〈日本歌伎與支那戲劇的研究（一）〉。
二　月　黃氏鳳姿日文隨筆集《七娘媽生》出版。黃得時發表〈中國的現代文學〉。紫珊室主發表〈桀犬而無端吠堯〉，反駁別人對他的攻擊。

三月　四日　《臺灣藝術》創刊。張文環在該刊發表〈論臺灣文學的將來〉。
四月　臺灣歌人俱樂部發行《臺灣》雜誌。
五月　一日　呂赫若開始在《臺灣藝術》連載長篇小說〈臺灣女性〉。
七月　廿六日　日本政府提出「族群融合」的口號。
七月　龍瑛宗在《文藝首都》發表〈宵月〉。
九月　張文環在《臺灣藝術》發表〈回顧昭和十五年的臺灣文壇〉。
十月　一日　龍瑛宗發表〈《文藝臺灣》作家論〉。
十一月　莊司總一日文長篇小說《陳夫人》出版。
十二月　十六～廿四日　臺灣官方壓制進步人士的巡迴演講活動。
十二月　西川滿發表日文短篇小說〈赤嵌記〉。李獻璋編選的《臺灣小說選》收入賴和等人作品十五篇，後被查禁。
是年，呂赫若到日本。

一九四一年

一月　一日　蝶庵在《風月報》發表〈《花情月意》批評與討論的開場補白〉。
一月　大政翼贊會文化部頒布〈地方文化建設的根本理念及當前對策〉。「文藝臺灣社」設置臺灣最早的文藝獎「文藝臺灣賞」。參選作品共八篇，最後由大和原光廣的〈轉動〉獲獎。由張我軍等人發起的中國大陸「華北文藝協會」成立。

二月　二日　龍瑛宗發表〈臺灣文學的展望〉。

二月　十一日　《臺灣新民報》配合時局改名爲《興南新聞》。

「臺灣文藝家協會」改組，矢野峰人擔任會長。

三月　龍瑛宗與西川滿等人出席電臺召開的「漫談文藝」座談會。

四月　十九日　臺灣總督府成立「皇民奉公會」，呂赫若等人爲常務理事。

四月　臺灣總督府情報部編、日文劇本集《輕鬆上手的青少年劇腳本集》出版。陳火泉發表〈我的日本國民性觀〉。周金波發表小說〈水癌〉。

五月　五日　「日本出版配給株式會社臺灣分店」成立。

廿七日　張文環等退出《臺灣文藝》，並創辦反彈「外地文學」主張的《臺灣文學》。張文環在臺灣總督府臨時情報部主辦的機關報發表〈情報管控座談會〉紀要。

五月　島田謹二發表〈臺灣文學之過去、現在與未來〉。川合三良發表日文短篇小說〈轉學〉。張文環發表日文中篇小說〈藝旦之家〉。

六月　一日　元園客在《風月報》發表〈臺灣詩人的毛病〉，批判舊詩人，揭開「臺灣七大詩人毛病」爭論的序幕。

十五日　《風月報》停刊。

廿日　日本發表臺灣將引進「志願兵制度」的消息。

六月　《臺灣專賣》發表記錄陳火泉言行的〈制腦第一線座談會記要〉。張文環與黃得時等人組織「啓文社」。周金波發表散文〈灣生與灣裂〉。

七　月　一日　中文半月刊《風月報》更名爲《南方》。張我軍開始連載他翻譯菊池寬的《日本文學指南》（至一九四二年五月一日止）。

七　月　十日　《民俗臺灣》創刊。

八　月　卅日　張文環發表〈臺灣文學的自我批判〉。

八　月　《臺灣教育》月刊創辦，內有「效忠天皇」的文章〈國民精神總動員實踐政策〉。

九　月　五日　鄭坤五在《南方》發表〈臺灣詩人七大毛病再診〉。

九　月　《文藝臺灣》開始編印戰爭文學詩集。吳漫沙出版小說集《桃花江》。周金波發表日文小說〈志願兵〉。島田謹二發表評論〈據臺戰役中的戰爭文學〉。黃得時在《臺灣文學》發表〈臺灣文壇建設論〉。張文環發表日文短篇小說〈論語與雞〉。坂口䙥子發表日文短篇小說〈鄭一家〉。

十　月　林萬生的中文長篇小說《運命》出版。濱田隼雄日文長篇小說〈南方移民村〉開始在《文藝臺灣》連載。

十一月　二日　日本現代詩人北原白秋去世。

十一月　《新潮》製作「特集——地方派文學」，其代表作是西川滿的〈元宵記〉。旁觀生在《南方》發表〈駁修正生及高嚮袍之謬見〉。

十二月　一日　張文環發表〈論皇民奉公運動與指導者〉。《南國文藝》創刊。

七日　日本太平洋戰爭爆發。

八日　賴和再次被捕，入獄五十多天。

是年，把臺灣文學看成日本文學的一部分。臺灣皇民奉公會提出「臺日一家」的口號。

一九四二年

一　月　　黃習之在《南方》發表〈新舊問題論〉。新垣宏一發表日文短篇小說〈城門〉。

二　月　一日　日本評論家中村哲將西川滿、濱田隼雄、張文環、龍瑛宗並列為臺灣四大作家。太基左在《南方》發表〈有辱斯文〉。

二　月　　楊逵在《臺灣文學》發表小說〈無醫村〉。張文環發表〈關於臺灣話〉。在臺日人女作家坂口䙥子發表日文小說〈時計草〉。張文環發表日文中篇小說〈夜猿〉。

三　月　一日　龍瑛宗在《臺灣藝術》發表〈大東亞戰爭與文藝家使命——建設性的要求〉。

五　月　　日本文學報國會成立。老徐（徐坤泉）在《南方》連載中文作品〈滄海桑田〉。

六　月　　「日本文學報國會」臺灣支部成立，張文環、龍瑛宗等人為該組織幹部。日本文學報國會派遣日人作家久米正雄等四位來臺，巡迴南北各地進行戰時文藝演講。周金波〈志願兵〉獲首屆「文藝臺灣賞」。皇民奉公會臺北州支部健全娛樂指導班編日文《青年演劇作品集》出版。

七　月　　張文環擔任皇民奉公會文化部委員。張文環發表日文中篇小說〈閹雞〉。

八　月　十五日　西川滿編含有「內臺融合」主題的《臺灣文學集》出版。

八月　江文也日文現代詩集《北京銘》在東京出版。陳逢源日文隨筆和漢詩集《雨窗墨滴》出版，內有〈梁啓超與臺灣〉等文。《愛書》停刊。

九月　辜顏碧霞日文長篇小說《流》自費出版。

十月　十九日　黃得時發表〈晚近臺灣文學運動史〉，首稱賴和為「臺灣的魯迅」。呂赫若發表小說〈風水〉。

十月　楊逵的〈鵝媽媽出嫁〉刊登在《臺灣時報》。皇民奉公會發行機關雜誌《新建設》。

十一月　三～十日　「大東亞文學者大會」在東京、大阪舉行，臺灣代表有張文環、龍瑛宗以及背負著日本國籍的張我軍、在臺的日本作家西川滿、濱田隼雄等出席。座談會記錄〈大東亞戰爭與在京臺灣學生的動向〉發表於《臺灣時報》。

十五日　《日本學藝新聞》刊登臺灣代表及各地參加大東亞文學工作者會議代表的發言。

十二月　二日　「臺灣文藝家協會」在臺北市舉辦「大東亞文藝演講」，發言者有龍瑛宗等人。

廿五日　龍瑛宗在《文藝臺灣》發表〈大東亞文學者大會速記抄錄——感謝皇軍〉

是年，《南國文藝》停刊。張深切編譯《現代日本短篇小說名作集》出版。《南國文藝》停辦。

一九四三年

一月　廿八日　呂赫若創作劇本〈高砂義勇隊〉。

卅一日　臺灣「新文學之父」賴和去世。呂赫若發表小說〈月夜〉。

一　月　　《文藝臺灣》製作「大東亞文學者大會特輯」，其中有張文環的〈感謝從軍作家〉。楊逵發表劇本〈撲滅天狗熱〉。
二　月　七日　張文環的〈夜猿〉獲皇民奉公會首屆文化賞之文學賞。
二　月　十一日　西川滿〈赤嵌記〉、濱田隼雄〈南方移民村〉、張文環〈夜猿〉獲得首屆皇民奉公會文學賞。
二　月　　皇民奉公會舉辦文學報國演講會。
三　月　　楊逵譯、羅貫中著《三國志物語》第一卷出版。
四　月　廿八日　《臺灣文藝》製作「賴和先生追悼特輯」。林搏秋日文新劇劇本〈高砂館〉發表於《臺灣文學》。
　　　廿九日　「臺灣文藝家協會」解散，「皇民奉公會文化部」改組爲「臺灣文學奉公會」，張文環參加中央本部的小說部與評論部。
四　月　　葉石濤發表日文小說〈林君寄來的信〉。葉石濤出任西川滿任社長的《文藝臺灣》助理編輯。濱田隼雄在《臺灣時報》發表〈非文學的感想〉引發論爭。
五　月　一日　西川滿發表〈文藝時評〉。
　　　五日　張文環以「皇民奉公會臺灣州支部」及小說家的身分出席在臺北召開的「臺灣一家」座談會，並在同一時期參加「決戰下臺灣的言論」座談會。
　　　七日　呂赫若在日記中回應濱田隼雄的謾罵。
　　　十日　邱永漢發表〈狗屎現實主義與僞浪漫主義〉。

五　月　十三日　「華北作家協會」歡迎日本文學報國會代表林房雄等人。
十七日　葉石濤發表〈給世外民公開信〉。
十八日　戰時臺灣出版統制機構「臺灣出版會」創辦。
六　月　廿七日　日文作家田中保男在《臺灣公論》提出「皇民文學」口號。
日本文學報國會臺灣支部成立，龍瑛宗、張文環爲十名幹部中僅有的兩位臺灣籍理事。
六　月　《文藝臺灣》製作宣揚大東亞戰爭精神的「辻小說」即「街頭小說特輯」。
七　月　一日　陳火泉發表日文小說〈道〉，後編入臺灣總督府發行的《皇民文學叢書》之一。
卅一日　王昶雄在《臺灣文學》發表小說〈奔流〉。楊逵發表〈擁護狗屎現實主義〉。
七　月　黃得時發表〈臺灣文學史序說〉。吳漫沙出版小說集《莎永的晚鐘》。張冬芳日譯老舍《離婚》開始在《臺灣文學》連載，只一回即中斷。葉石濤發表小說〈春怨〉。河野慶彥發表日文短篇小說〈燒水〉。
七　月　～一九四四年十二月　西川滿在《文藝臺灣》連載日文長篇小說〈臺灣縱貫鐵道〉。
八　月　廿五～廿七日　第二屆「大東亞文學者大會」在東京召開。
八　月　日本文學報國會出版短篇小說集《辻小說》。黃氏鳳姿出版小說集《臺灣的少女》。
九　月　三日　用閩南語演出的話劇《閹雞》引起轟動效應。
九　月　周金波在《臺灣時報》發表〈氣候、信仰與痼疾〉。坂口䙥子〈鄭一家〉編入《皇民文學叢書》之一。張彥勳、林亨泰等在臺中創辦新詩社「銀鈴會」。

十一月　十三日　呂赫若短篇小說〈財子壽〉獲第一回「臺灣文學賞」。「臺灣決戰文學會議」在臺北召開，臺灣作家有十一人出席，龍瑛宗在會上作〈八紘一宇精神〉的發言。張文環在會上說「臺灣沒有非皇民文學。假如有任何人寫出非皇民文學，一律槍殺。」

十一月　十七日　西川滿編的《臺灣小說集》第一輯在東京出版。

十一月　楊雲萍日文現代詩集《山河》出版。大木書房編輯部主編、日文短篇小說集《臺灣小說集》出版。

十二月　廿五日　《臺灣文學》公布首屆「臺灣文學賞」得獎人爲呂赫若後停刊，只出十期。

十二月　龍瑛宗日文文藝評論集《孤獨的蠹魚》出版。

是年，雞龍生的中文小說《大上海》面世。吳濁流開始創作日文長篇小說〈亞細亞孤兒〉。張文環聲稱「在臺灣像文學的文學尚未誕生……今日的臺灣的文學幾乎是未開墾之地」。王井泉等人成立「厚生演劇研究會」。

一九四四年

一　月　一日　《文藝臺灣》停刊，共出版三十八期。《南方》停刊，共出版五十六期。

廿日　臺灣總督府決定在全島設五十處皇民訓練所。

二　月　廿五日　《南方詩集》創辦。

廿六日　龍瑛宗、張文環、黃得時、楊雲萍等人出任官方「戰時思想文化」委員會委員。

三月　廿五日　《南方詩集》停辦。

三月　《臺灣出版警察報》停辦。呂赫若配合皇民化政策的日文短篇小說集《清秋》出版。全島六大報紙：臺北的《臺灣日日新報》、《興南新聞》、臺南的《臺灣日報》、花蓮的《東臺灣新報》、臺中的《臺灣新聞》，高雄的《高雄新聞》合併爲設有文藝欄的《臺灣新報》。吳濁流、黃得時、龍瑛宗在該報工作。

五月　一日　《臺灣文學》與《文藝臺灣》合併後，由「臺灣文學奉公會」新出《臺灣文藝》。

七月　十三日　臺灣總督府情報課召開「從軍作家座談會」。

廿日　日刊報紙附屬雜誌《旬刊臺新》創辦。

七月　臺灣總督府情報課編、日文報導文學集《決戰臺灣小說集》開始刊載於《臺灣時報》等報刊。

八月　廿日　全臺灣進入戰地狀態，開始實行臺籍民徵兵制度。

八月　《臺灣文藝》製作「派遣作家的感想特輯」。

十一月　十二日　第三屆「大東亞文學者大會」在南京舉行，臺灣代表缺席。

十一月　《臺灣藝術》和《臺大文學》停刊。

十二月　卅日　臺灣總督府情報課編《決戰臺灣小說集》（乾卷）出版。

十二月　楊逵出版由俄羅斯作家特列季亞科夫編劇的四幕話劇《怒吼吧！中國》。《新大眾》創辦。《臺灣文藝》製作「辻小說特輯」，卷頭語爲〈文學報國的忠誠〉。

是年，日文文藝雜誌《緣草》在臺中創刊。楊逵在《臺灣文藝》發表〈「首陽」解消記〉。楊逵日文短篇小說集《萌芽》遭查禁。總督府情報課將七位臺灣作家派到生產現場，其中呂赫若派往臺中州農場，張文環派往太平山，龍瑛宗派往高雄海兵團，高山凡石即陳火泉派往金瓜石礦山，周金波派往斗六國民道場，梁雲萍派往臺灣纖維工廠及鐵道，楊逵派往石底礦坑。許丙丁出版日文偵探小說《實話偵探秘帖》。

一九四五年

一月　一日　《民俗臺灣》停刊。

　　　五日　《臺灣文藝》停刊。

　　　十六日　臺灣總督府情報課編的《決戰臺灣小說集》（坤卷）出版。

二月　葉石濤應徵入伍，爲「帝國陸軍二等兵」。

四月　鍾理和中文短篇小說集《夾竹桃》出版。《新建設》停刊。張深切被日本當局逮捕。

七月　十五日　《翔風》停刊。

八月　十五日　日本無條件投降，結束了在臺灣長達五十一年的殖民統治。

九月　一日　《一陽周報》雜誌創刊，十一月停刊。

十月　二日　臺灣唯一的日報《臺灣新報》開始出現中文欄。

　　　十日　臺灣報紙變成以中文版爲主，日文版爲副。光復後第一份中文報紙《民報》創辦，由林茂生任社長。

十一月　廿二日　楊雲萍在《民報》發表〈奪還我們的語言〉。

十一日　《臺灣新報》創設文藝小專欄「詞華」，刊登了許多歡呼臺灣光復的古典詩詞，同月廿四日停辦。

廿四日　日本總督將行政權移交臺灣省行政長官陳儀。

廿五日　戰後第一家公營報紙《新生報》創刊，吳金煉任日文總編輯。《政經報》創刊。

十一月　十日　發表賴和遺作〈獄中日記〉。

十二日　《大同》月刊創刊，只出一期。三民主義青年團創辦的《臺灣青年》問世。臺灣人文科學會成立。林熊生日文偵探小說《龍山市的曹姓老人》出版。

十五日　戰後臺灣出版的第一本文學雜誌《新風》創刊。戰後臺灣第一本藝文雜誌《新新》創刊。龍瑛宗在該刊發表用日文寫的反思日據時代臺灣文學的短文〈文學〉。

十一月　為歡迎光復龍瑛宗發表小說〈青天白日旗〉。

十二月　十日　《現代週刊》創辦。

廿五日　中國航空公司成功開闢上海——臺北航線。

卅一日　陳儀向全島臺灣同胞發布工作要領時指出：希望一年內全省教員、學生大概能說國語、通國文、懂國史。

十二月　《民報》創辦文藝副刊《學林》，楊雲萍為主編，曾連載吳漫沙長篇小說〈天明〉。魏賢坤編《初級簡易國語作文法》出版。「U」在《新聲》創刊號發表反省日據時代臺灣文學的〈臺灣的文學界〉。

是年，由游彌堅發起的東方出版社成立。

一九四六年

一月　一日　由宋斐如創辦的《人民導報》問世，一九四七年秋停刊。大陸作家范泉在上海發表〈論臺灣文學〉，認爲臺灣文學是中國文學的分支，後被楊逵等多人引用。《新大眾》更名爲《藝華》，只出一期。

十五日　《新風》停刊。

廿日　龍瑛宗主編的《中華》雜誌創刊。

廿九日　魏建功應臺灣省行政長官陳儀之邀去臺推廣國語。

二月　三日　《民報》發表楊雲萍執筆的社論〈促進文化的方策〉。

十日　魏建功發表〈國語運動在臺灣的意義〉。呂赫若發表小說〈故鄉的戰事（一）：改姓名〉。

十五日　《海疆》文藝月刊在臺北創刊，共發行三期。《新臺灣》在北平創刊。

廿日　《中華日報》創刊。

二月　陳儀在全省中學校長會議指出：要實施「中國化」運動，抵消「皇民化」影響。

三月　十五日　龍瑛宗主編《中華日報》日文版文藝欄。

三月　楊逵的日文小說集《鵝媽媽出嫁》出版。

四月 一日 國語推行委員會在臺北成立。介紹祖國文化的《日月譚》週刊創辦。

卅日 《中華》停刊。

四月 包括「欺臺作家」西川滿在內的在臺日本人全部返回日本。評論家雷石榆從廈門到高雄。《臺灣青年》停刊，共出十期。

五月 一日 《新臺灣》停刊。

廿一日 由臺灣省國語推行委員會主編的《新生報》「國語」副刊創辦。

廿八日 《新生報》「國語」週刊刊出魏建功〈何以要提倡從臺灣話學習國語〉。

五月 楊逵在《和平日報》發表〈文化再建の前提〉、〈臺灣新文學停頓の檢討〉。《臺灣文藝》創刊，只出版一期。美國設立駐臺北領事館。

六月 一日 臺灣廣播電臺發行的《臺灣之聲》創辦。

九～十三日 臺北市中山紀念堂公演根據臺共作家簡國賢作品改編的獨幕劇〈壁〉上演。

十六日 「臺灣文化協進會」成立。

廿五日 許壽裳應臺灣省行政長官陳儀之邀去臺。

七月 一日 《臺灣評論》月刊在臺北創刊，同年十月一日停刊。

廿五日 《政經報》停辦。

廿八日 《臺灣新生報》發表李翼中〈對當前臺灣的文化運動的意義〉。由臺灣文化協進會主辦的第一屆文學委員會懇談會在臺北召開。

七月 中共中央派彰化籍幹部蔡孝乾潛伏臺灣，任「臺灣省工作委員會」書記。楊逵日文版小說《送報伕》問世。

八　月　七日　臺灣省編譯館成立，許壽裳任館長。

　　　　廿二日　王育德發表〈彷徨的臺灣文學〉。

　　　　廿六日　《日月譚》週刊停辦。

九　月　十二日　《新新月刊》在臺北山水亭舉辦「談臺灣文化的前途」座談會。

　　　　十五日　《臺灣文化》創刊，共發行六卷二十七期。楊雲萍在創刊號上發表〈臺灣新文學運動的回顧〉。

九　月～十二月　吳濁流長篇小說五冊日文版《胡志明》問世。

十　月　一日　「警總」的外圍組織正氣學社創辦《正氣月刊》。

　　　　廿四日　「長官公署」宣布各報刊雜誌的日文版停刊。在此之前，王育德化名王莫愁在《中華日報》發表〈彷徨的臺灣文學〉。

十　月　「臺人奴化」問題發生論戰。李何林從上海到臺北，臺靜農也於本年到臺北。

十一月　一日　在許壽裳協助下，《臺灣文化》製作「魯迅逝世十週年特輯」。

　　　　卅日　許壽裳在省立師範學院演講〈魯迅的人格及其思想〉。

十二月　十五日　《現代週刊》停刊。

十二月　「中華民國憲法」完成制訂。陳儀在施政報告中首次使用「文化建設」一詞。歐陽予倩率領的新中國劇社由上海到達臺北，先後演出歷史劇〈鄭成功〉、神話劇〈牛郎織女〉、曹禺的話劇〈雷雨〉。林㛂娥日文長篇小說《茉莉花》出版。

一九四七年

一月　一日　《臺灣文化》主編蘇新化名「蘇甡」發表〈也漫談臺灣藝文壇〉，批駁「多瑙」〈漫談臺灣藝文壇〉一文對戰後臺灣文化的攻擊。

一月　五日　《新新》停刊。

　　　十五日　張禹和楊逵參與編輯的《文化交流》創刊，只出一期。

　　　楊逵應臺北東華書局之邀，編印中日文對照的「中國文藝叢書」，共六輯，包括魯迅的《阿Q正傳》及郁達夫、茅盾、楊逵等人的作品。

二月　五日　呂赫若在《臺灣文化》發表短篇小說〈冬夜〉，為光復初期描寫臺灣社會現實變化的重要作品之一。

　　　廿六日　「國語運動」全面推行。

　　　廿八日　臺北數萬名群眾因不滿當局統治舉行遊行示威，並占領廣播電臺，後被鎮壓，是為「二·二八」事件。

三月　六日　范泉在上海發表聲援「二·二八」事件受難者的〈記臺灣的憤怒〉。

　　　十一日　臺大文學院代院長林茂生被捕。

四月　楊逵、葉陶夫婦又一次被捕。臺灣行政長官公署改組為臺灣省政府。

五月　一日　《正氣月刊》停辦。

六　月　四日　許壽裳在《新生報》發表〈臺灣需要一個新的五四運動〉。吳新榮在《新生報》發表參加「二・二八」事件的悔過啓事。
臺獨人士廖文毅在香港組織「臺灣再解放聯盟」（一九五〇年五月改稱「臺灣省民主獨立黨」）。魏建功辭去「臺灣省國語運動推行委員會」主任職務，該職改由何容擔任。「臺灣文化協進會」出版許壽裳的《魯迅的思想與生活》，這是臺灣戰後出版的第一本有關魯迅的專書。
七　月　一日　游彌堅在《臺灣文化》上發表〈臺灣新文化運動的意義〉。官方將「高山族」改稱爲「山地同胞」。
四日　國民政府通過「全國總動員戡亂建國案」。
廿三日　毓文在《新生報》發表〈打破緘默談「文運」〉。
七　月　卅一日　「二・二八」事件參與者「自首」日期截止（達三千餘人）。
八　月　一日　《新生報》「橋」副刊創刊，後展開一場關於臺灣文學發展方向的論戰。
秋，《人民導報》停刊。
十　月　十九日　許壽裳在臺灣寫作的《亡友魯迅印象記》，由上海峨眉山出版社出版。
十　月　《自立晚報》創刊，發行人吳三連。由上海話劇藝人組織的「上海觀眾演出公司」，到臺北演出〈清宮外史〉、〈岳飛〉。
十一月　七日　藍明谷發表〈臺灣新文學建設〉，提出「人民文學論」。
十一月　歐坦生在上海發表以「二・二八」事件爲背景的小說〈沉醉〉。

十二月　十四日　呂訴上等發起成立「臺北市電影戲劇促進會」。
十二月　廿一日　歐陽明在《南方周報》創刊號發表〈論臺灣文學運動〉。
李何林在大成出版公司出版《「五四」運動》，同時作爲「中華民國歷史小叢書」問世的著作還有蔡元培等著《中國新文學大系導論集》、吳文祺《新文學概要》等。

一九四八年

一月　一日　「銀鈴會」主辦的《緣草》更名爲《潮流》出版。
二月　十日　王詩琅在《南方周報》第三期發表〈臺灣新文學運動史稿〉。
二月　十八日　許壽裳被暗殺。李何林、李霽野、袁珂等人或返回大陸，或被驅逐出境。
三月　十五日　新疆歌舞團到臺北市中山堂舉行首場演出。
　　　廿九日　楊逵在《新生報》發表〈如何建立臺灣新文學〉。
四月　《楊雲萍詩抄》翻譯爲中文，發表在上海《文藝春秋》。
五月　一日　《臺灣文化》推出「悼念許壽裳先生特輯」。
　　　廿日　蔣介石和李宗仁分別任中華民國總統和副總統。
五月　「動員戡亂時期臨時條款」施行。吳濁流出版日文短篇小說集《菠茨坦科長》。
七月　卅日～八月廿二日　《新生報》連載駱駝英〈論「臺灣文學」諸論爭〉。
七月　陳大禹的劇本〈臺北酒家〉用方言、日語和普通話的混雜形式出現，引發大陸去臺作家與本省作家的論爭。

八　月　十日　《臺灣文學叢刊》創刊，十二月停刊。

九　月　一日　「臺灣再解放聯盟」向聯合國請願「托管臺灣」。

九　月　耿庸到臺灣。

十　月　廿五日　《國語日報》創刊。

十　月　魏建功重返北京大學任教。歐坦生發表堅持民族團結的小說〈鵝仔〉。

十一月底　紀弦從上海到臺灣。

是年，臺灣先後舉辦大陸國畫家劉海粟、關良、豐子愷畫展。

一九四九年

一　月　二日　傅斯年出任臺灣大學校長。

五日　陳誠就任臺灣省主席。耿庸從臺灣寄楊逵中日對照本《送報伕》給大陸的胡風。

廿一日　蔣介石宣布下野，由李宗仁代行總統職權。同日上海《大公報》轉載楊逵的〈和平宣言〉。

廿四日　歌雷在《新生報》發表〈臺灣文學的方向〉。

二　月　廿一日　葉石濤在《新生報》發表短篇小說〈三月的媽祖〉，爲光復初期描寫二·二八事件的重要作品之一

三月　廿九日　《新生報》「橋」副刊停擺，共出版二二三期。

三月　《中央日報》正式在臺北發行。

四月　二日　臺灣省立師範學院臺語戲劇社出版學生刊物《龍安文藝》。

四月　六日　約二百多名學生被臺灣警方逮捕，是爲「四六事件」。

「銀鈴會」解散，《潮流》停刊。

五月　廿日　臺灣警方發布的戒嚴令開始實施。

六月　發行新臺幣。大陸赴臺作家雷石榆被捕，後被驅逐出境。

九月　十九日　《公論報》「文藝週刊」創刊。

十月　一日　中華人民共和國在北京宣告成立。隨後，臺北部分文化人聯名發表聲明批判這個「僞政權」，而臺灣大學錢教授發表另一種聲明，說前面的聲明是捉刀代筆，不少人並沒有簽名。

九日　楊逵被判十二年徒刑。

十月　十八日　巴人在《新生報》發表雜文〈袖手旁觀論〉。

十月　國民黨公布一批名爲〈反動思想書籍名稱一覽表〉，計四二九種。《寶島文藝》創刊，共出版十二期。《新生報》副刊展開「戰鬥文藝」的討論。

十一月　三日　孫陵發表被稱之爲「反共文藝」第一聲的〈保衛大臺灣〉歌詞，後因歌名與「包圍打臺灣」諧音而被停唱。

四～七日　《中央日報》公布〈省府查禁反動書籍目錄〉。

十一月　十六日　孫陵主編的《民族報》副刊率先提出「反共文學」口號。

十七日　《中華日報》發表嚴厲批判巴人的社論〈袖手旁觀嗎？〉。

廿日　《自由中國》在臺北創刊。

十一月　梁實秋出版《雅舍小品》。

十二月　七日　國民政府遷都臺北。隨之而來的文藝界人士不過一百多人，稍具知名度的只有三十多人。

十三～十七日　《新生報》連載成鐵吾的作品〈女匪幹〉，成爲臺灣五十年代小說描寫「匪幹」的樣板。

是年，臺灣省政府宣布實施「三七五減租條例」。

一九五〇年

一月　美國總統杜魯門聲明不介入臺灣海峽事務。英國承認中華人民共和國。

二月　十六日　《暢流》創刊，一九九一年七月停刊，共發行九九三期。

二月　作家、教授虞君質被捕。

三月　一日　蔣介石復職。「中華文藝獎金委員會」成立。

十六日　《半月文藝》創刊。

三月　臺灣警方公布〈臺灣省戒嚴時期新聞雜誌圖書管制辦法〉。此「辦法」和〈臺灣省戒嚴時期出版物管制辦法〉一起，等於宣告中國現代文學史上除胡適個別人外，凡有價值的文學作品和學術著作一概免讀，它用行政干預的方式宣告「五・四」文化在臺灣的斷層。

四　月　一日　《新生報》「每週文藝」創刊，共出二十八期。

四　月　廿四日　官方再次公布查禁書單二三六種（含文教、郭沫若作品及曹禺著作七種）。

中共臺灣省工委書記、文藝評論家蔡孝乾被捕後叛變。

五　月　四日　「中國文藝協會」在臺北成立。《中央日報》發表羅家倫長文〈五四的眞精神〉，並同時發表陳紀瀅的商榷文章〈爲「五四」請願——並向羅家倫先生請教〉。該報副刊還用一整版製作「紀念文藝節」專號。陳紀瀅同天在該報發表〈感慨而不悲哀——祝中國文藝協會成立〉，正式提出向中共作戰的「筆部隊」概念。

七日　《新生報》發表多篇攻擊魯迅的文章。

五　月　　葛賢寧出版長詩《常住峰的青春》。

六　月　二日　由「中國文藝協會」主辦的《新生報》「每週文藝」副刊創立，十一月停刊，共出二十六期。

十三日　當局公布〈戡亂時期檢肅匪諜條例〉。

十四日　《中華日報》「文藝」副刊創辦，由「中國文藝協會」主持，一九五四年五月停刊，共出一九二期。

十八日　原臺灣省主席陳儀因反對內戰遭處決。

六　月　廿七日　美國第七艦隊巡防臺灣海峽。

隨著朝鮮戰爭爆發，美國總統杜魯門發表「臺灣海峽中立」宣言。《軍中文摘》創刊。余光中從香港到臺灣，由廈門大學開轉學證明時用「公元」而未用「民國」，這份所謂「僞證明」使余光中險此被臺灣大學拒之門外。

十一月　《野風》創刊，共出一九二期。呂赫若同月失蹤。《自立晚報》副刊主編吳一飛被捕。作家朱點人被判死刑後槍決，先後遭處決的作家還有簡國賢、徐瓊二。墨人出版詩集《自由的火焰》。陳紀瀅主持的重光文藝出版社成立。

十二月　一日　《臺灣之聲》停辦。

十二月　林衡立在《臺灣文化》發表〈阿里山曹族獵狩風俗之革除〉。「中國文藝協會」以「文藝到軍中」的口號推動部隊文藝創作。

是年，龍瑛宗與返臺的張我軍合作編輯金庫《合作界》（至一九五五年）。

一九五一年

一　月　五日　臺灣省政府第一八二次會議修正通過〈臺灣省政府保安司令部檢查取締違禁書報雜誌影劇歌曲實施辦法〉。

一　月　美國開始對臺灣實行軍事援助。

二　月　徐蔚忱主編《自由中國文藝選集》出版。

三月　十五日　「中國文藝協會」主辦「小說研習班」開學。
四月　七日　國防部發表告文藝界人士書，倡導軍中文藝運動。
四月　　　　魯迅研究者藍明谷作爲「匪諜」被處決。陳紀瀅長篇小說《荻村傳》出版。
五月　四日　《中央日報》發表教育部長程天放〈敬告自由中國文藝界忠貞人士〉，同時刊出陳紀瀅〈這一年——中國文藝協會成立週年〉和王藍的〈建立文藝陸海空〉。《文藝創作》創刊，共出版六十八期。
　　　五日　《中央日報》刊出蔣介石祝賀「中國文藝協會」成立週年的電文。
五月　　　　紀弦出版詩集《在飛揚的時代》。
六月　　　　報禁開始實施。
七月　卅日　臺灣省保安司令部又公布〈臺灣省各縣市違禁書刊檢查小組組織及檢查工作補充規定〉，檢查小組由警察局長擔任組長。
七月　　　　當局頒布管制書刊進口令。負責臺灣省國民黨黨務的李友邦被當作「匪諜」處決。省籍作家柯旗化因擁有唯物辯證法書籍被捕。
九月　　　　葉石濤因知情不報臺共成員和閱讀左翼書刊被判刑三年。
　　　十五日　蔣介石召見「中國文藝協會」負責人張道藩。
十月　五日　王詩琅發表〈半世紀來臺灣文學運動〉。
　　　十日　「中國文藝協會」舉辦「懷念大陸影展」。
十月　　　　段彩華出版中篇小說《幕後》。

十一月　五日　《新詩周刊》創刊，至一九五三年九月停刊。
是年，臺灣實施地方自治，臺南人吳三連當選首屆臺北市民選市長。牛哥在《中央日報》連載〈牛伯伯打游擊〉。

一九五二年

一　月　一日　蔣介石發表文告，推行「反共抗俄」總動員。
二　月　七日　《公論報》「文藝論評」週刊創刊。
二　月　王集叢出版《三民主義文學論》。
三　月　一日　《中國文藝》創刊，王平陵主編，一九五四年停刊。
三　月　張道藩任立法院院長。高雄「大業書店」成立。余光中出版處女詩集《舟子的悲歌》。
四　月　「文星書店」開張。
五　月　四日　張道藩在《中央日報》發表〈論當前文藝創作三個問題〉。「中國文藝協會」舉行兩週年成立紀念大會，蔣介石祝詞勉勵，行政院長陳誠出席致詞，後選舉該會會長時發生爭執。
八日　《中央日報》公布〈總政治部文化勞軍書刊目錄〉，含〈女匪幹〉、〈我是毛澤東的女秘書〉、〈反攻大合唱〉等作品。

六　月　廿八日　詩人節慶祝大會在臺北舉行時，當場發起爲新詩大合唱寫一組以「中華民國萬歲」爲題的歌詩，由紀弦等人集體創作，計一九四行，後在《中華日報》發表。

六　月　一日　《文壇》創刊。

六　月　張秀亞出版散文《三色堇》。朱西甯出版短篇小說集《大火炬的愛》。

七　月　一日　《海島文藝》創刊，一九五四年三月停刊。

八　月　四日　「中國文藝協會」對大陸發起文藝作戰攻勢：發表揭發共匪文藝整風運動暴行陰謀，並支持大陸上被迫害的文藝界人士宣言，還舉行三次廣播座談。

五日　「中國文藝協會」開始在電臺舉辦「指名喊話」，號召大陸作家從事反共活動，其中李辰冬「喊」朱光潛，王藍「喊」吳祖光，陳紀瀅「喊」張光年，方守謙「喊」曹禺，何容「喊」老舍，趙友培「喊」張駿祥。

九　月　一日　「中國文藝協會」主辦的「會務通訊」創刊，於一九六〇年五月停刊。

十六日　《自由中國》發表社論〈對於我們教育的展望〉，軍中政治部由此下令禁止閱讀該刊物。

九　月　《反共抗俄詩選》出版。

十　月　一日　蘇雪林由法國到臺灣。

十六日　官方查禁路逾作品《紀弦詩集》。

十　月　「中國青年反共救國團」在臺北成立。

十一月　十九日　胡適由美國到臺灣作民主自由的演講。大陸赴臺美術家黃榮燦被當作「匪諜」處決。

十一月　省籍作家廖清秀〈恩仇血淚記〉獲中華文藝獎金委員會長篇小說第三名。
十二月　當局嚴禁用日文和方言教學。《臺北文物》創刊。
是年，張漱菡出版長篇小說《意難忘》。潘人木的反共長篇小說《蓮漪表妹》出版，後獲官方文藝大獎。美國新聞處在香港成立今日世界出版社，眾多臺港作家參與其中。

一九五三年

一　月　《文藝列車》創刊。聶華苓出任《自由中國》文藝欄目主編。
二　月　廿二日　《現代詩》季刊創刊，至一九六四年二月停刊。
三　月　《晨光》月刊創辦。
四　月　五日　覃子豪出版《海洋詩抄》。
五　月　一日　《文藝創作》發表張道藩〈論文藝作戰與反攻〉。「中國語文學會」成立。
七　月　十日　劉振強創辦三民書局。
八　月　二日　「中國青年寫作協會」成立。
九　月　十六日　《聯合報》正式創辦。
九　月　蔣介石發表〈民生主義育樂兩篇補述〉。臺灣省教育廳通令自本年起，一律採用標準教科書。「中華文藝函授學校」在臺北創立。廖清秀出版長篇小說《冤獄》。張秀亞出版短篇小說集《尋夢草》。

十月　彭歌出版長篇小說《殘缺的愛》。

十一月　一日　林海音開始主編《聯合報》副刊。

十一日　「中國文藝協會」舉辦歡迎「香港文藝工作者回國觀光團」茶會，訪問團成員有徐訏、李輝英等人。

十一月　蓉子出版新詩《青鳥集》。郭衣洞（柏楊）出版長篇小說《蝗蟲東南飛》。

十二月　「中國文藝協會」發表該會全體委員〈研讀總統手著《民生主義育樂兩篇補述》的心得以及建議〉，希望當局從速制定「民生主義社會文藝政策」。警方下令停唱張道藩歌詞〈老天爺〉。王平陵出版長篇小說《茫茫夜》。何凡開始在《聯合報》副刊撰寫〈玻璃墊上〉專欄。

是年，當局實施「耕者有其田」、「六期四年經濟建設計劃」，爲臺灣成爲「亞洲四小龍」打下基礎。劉守宜創辦「明華書局」。孫陵出版長篇小說《大風雪》。陳映眞閱讀禁書魯迅的《吶喊》。預定上檔的粵語片，經人檢舉片中演員紅線女「附匪」，即遭禁演。陳輝創辦大業書店。吳漫沙長篇通俗小說《運河殉情記》在《高雄晚報》連載。

一九五四年

一月　孟瑤出版長篇小說《幾番風雨》。《文藝月報》創辦。《東方少年》創辦。邱永漢在《大眾文藝》發表小說〈偷渡者手記〉。

二月～四月　張道藩在《文藝創作》發表〈三民主義文藝論〉。
二月　一日　《皇冠》創刊。
二月　胡適回臺灣參加國民大會。
三月　十七～廿日　考試院副院長羅家倫發表〈簡體字提倡甚為必要〉，引發論戰。
廿日　由覃子豪等人發起的藍星詩社在臺北成立。
廿九日　《幼獅文藝》創刊。
四月　十一日　曾任國民黨中宣部代部長的葉青發表文章，認為提倡簡體字不能視為「與共匪隔海唱和」，胡秋原稍後發表〈論政府不可頒布簡體字〉。
四月　新劇作家簡國賢被當作匪諜槍決。
五月　廿一日　牛哥與唐賢龍一連串互控對方為黃黑赤打手的論戰開始。
廿八日　臺北文獻委員會主辦「北部新文學新劇運座談會」。
五月　《中華文藝》創刊。紀弦出版詩集《摘星的少年》。
六月　《藍星》詩週刊發行。
七月　廿六日　「中國文藝協會」發起清除赤色、黑色、黃色的「文化清潔運動」。
七月　紀弦出版《紀弦詩論》。
八月　九日　各報刊載〈自由中國各界為推行文化清潔運動厲行除三害宣言〉。
十二日　《臺北文物》出版臺灣文學特輯。
八月　邱永漢連載中篇小說〈濁水溪〉至十月份。其主角既不是日本人，也不是中國人而是

「臺灣人」。

九月　十六日　《自由中國》發表社論〈對文化清潔運動的兩項意見〉。

九月　蘇雪林出版《雪林自選集》。

十月　十日　《創世紀》詩刊問世。

十月　《自由中國》發表李敻〈我們需要一個文藝政策嗎？〉。

十一月　五日　內政部公布〈戰時出版品禁止或限制刊載事項〉，五天後被行政院取消。

十一月　廿五日　「大陸光復設計委員會」成立，陳誠任主任委員，胡適等人爲副主任委員。

十二月　王詩琅發表〈新文學運動人名錄〉。廖漢臣在《臺北文物》發表〈新舊文學之爭——臺灣文壇一筆流水賬〉。

是年，「中國文藝協會」出版《自由中國文藝創作集》、《自由中國文藝論評集》。謝冰瑩出版散文集《愛晚亭》。

一九五五年

一月　蔣介石提倡「戰鬥文藝」。

二月　十三日　解放軍登陸大陳列島，引發首次臺海危機。

二月　《現代文藝》創刊。

三月　《軍中文藝》舉辦「戰鬥文藝」討論會。林亨泰出版詩集《長的咽喉》。

四　月　一日　《文藝月報》出版「戰鬥文藝專號」。
五　月　五日　鄭愁予出版詩集《夢土上》。官方查禁香港作家徐訏的《生與死》。
五　月　五日　「臺灣省婦女寫作協會」成立。
五　月　受「中華文獎會」贊助的某舞蹈團演出新疆舞蹈，後被人檢舉係蘇聯作品，張道藩為此提出辭呈（未果）。蕭金堆中文小說與詩歌集《靈魂的脈搏》出版。
六　月　陳紀瀅出版反共長篇小說《赤地》。呂訴上出版四幕話劇《還我自由》。
七　月初　胡秋原為「正聲電臺」撰寫向大陸廣播的文稿〈毛澤東要殺胡風嗎〉。
七　月　廿一日　「教育部中華基金委員會」設立文藝獎。
七　月　葛賢寧出版《論戰鬥文學》。
八　月　廿日　「孫立人案」爆發。
八　月　艾雯出版散文集《生活小品》。
九　月　三日　中國文藝協會王藍、謝冰瑩等二十七人到臺灣省刑警總觀賞所謂「風化電影」，後釀成「春宮電影事件」，這場風波由蔣經國出面平息。
十六日　《徵信新聞報》「人間副刊」創刊。
九　月　覃子豪出版詩集《向日葵》。
十　月　國防部總政治部舉辦「戰鬥文藝座談會」。
十一月　三日　資深作家張我軍去世。
十二月　林海音出版散文小說合集《冬青樹》。

是年，全國文字改革會議在北京召開。這次會議明定「北京官話」爲「普通話」。

一九五六年

一月　十五日　「現代派」成立於臺北，後提出新詩乃是「橫的移植」等六大信條。

一月　國民黨中常會通過〈展開反共文藝戰鬥工作〉案。鍾鼎文出版詩集《山河詩抄》。《今日文藝》創刊。

二月　十六日　《自由中國》發表李經〈戴五星帽的文學批評——毛澤東文藝思想的初步分析〉。

廿八日　廖文毅在東京成立「臺灣共和國臨時政府」。官方查禁孫陵的小說《大風雪》。

三月　臺灣省政府新聞處編印《新聞業務手冊》，規定對中共幹部一律稱「匪幹」，或以「所謂」或「什麼」等字眼表示強烈的批判和否定。

四月　吳濁流長篇小說《胡志明》易名爲《亞細亞孤兒》在東京出版。

八月　彭歌出版長篇小說《落月》。

九月　廿日　《文學雜誌》創刊，夏濟安主編，共出版四十八期。

九月　艾雯出版《艾雯散文集》。

十月　紀弦出版《新詩論集》。《自由中國》出版給蔣介石的「祝壽專號」，該刊由此帶來莫大的災難。

十一月～十二月　當局開始批判自由主義者胡適。

鍾理和的《笠山農場》獲「中華文藝獎金委員會」二等獎（一等獎從缺）。黃荷生自費出版詩集《觸覺生活》。

十二月　「中華文藝獎金委員會」停辦。鳳兮在《幼獅文藝》發表〈文藝作戰部隊今何在〉。

是年，李曼瑰出版五幕劇《維新橋》。齊如山出版《齊如山回憶錄》。蕭銅編《六十名家小說選集》出版。官方查禁穆中南的小說《大動亂》。臺語片《薛平貴與王寶釧》大獲成功，由此帶動了臺語片製作的加速發展和商業放映的熱潮。

一九五七年

三　月　梁容若出版《容若散文集》。

四　月　省籍作家鍾肇政等人編的油印版《文友通訊》面世，共出版十六期。

五　月　廿四日　發生攻打美國大使館事件。

六　月　「中華民國筆會」在臺北重建，張道藩任會長。「中國詩人聯誼會」成立。旅美評論家夏志清在《文學雜誌》發表〈張愛玲的短篇小說〉。陳之藩出版散文集《旅美小簡》。

八　月　廿日　覃子豪發表〈新詩向何處去〉，和紀弦展開論爭。

八　月　王敬羲的小說集《青蛙的樂隊》出版。

九　月　臺灣省警務處翻印《保密防諜之路》，其中規定凡用「共匪」的名詞如「解放」或

「慣用共匪的寫字方法、習用西曆」者皆查禁。
十　月　五日　「中國文藝界聯誼會」成立。
十　月　《張道藩戲劇集》七冊出版。姜貴自印反共長篇小說〈今檮杌傳〉即〈旋風〉。
十一月　五日　《文星》雜誌創刊。
十一日　孫陵長篇小說《大風雪》因所謂「爲匪宣傳」被查禁，同時遭刑求逼供。
十一月　吳魯芹出版散文集《雞尾酒會及其他》。蘇雪林出版小說《天馬集》。
十二月　《小說》月刊創辦。洛夫詩集《靈河》出版。
是年，林語堂再版長篇小說《京華煙雲》。

一九五八年

一　月　「中國文藝協會」不定期編印《大陸文藝情資研究》。覃子豪出版論文集《詩的解剖》。白先勇發表短篇小說〈金大奶奶〉。
二　月　王藍出版反共長篇小說《藍與黑》。
四　月　六日　胡適返臺出任中央研究院院長。
五　月　四日　胡適重提「自由的文學」口號，反對政府指導文藝，後受到張道藩的批評。
五　月　十五日　「臺灣警備總司令部」在臺北成立。
八　月　麥卡錫出任臺灣美國新聞處處長。

八月廿三日　中國人民解放軍炮擊金門，引發第二次臺海危機。

九月廿三日　抗日英雄賴和被當局戴上紅帽子，然後從忠烈祠中除名。

九月　《瘂弦詩抄》出版。

十月六日　中華人民共和國國防部發表〈告臺灣同胞書〉。畢珍出版暢銷長篇小說《古樹下》，促使《皇冠》雜誌由綜合型向文藝型過渡。

十二月　《藍星詩頁》創刊。

是年，梁實秋出版《談徐志摩》。唐君毅、張君勱、牟宗三、徐復觀等人聯名發表〈爲中國文化敬告世界人士宣言〉。將軍作家公孫嬿連出〈飄香夢〉等三部長篇小說。

一九五九年

一月　白萩出版詩集《蛾之死》。《亞洲詩壇》創刊。

四月十四日　鍾理和在《聯合報》副刊發表〈蒼蠅〉。

四月　改版後的《創世紀》強調詩的「超現實性」和「純粹性」。周夢蝶出版詩集《孤獨國》。王夢鷗出版《文藝技巧論》。

五月四日　《筆匯》革新號問世，共出版二十四期。

六月　鹿橋出版長篇小說《未央歌》。

七月一日　蘇雪林發表〈新詩壇象徵詩派創始者李金髮〉，後引起覃子豪反彈。

九　月　五日　陳映眞發表短篇小說處女作〈麵攤〉。
十　月　蔣介石和美國國務卿杜勒斯共同發表聲明放棄「反攻大陸」。《亞洲文學》創刊。
十一月　十三日　「中國文藝協會」成立「表揚省籍作家」專案小組，出席者有林海音、廖清秀等人。
廿~廿三日　言曦連續在《中央日報》發表〈新詩閒話〉，後引發論戰。
十二月　卅一日　當局以「暴雨專案」全面取締包括大陸、香港金庸在內的的武俠小說四〇四種。
是年，「警總」成立由國民黨中央黨部四組和六組，以及教育部、僑委會、外交部、內政部、國防部總政治部等單位組成的「書報雜誌審查會報」。周夢蝶在臺北武昌街擺舊書攤，成爲一幅文學地景。

一九六〇年

一　月　一日　《文星》「詩的問題研究專號」出刊。《作品》創刊，共發行四十八期。
廿四日　由孫陵任發行人的《文藝週刊》創辦。
三　月　五日　《現代文學》創刊，一九七三年九月停刊。
廿九日　鍾肇政首部長篇小說〈魯冰花〉在《聯合報》副刊連載。
五　月　四日　「中國文藝協會」成立十週年紀念大會召開。
廿九日　「中國詩人聯誼會」舉行詩人節慶祝大會，出版上官予編選《十年詩選》。
五　月　葉珊（楊牧）出版詩集《水之湄》。
六　月　蔣夢麟出版傳記《西潮》。

七　月　一日　《現代文學》第三期推出水仙．湯姆斯曼專號。
七　月　林海音出版中、短篇小說集《城南舊事》。
八　月　四日　鄉土作家鍾理和去世。
八　月　陳映眞在《筆匯》發表小說〈鄉村的教師〉。《亞洲短篇小說選》第十一集出版。
九　月　四日　試圖成立反對黨的雷震等人被捕，後拘禁十年，《自由中國》停刊。
九　月　鍾理和出版長篇小說遺作《笠山農場》。
十　月　十日　《中國詩友》月刊創辦，一九六四年停刊。
　　　　廿四日　「中國文藝協會」與「中國詩人聯誼會」成立詩歌朗誦隊。
十一月　辛鬱出版詩集《軍曹手記》。
十二月　廿五日　「中國文藝協會」《會務通訊》改爲《文藝生活》出版。
是年，蔣介石當選爲中華民國第三任總統，陳誠爲副總統。王育德等人在日本成立臺獨團體「臺灣青年社」，日本由此成爲海外臺獨運動中心。聶華苓出版長篇小說〈失去的金鈴子〉。

一九六一年

一　月　十日　《現代文學》第六期推出吳爾芙專號。
　　　　十二日　「中國文藝協會」討論武俠小說寫作及出租書店現狀與影響。
一　月　張默、瘂弦主編《六十年代詩選》出版。

三　月　三日　《公論報》受假沒收處分。
　　　　七日　評論家葛賢寧去世。
三　月　王禎和發表小說〈鬼．北風．人〉，由此正式登上文壇。
四　月　六日　楊逵刑滿釋放後返臺。
四　月　「中國文藝協會」出版《中國文藝復興運動》一書，作者有胡適、王雲五等四人。高準出版詩集《丁香結》。姜貴出版長篇小說《重陽》。
五　月　十一日　張澍元主編的《中國新詩》創刊，八月停刊。
六　月　廿日　《臺灣新聞報》「西子灣」副刊創辦。
六　月　余光中翻譯的《中國新詩選》由美國新聞處出版。
七　月　廿日　《現代文學》第九期沙特專輯出刊，洛夫發表〈天狼星論〉。
七　月　《詩．散文．木刻》創刊，一九六三年四月停刊。
八　月　十四日　徐復觀在香港發表文章，嚴厲批評現代藝術，後來畫家劉國松發表〈爲什麼把現代藝術劃給敵人〉，引發現代藝術論戰。
八　月　柏楊出版長篇小說《異域》。張深切出版描寫「霧社事件」的劇本《遍地紅》。
九　月　呂訴上出版《臺灣電影戲劇史》。
十　月　十三日　張愛玲短期訪問臺灣。
十一月　一日　李敖發表向國民黨高層人物挑戰的〈老年人和棒子〉。
十二月　十日　余光中在《藍星》發表〈再見，虛無！〉。

是年「中華商場」的落成，標誌著臺灣「克難年代」的終結。這個商場和後來的「中國書城」、「中華書城」一起成為臺北市民記憶的重要部分。夏志清出版英文著作《中國現代小說史》。華嚴長篇小說《智慧的燈》出版。臺灣美國新聞處贊助出版英譯的臺灣小說和新詩。臺灣首部譯成外文的現代詩《中國新詩選》由美國新聞處出版。

一九六二年

一月　一日　李敖在《文星》發表〈播種者胡適〉。「中國文藝協會」借《中國晚報》創辦「文藝雙週刊」。

十四日～六月十九日　郭良蕙在《徵信新聞報》連載長篇小說〈心鎖〉。

二月　廿四日　自由主義大師胡適去世。

二月　紀弦宣布取消「現代派」。李敖在《文星》發表〈給談中西文化的人看看病〉，胡秋原過了兩個月發表長達七萬多字的文章反駁，中西文化論戰由此以《文星》雜誌為主戰場展開。

三月　一日　《文星》推出追思胡適及中西文化問題專號。

十八日　戲劇家齊如山去世。

三月　蘇雪林發表惜悼念胡適為名大談文壇往事的文章，後引來劉心皇等人的嚴厲批判。由《革命文藝》改版的《新文藝》創刊。由柏楊主持的平原出版社成立。

四月 一日 由林佛兒主編的《仙人掌》詩刊創辦，僅出一期。

廿六日 臺灣電視公司（「臺視」）開播。

五月 四日 《野火詩刊》創辦，出第四期後停刊。

五月 鍾肇政出版長篇小說《濁流》。

六月 一日 《傳記文學》創刊。

六月 吳濁流《亞細亞孤兒》中譯本面世。

七月 十五日 《葡萄園》詩刊創刊。臺灣美國新聞處處長麥卡錫離開臺北。

八月 司馬中原長篇小說《荒原》出版。

九月 十六日 內政部出版事業管理處成立。

十月 一日 李敖在《文星》發表〈胡秋原的眞面目〉。

上旬 胡品清從法國回臺灣，後被人檢舉「通共」——在巴黎出版的詩詞選中入選過毛澤東的《沁園春・雪》。

十月 《葡萄園》總編輯文曉村因違反軍人不得組社辦刊的規定，被軟禁半年。

十一月 廿二日 胡秋原控告《文星》雜誌發行人蕭孟能、作者李敖等三人連續誹謗案開庭。

十二月 「第一屆亞洲作家會議」在菲律賓召開，余光中等人出席。

是年，施明正因「亞細亞同盟案」入獄五年。楊逵開始經營東海花園，企圖將其打造成臺中文化城。教育部成立「話劇欣賞演出委員會」，隨之開辦「世界劇展」、「青年劇展」。電影金馬獎創辦。

一九六三年

一月　一日　郭良蕙小說《心鎖》因有性描寫被禁。
二月　一日　《野風》半月刊停刊，共發行一九二期。
三月　梅遜等創辦大江出版社。
四月　十一日　《時與潮》雜誌因刊登雷震獄中詩作遭停刊一年處分。
廿三日　《聯合報》發表〈故事〉短詩，情治部門認爲是影射總統無能，遭最高當局追查，後持續十三年之久各報均不敢再登新詩。
廿四日　「中國文藝協會」決議注銷郭良蕙會籍。
四月　馬各開始主編《聯合報》副刊（六月離任）。
五月　四日　「中國文藝協會」發表〈當前文藝工作概況與我們的主張〉。
五月　葉維廉出版新詩集《賦格》。劉心皇批判蘇雪林的《文壇往事辨僞案》出版。
六月　一日　針對「國語派」的純正散文觀，余光中在「文白之爭」中發表〈剪掉散文的辮子〉，提出革新散文的一系列主張。
十日　嘉新水泥公司捐一千萬元成立文化基金會。
七月　在電臺主持「安全島」的羅蘭出版散文集《羅蘭小語》。
八月　胡秋原主編的《中華雜誌》創刊。琦君出版散文集《煙愁》。司馬中原出版長篇小說

《荒原》。

九　月　瓊瑤出版言情小說《窗外》，暢銷後引起話題，造成將近四十年的「瓊瑤風」。李敖出版雜文集《傳統下的獨白》。

十　月　十日　詩人覃子豪去世。

十一月　十七日　大中學生開展不看日本電影、不買日貨、不講日語、不閱讀日本書刊、不聽日語音樂的「五大運動」。

廿五日　臺中《民聲日報．詩展望》創刊。

十二月　劉心皇再次自印攻訐蘇雪林的文集《從一個人看文壇說謊與登龍》。

是年，文星書店開始出版「文星叢書」，引發一場出版界革命。於梨華出版長篇小說《夢回青河》和短篇小說《歸》，刮起一股「留學生文風」。耕莘文教院成立。

一九六四年

一　月　十三日　資深作家王平陵去世。

一　月　當局禁止日本電影上映。陳映眞發表短篇小說〈將軍族〉。

二　月　一日　《現代詩》停刊，共出版四十五期。

二　月　臺灣與法國斷交。日本首相池田勇人發表「臺灣地位未定論」。

三　月　六日　臺灣官方鄭重聲明「臺灣是中國的一省」。

三　月　　王尚義遺作《從異鄉人到失落的一代》出版。
四　月　一日　《臺灣文藝》創刊，負責人吳濁流遭「警總」約談，要求他改用「中國」或「中華」的刊名。
　　　十五日　余光中寫作〈下五四半旗！〉，後發表於《文星》第七十九期。
四　月　　由羅門主編的《藍星年刊》創辦。
六　月　十五日　由林亨泰等任發行人的《笠》詩刊創辦。
　　　十八日　文化名人蔣夢麟去世。
　　　廿日　由朱沈冬主編的《現代詩頁》創刊，共出版八期。
六　月　　余光中出版新古典主義詩集《蓮的聯想》。
七　月　　李敖出版《文化論戰丹火錄》。
九　月　廿日　臺獨首領彭明敏因印製〈臺灣人民自救宣言〉被捕。
十　月　十五日　由李升如任社長的《作家》創刊。
　　　廿五日　《臺灣日報》在臺中創辦。
十一月　五日　國民黨第二次新聞工作會談通過「加強新聞與文藝工作合作，以擴大文藝戰鬥功能，促成反攻大業」案。
　　　十七日　《聯合報》主筆戴杜衡去世。
　　　廿二日　綠蒂等人創辦《中國新詩》，共出版十二期。
十二月　廿五日　文星書店重印歷代絕版書籍一百種，共三百冊。

十二月　　文曉村出版詩集《第八根琴弦》。

是年，陳西瀅的《西瀅閒話》在臺重版，再次掀起一九六〇年代反魯迅風潮。曾任香港亞洲出版社總編輯的趙滋蕃，因在臺發表小說《重生島》得罪港府被驅逐出境，來臺定居。

一九六五年

一　月　一　日　介紹西方現代主義戲劇思潮的《劇場》創刊。

一　月　　　　　蔣經國就任國防部長。洛夫出版現代主義詩集《石室之死亡》。

二　月　十三日　編輯家夏濟安去世。

　　　　廿六日　《讀者文摘》中文版創刊。

二　月　　　　　王鼎鈞接辦《徵信新聞報》「人間」副刊主編。

四　月　八　日　「國軍新文藝運動輔導委員會」成立。第一屆國軍文藝大會召開，蔣介石在會上提出新文藝運動推行綱要。

六　月　廿一日　中國文藝年鑑編委會成立，主任郭衣洞（柏楊）。

七　月　一　日　李敖發表〈沒有窗，哪有《窗外》〉，抨擊以瓊瑤爲代表的「新閨秀派」。《劇場》第三期介紹黑澤明及其作品〈羅生門〉。

七　月　　　　　美國停止對臺灣的經濟援助，過去十五年經援約十五億美元。

八　月　十　日　國防部設立國軍文藝活動中心。

九　月　「臺灣獨立總部」在日本成立。「中山學術文化基金會」董事會成立，下設「文藝創作獎助審議委員會」。

十　月　三日　日據時期作家王白淵去世。

十　月　爲慶祝光復二十周年，鍾肇政主編《本省籍作家作品選集》共十冊出版。另有《臺灣青年文學叢書》十冊問世。第一屆「國軍文藝金像獎」舉辦。

十一月　葉石濤復出文壇後發表論文〈臺灣的鄉土文學〉。同月洛夫離臺赴越南。

十二月　一日　提倡現代藝術的《前衛》雜誌創刊。

廿六日　《文星》雜誌被查封。

是年，志文出版社創辦。張愛玲的《怨女》登陸臺灣文壇。

一九六六年

一　月　趙天儀出版《美學引論》。《陽明》雜誌創刊。

二　月　《中國文藝年鑑一九六六》出版。徐復觀出版《中國藝術精神》。「現代詩展」在臺北舉行。

三　月　孟瑤出版《中國小說史》，後被人檢舉該書係拼湊大陸學者之作。侯立朝出版《文星集團想走哪條路？》。

四　月　五日　《新文藝》出版「恭祝　總統當選連任特輯」，頭條刊出蔡文甫的小說〈豬狗同盟〉，後被人檢舉文中主角「郭明輝」係指「國民大會」，母豬生了十八隻小豬，是在影射「蔣總統」連任十八年。此案由「警總」查辦，後蔡文甫有驚無險。

四月　第一屆臺灣文學獎揭曉，得獎者有鍾肇政等人。鍾梅音出版散文集《海天遊蹤》。

五月　胡秋原與「國防部總政治部」聯手，發起大規模的「國內學人教授一千六百餘人駁斥美國姑息分子費正清運動」。

六月　四日　中山文藝獎設立。

廿七日　三浦綾子長篇小說〈冰點〉引發兩大報搶譯大戰。

七月　七日　臺北文藝界歡迎林語堂回臺定居。

七月　葉石濤開始在《臺灣文藝》發表有關臺灣作家的系列論文。

八月　「文星叢刊」爲九位青年作家出書，其中張曉風《地毯的那一端》一路走紅。

九月　十六日　《書目季刊》創辦。

十月　十日　《文學季刊》創刊。陳若曦到大陸任教。《中央日報》出版批判三十年代文藝的《三十年代文藝論叢》。三民書局推出「三民文庫」。

十一月　十二日　第一屆中山文藝創作獎揭曉，其中王夢鷗獲文藝理論獎。

十二月　廿八日　國民黨九屆四中全會通過「中華文藝復興運動推行綱要」，繼續倡導「戰鬥文藝」。

十二月　《吳濁流選集》出版。

是年，王尚義的遺作《野鴿子的黃昏》出版後引起轟動效應，年輕人幾乎人手一冊。臺大教授殷海光因發表批評政府言論遭解聘。

一九六七年

一　月　一日　林海音主編的《純文學》創刊，該刊從第二期起開設「近代中國作家與作品」專欄，衝破禁區介紹當代（即「近代」）大陸作家。

二　月　「國家安全會議」召開，「國家安全局」成立。

三　月　四日　《臺灣新生報》創辦每週刊登一篇星期小說的《新生週刊》。

　　　　十八日　為對抗大陸興起的文革，臺灣眾多文藝團體先後舉辦「打擊共匪文藝整風座談會」。

　　　　廿七日　鹽分地帶作家吳新榮去世。

三　月　蘇雪林出版反魯文集《我論魯迅》。

四　月　十日　《文學季刊》第三期發表黃春明〈青番公的故事〉、陳映眞〈第一件差事〉、七等生〈黑眼珠與我〉。

四　月　七等生出版小說《我愛黑眼珠》。

五　月　司馬桑敦出版反共長篇小說《野馬傳》，因內中有暴露舊社會黑暗的內容而遭查禁。

六　月　歐陽子出版短篇小說集《那長頭髮的女孩》。

七　月　一日　《青溪》雜誌創刊。

　　　　廿八日　「中華文化復興運動推行委員會」成立。

八　月　廿五日　《現代文學》第卅二期為「短篇小說研究專號」。

十　月　三日　針對大陸清除「文藝黑線」，臺灣十個文藝社團發表〈我們對毛共迫害文化人士的看法〉。

十　月　八日　鄭愁予出版詩集《窗外的女奴》。

十一月　十一日　吳濁流拒絕刊載葉石濤〈兩年來的省籍作家作品〉，事後葉石濤罵吳濁流「自私自利……是政客。」

十二日　文化漢奸嫌疑人梁容若以《文學十家傳》獲中山學術文化基金會的文學史獎，引發徐復觀、劉心皇、高陽、胡秋原等人的批判。

十六日　「中華民國新詩學會」成立。

廿一日　教育部文化局成立，其中第二處主管文藝工作，一九七三年撤銷。

國民黨九屆五中全會通過「當前文藝政策」，分基本目的、創作路線等八項。

十一月　羅蘭繼出版《羅蘭小語》後又出版《羅蘭小說》，作者由此成為一九六〇年代家喻戶曉的名字。

十二月　五日　《中國文藝年鑑一九六七》出版。

張道藩等四十人聯合發表〈我們爲什麼要提倡文藝〉。

是年，《新生報》副刊主編童常被捕，後判處死刑。以於梨華、孟絲、吉錚爲代表的「留學生文學」掀起狂潮。第一個直轄市臺北市出現，象徵著臺灣主權的變化。

一九六八年

一月一日《大學雜誌》創刊。

一月　林亨泰出版《現代詩的基本精神》。

二月　姚一葦出版《藝術的奧秘》。

三月四日　柏楊因《大力水手》漫畫的翻譯被判十二年徒刑。

廿九日《中華文化復興》月刊創辦。

卅日　彭歌在《聯合報》副刊撰寫「三三草」專欄。

卅一日　文星書店停辦。

四月十四日《臺灣文藝》連載吳濁流自傳體小說〈無花果〉，並發表葉石濤〈兩年來的省籍作家及其小說〉。

五月廿七日「全國第一次文藝會談」開幕，為期三天。

五月　「國軍戰鬥文藝工作隊」成立。陳映真因參與並起草「民主臺灣同盟」宣言被捕。

六月八日　製作人崔小萍以「匪諜」罪名被捕。

十二日「文藝總管」張道藩去世。

六月　鍾肇政的中、短篇小說集《大肚山風雲》出版。

七月七日　由羊令野主編的《青年日報．詩隊伍》創刊。

八　月　　蘇雪林出版《文壇話舊》。

九　月　一日　《徵信新聞報》更名為《中國時報》。

九　月　　中國電視公司（簡稱「中視」）成立。《葉石濤評論集》出版。張曉風發表〈潘渡娜〉，為戰後科幻第一波浪潮揭幕。

十　月　　白先勇出版短篇小說集《遊園驚夢》。

十一月　　內政部查禁司馬桑敦的長篇小說《野馬傳》。開報導文學之先聲的《綜合月刊》創辦。

十二月　廿五日　批判梁容若文集《文化漢奸得獎案》出版。

是年，當局實施九年國民義務教育。《張愛玲短篇小說集》出版。辛鬱等人創辦十月出版社。林海音創辦純文學出版社。張曉風出版科幻作品《潘渡娜》。

一九六九年

一　月　　胡秋原發表長文〈關於一九三二年文藝自由論辯〉，糾正夏志清《中國現代小說史》中的史實錯誤。《創世紀》休刊，共出二十九期。

一　月～三　月　　顏元叔在刊物上連載〈新批評學派的文學理論和手法〉，系統介紹「新批評」。

三　月　一日　由蔣經國親自點將，瘂弦開始主編《幼獅文藝》。

三　月　　由洛夫等人合編的《中國現代詩論選》出版，後引發爭議。夏志清在《現代文學》發表〈白先勇論〉。

四　月　「臺灣省婦女寫作協會」易名爲「中國婦女寫作協會」。

五　月　王禎和出版鄉土小說集《嫁妝一牛車》。

六　月　十五日　《笠》第一屆詩獎由周夢蝶、李英豪、陳千武獲得。

六　月　洛夫在《幼獅文藝》發表〈超現實主義和中國現代詩〉。

七　月　廿日　吳濁流文學獎基金會設立。

廿一日　林語堂任「中華民國筆會」會長。

七　月　《文藝》月刊創刊。「中國青年寫作協會」舉辦「復興文藝營」。

八　月　《中國時報》「人間副刊」開闢海外專欄，導致「強勢副刊」崛起。

十　月　黃春明出版短篇小說集《兒子的大玩偶》。商禽出版詩集《夢或者黎明》。

十一月　三日　「中國電視公司」推出臺灣史上第一部電視連續劇《晶晶》，造成轟動效應。

十二月　廿五日　「五・四」風雲人物羅家倫去世。

十二月　劉心皇在《反攻》上發表〈自由中國初期的文壇〉。

是年，蔡同榮在美國成立全球性的「臺灣獨立聯盟」，並發行《臺灣公論報》。

一九七〇年

一　月　《詩宗》創刊，共出五期。《吳瀛濤詩集》六冊出版。邵澗出版《不停腳的人》。

三　月　廿九日　評論家陳西瀅去世。
三　月　林海音編《中國近代作家與作品》出版。
四　月　十二日　《臺灣文藝》主辦第一屆吳濁流文學獎頒獎。
十八日　海外臺獨人士黃文雄等人行刺蔣經國未遂。
廿三日　國防部頒布〈臺灣地區戒嚴時期出版品管理辦法〉。
四　月　「中華民國編劇學會」成立。比較文學研究英文期刊《淡江評論》創辦。
五　月　紀剛出版抗日長篇小說《滾滾遼河》。
六　月　廿三日　《大眾日報》發表讀者來信，檢舉紀弦為「文化漢奸」。
廿七日　中國書城落成。
六　月　第三屆亞洲作家會議在臺北召開，由「中華民國筆會」會長林語堂主持。
八　月　十五日　白先勇創辦晨鐘出版社。
八　月　日本將釣魚臺視為該國領土，引起臺灣當局抗議。
九　月　十一日　「中華文化復興總會」通過編印復興文藝叢書的決定。
九　月　夏志清在《純文學》發表〈現代中國文學感時憂國的精神〉。
十　月　一日　《笠》詩刊以「作品合評」形式尖銳批評羅門的長詩《麥堅利堡》。
十　月　吳濁流出版長篇小說《無花果》。葉維廉出版論文集《中國現代小說的風貌》。陳之藩出版散文集《劍河倒影》。
十一月　一日　梁實秋出版散文集《關於魯迅》。

十一月　廿八日　官方查禁反共作家王藍作品《碎夢》。原《中央日報》總編輯李荊蓀因所謂「通匪」被捕。

是年，鄉土文學思潮崛起，現代主義文藝不再成爲主流。聶華苓的長篇小說〈桑青與桃紅〉在《聯合報》連載時被腰斬。劉大任從美國訪問大陸。張良澤在成功大學兼任講師時，首次在高校講授魯迅作品後被學生檢舉，改授臺灣文學。鄭樹森在《聯合報》副刊開始介紹世界文學。杜鎮遠從廣東偷渡到澳門，然後在臺灣定居，於一九七六年出版描寫紅衛兵的長篇小說〈失去〉。黃靈芝〈蟹〉獲首屆吳濁流文學獎首獎。

一九七一年

一月　十日　由張默、管管主編的《水星詩刊》創辦。

十五日　《文學》雙月刊創辦，只出二期。

一月　黃得時發表〈臺灣光復前後的文藝活動及民族性〉。

二月　九日　國民黨舉行「中央文藝工作研討會」，重彈文藝工作應以反共爲原則的老調。

三月　三日　《龍族》詩刊創辦，一九七六年五月停刊。

十九日　李敖被捕入獄，後以「叛亂罪」判刑十年。「道藩文藝圖書館」在重慶南路開幕。

三月　《雄獅美術》創刊。楊牧出版詩集《傳說》。王夢鷗出版《文藝美學》。洛夫編《一九七〇詩選》，後引發李敏勇的批評。《中華文藝》創刊，一九八五年四月停刊。

四月　十四～十七日　臺北各高校學生大規模舉行保衛釣魚臺的集會和遊行，是爲保釣事件。
四月　白先勇出版短篇小說集《臺北人》。
七月　吳濁流新詩獎創辦。《純文學》改組，由劉守宜任主編。陳英雄出版第一本以漢語爲書寫對象的原住民小說《域外夢痕》。
八月　一日　彭正雄創辦文史哲出版社。
八月　劉心皇出版《現代中國文學史話》。
十月　十日　國防部主管的「黎明文化事業公司」成立，由軍中作家田原主持。
廿五日　臺灣退出聯合國，中華人民共和國加入聯合國。
十月　中華電視公司（華視）開播。呂秀蓮出版《新女性主義》後遭查禁。和呂氏一起從事婦運的有施叔青、蘇慶黎、陳菊，是爲「四女寇」。
是年，國民黨通令全臺灣機關學校加強推行國語。隱地主編的《五十九年短篇小說選》出版。

一九七二年

一月　《中國現代文學大系》八卷本出版，其中余光中的序言〈向歷史交卷〉引發爭論。
二月　一日　《純文學》停刊。
廿八日　水芙蓉出版社創辦。
廿八～廿九日　關傑明發表〈中國現代詩人的困境〉，引發論戰。

三　月　十～十一日　趙友培在《中華日報》發表〈我國大學文學教育的前途〉，後引發歷時一年的論爭。
三　月　二日　蔣介石當選第五屆總統，嚴家淦任副總統。
四　月　四日　《國語日報．兒童文學週刊》創辦。
官方成立御用寫作班子，以「孤影」爲筆名在《中央日報》連載〈一個小市民的心聲〉，嚴厲討伐陳鼓應關於開放學生運動的言論。
五　月　　　　蔣經國就任行政院長。
六　月　一日　《中外文學》創刊。
六　月　　　　《陳映眞選集》在香港出版。
七　月　一日　顏元叔發表〈颱風季〉，引發一場如何評價洛夫詩歌的論戰。
八　月　　　　胡秋原在《中華雜誌》發表〈關於《紅旗》之誹謗答史明亮先生〉，就北京出版的《紅旗》說他是「托匪」一事作出澄清。
九　月　一日　《書評書目》創刊。《創世紀》詩刊復刊。
　　　　十～十一日　關傑明發表〈中國現代詩人的幻境〉。
　　　　廿八日　「華欣文藝工作者聯誼會」成立。
十　月　六日　資深作家吳瀛濤去世。
　　　　卅一日　大陸赴臺作家黎烈文去世。
十　月　　　　姚宜瑛創辦大地出版社。

十一月　當局宣布五年之內完成「十大建設」。

十二月　七日　三家電視臺奉命減少方言節目時間。羅青出版新詩集《吃西瓜的方法》。

十二月　以譯介現代文學作品爲主的《中華民國筆會英文季刊》創辦。《創世紀》撤消「中國現代詩總檢討」專輯。

是年，高三語文課本收入《桃花扇》片斷：「眼看他起朱樓……眼看他樓塌了。這青苔碧瓦堆，俺曾睡風流覺，將五十年興亡看飽。」官方認爲這段曲文影射國民黨，主編周何被「警總」約談後辭職。張良澤專任成功大學中文系教師講課時開始宣揚分離主義。廈門大學學生周野偷渡到金門，在臺灣定居後用「阿老」筆名在臺灣出版文革的自傳體小說《腳印》。

一九七三年

二　月　十七日　鼓吹民族主義的陳鼓應、王曉波被捕，後演變成「臺大哲學系事件」。

三　月　《葉石濤作家論集》出版。

四　月　十八～廿八日　金庸以記者身分訪問臺灣，受到蔣經國的接見，這標誌著解禁武俠小說時代的來臨。

四　月　王文興長篇小說《家變》出版，後引發爭議。

五　月　廿四日　行政院增設新聞局出版、電影、廣播電視事業處。

五　月　高信疆出任《中國時報》「人間副刊」主編。

七　月　顏元叔發表〈臺灣小說裡的日本經驗〉。「中華民國比較文學學會」成立。官方召開全臺報刊編輯緊急會議，批判〈串串風鈴響〉中男歡女愛的情色鏡頭。
八　月　十日　《文學季刊》創刊號刊登唐文標等四人批判歐陽子長篇小說〈那長頭髮的女孩〉的文章。龍族詩社編《中國現代詩評論》出版。
八　月　唐文標開始發表〈什麼時代什麼地方人〉、〈僵斃的現代詩〉等三篇宣判現代詩「死刑」的文章，掀起「唐文標事件」。
九　月　廿九日　林懷民以「雲門舞集」爲名演出，爲戰後臺灣第一個最著名的現代舞團。
九　月　鍾肇政出版長篇小說〈馬黑坡風雲〉。水晶出版《張愛玲的小說藝術》。余光中到香港中文大學任教。《現代文學》停刊，共出五十一期。「主流詩社」召開全島詩人聯誼會。
十　月　楊逵復出文壇，掀起重視日據時期臺灣文學的熱潮。
十二月　林載爵在《中外文學》發表〈臺灣文學的兩種精神〉。泰順書局老闆羅世敏、主編黃華曾因出版大陸書，判刑後雙雙病死在綠島監獄中。
是年，《中華日報》社出版《大學文學教育論戰集》。據瓊瑤小說改編的電影《彩雲飛》、《心有千千結》上演，「文藝電影」從始與李小龍的武打片抗衡。

一九七四年

一　月　　　《秋水》詩刊創刊。

三　月　　　由沈登恩等人合資創辦的遠景出版社成立。黃春明出版短篇小說集《莎喲娜啦・再見》。梁實秋出版散文《看雲集》。

五　月　　　聯經事業出版公司創立。林載爵發表〈日據時代臺灣文學的回顧〉。

六　月　一日　《中外文學》詩專號出版。

七　月　　　張良澤發表〈倒在血泊裡的筆耕者〉。余光中出版詩集《白玉苦瓜》。《創世紀》準備向關傑明、唐文標所引發的現代詩批判浪潮發出總攻擊。

九　月　　　胡蘭成從日本到臺灣，被「中國文化學院」聘爲教授。陳芳明離臺赴美留學。

十　月　二日　《中國時報》「人間副刊」推出「當代中國小說大展」。

　　　廿五日　《大學雜誌》舉辦日據時代臺灣新文學與抗日運動座談會。

十一月　廿一日　官方查禁劉大任作品《紅土印象》。

十一月　　　陳若曦在香港發表「傷痕文學」〈尹縣長〉。洛夫出版超現實主義詩集《魔歌》。

十二月　九日　陳秀喜新詩《臺灣》於一九七七年改編爲歌曲《美麗島》，被當局禁唱八年。

是年，詩詞研究專家葉嘉瑩從海外回大陸旅遊探親寫了〈祖國行長歌〉，臺灣當局便將其列入黑名單，不準她再回臺灣。

一九七五年

一　月　廿七日　「國家文藝獎」設立。

一　月　胡蘭成《山河歲月》在臺北出版，後被查禁。時報文化出版公司成立。《愛書人》創刊。

三　月　黎明文化公司出版多卷本《中國新文學叢書》。《姚一葦戲劇六種》出版。

四　月　五日　蔣介石去世。

六日　嚴家淦任總統。蔣經國就任中國國民黨主席。

五　月　四日　《草根》詩刊創辦，共出版四十二期。

十五日　《文學評論》半年刊創刊。

廿日　由隱地主持的爾雅出版社成立。

五　月　鍾肇政的《插天山之歌》出版。

六　月　六日　民歌手楊弦以余光中的詩作譜曲，在臺北舉辦「現代民謠創作演唱會」。

六　月　尹雪曼主編《中華民國文藝史》出版。

七　月　《中國時報》「人間副刊」開始刊登〈現實的邊緣：本土篇〉，從此報導文學名詞出現在臺灣文壇。《鵝湖月刊》創辦。

七　月　王鼎鈞出版散文集《開放的人生》。琦君出版散文《三更有夢書當枕》。齊邦媛主編

八月　四日　《中國現代文學選集》「臺灣篇」英文版問世。
八月　《天狼星詩刊》創刊。
九月　《張我軍文集》出版。
十月　王榮文創辦遠流出版社。陳坤侖創辦春暉出版社。胡秋原發表〈漢奸胡蘭成速回日本去〉。楊青矗小說集《工廠人》出版。張文環復出後在東京出版了日文長篇小說《滾地郎》。
十月　廿日　戲劇家李曼瑰去世。
十一月　陳映眞出版小說集《將軍族》，於一九七六年初遭查禁。張系國出版小說集《棋王》。陳芳明在美國加入「國際特赦組織」，從此捲入黨外運動，後長達十五年被國民黨拒絕回臺。
十一月　七日　評論家虞君質去世。
十二月　廿五日　郭壽華發表文章認爲韓愈曾患風流病，韓愈「直系血親」韓思道將其告上法庭，法院判處郭氏罰金三百元。引起軒然大波的文化界出版了《誹韓案論戰》。
十二月　王志健出版《現代中國詩史》。
是年，於梨華從美國「偷跑」回大陸探親。「國立編譯館」編譯的《中國現代文學選集》英文本出版。

一九七六年

二　月　一日　馬各再度出任《聯合報》副刊主編（一九七七年九月三十日離任）。
　　　　九日　夏志清發表〈追念錢鍾書先生〉，顏元叔過後發表〈印象主義的復闢〉反彈，是爲「顏夏之爭」。
二　月　《夏潮》創刊，該刊討論過楊逵、呂赫若、賴和、吳濁流等人的作品。林煥彰出版《近卅年新詩書目》。
三　月　廿六日　資深作家林語堂去世。
　　　　廿七日　「中華民國青溪新文藝學會」成立。
三　月　《聯合報》設立文學獎。《明道文藝》創刊。《中國時報》「人間副刊」一連五天推介洪通的鄉土藝術。
四　月　十五日　歐陽子出版白先勇研究專著《王謝堂前的燕子》。
　　　　卅日　胡蘭成被「中國文化學院」限令離校，後到朱西甯家講書教讀。
四　月　周錦《中國新文學史》出版。張拓蕪出版「大兵文學」《代馬輸卒手記》。
五　月　三毛出版散文集《撒哈拉的故事》。
六　月　高信疆離開《中國時報》。古添洪等編著《比較文學的墾拓在臺灣》出版。
七　月　鄭豐喜出版傳記《汪洋中的一條船》。胡蘭成《今生今世》刪節本在臺灣出版。

八　月　　張系國出版小說集《香蕉船》。葉維廉主編《中國現代文學批評選集》出版。楊牧等人創辦的洪範書店營業。
九　月　九日　中國共產黨主席毛澤東去世。
九　月　　王拓出版小說集《金水嬸》。《聯合報》主辦的首屆「聯合報小說獎」頒獎。朱炎發表〈對鄉土文學的看法〉。
十　月　七日　資深作家吳濁流去世。
十　月　　華聯出版社盜版大陸學者郭紹虞的著作《語文通論》，然後冒用朱自清的名義出版。《幼獅少年》創刊。
十一月　十九日　李敖刑滿出獄。
十一月　　張良澤編《鍾理和全集》出版。《曉風戲劇集》出版。胡蘭成返回日本。
十二月　　許南村（陳映眞）出版《知識人的偏執》。
是年，香港無線電視公司放映紀念毛澤東逝世的專題片，遭到臺灣最嚴厲的懲處：相關人員被列為「附匪藝員」，禁止入境。美國決定終止從政治上援助臺灣。

一九七七年

一　月　廿四日　「國家文藝基金會」頒發首屆「全國優良文藝雜誌獎」。
二　月　二日　董保中發表〈顏元叔讀中共小說〉，批評浩然的小說模式化。

二　月　《書評書目》發表香港來稿〈於梨華的新書〉，該期雜誌即刻被當局查禁，於梨華從此被封殺多年。

三　月　一日　王建壯主編的《仙人掌》雜誌創刊，共出十二期。

三　月　鍾肇政接辦《臺灣文藝》。《小說新潮》創刊。四月一日《仙人掌》雜誌「鄉土與現實」出刊，王拓發表〈是「現實主義」文學，不是「鄉土文學」〉等文章，爲「鄉土文學論戰」即將展開造勢。

四　月　《三三集刊》創刊。《月光光》兒童詩刊創辦。

五　月　一日　《詩潮》創刊，出版三個月後遭查禁。葉石濤發表長文〈臺灣鄉土文學史導論〉，提出「臺灣意識」概念，後引起陳映眞的質疑。

四日　政治大學學生會舉辦學術研討會，有學生質問顏元叔對工農兵文學的指控太過激烈，工農兵文學本身並無不妥。

六日　尉天驄在答客問時稱：和知識分子一樣，工農兵也可以寫自己。

五　月　陳少廷出版《臺灣新文學運動簡史》。《七等生作品集》十冊出版。

七　月　《中國當代十大詩人選集》出版。陳銘磻出版報導文學《賣血人》。

八　月　十七～十九日　彭歌發表〈不談人性，何有文學〉，揭開鄉土文學大論戰序幕。

廿日　余光中發表〈狼來了〉，引發鄉土文學家的批駁。

廿九～卅一日　第二次文藝會談召開，中心內容是如何處置正在蓬勃發展的鄉土文學，制定通過〈對當前文藝政策修正建議〉案。

八月　《夏潮》刊出「當前臺灣文學問題專訪」。《現代文學》復刊。

九月　胡秋原發表〈談「人性」與「鄉土」之類〉，批評彭歌的觀點。王拓出版《街巷鼓聲》。陳芳明向余光中發出「絕交書」，聲稱告別余光中。張良澤編《吳濁流作品集》出版，共六卷。

十月　九日　瘂弦出任《聯合報》副刊主編。

十日　《中國論壇》座談當前中國文學問題。

十月　徐復觀發表〈評臺北有關「鄉土文學」之爭〉。余光中在香港發表〈論朱自清的散文〉，係作者「改寫新文學史」系列文章之一。

十一月　彭歌等著《當前文學問題總批判》出版。

十二月　陳鼓應出版《這樣的「詩人」余光中》。

是年，爆發首次對抗當局的街頭運動「中壢事件」。歐陽子編《現代文學小說選集》出版，收入一九六〇年代三十三篇短篇小說。「中國文藝協會」改選，新任理事絕大部分為軍中作家。「遠景」和「德華」兩家出版社為林語堂全套作品的銷售大打折扣戰。

一九七八年

一月　一日　洛夫發表〈詩壇風雲〉，指責《詩潮》在提倡「工農兵文藝」，後引起對方反彈。

十三日　顏元叔發表〈社會寫實文學的省思〉，後遭趙滋蕃「檢舉」，指出「社會寫實文學」

係「社會主義寫實文學」的簡化，屬「工農兵文藝」的翻版。

二　月　十九日　王昇在「國軍文藝大會」發表〈提筆上陣，迎接戰鬥〉的講話，肯定「鄉土文學」的同時警告他們不要被共產黨利用。

二　月　十二日　資深作家張文環去世。高信疆重新主編《中國時報》「人間」副刊。

二　月　廿五日　《聯合報》副刊提倡「極短篇」。

三　月　　　　　《夏潮》、《聯合報》分別刊出觀點不同的鄉土文學論戰文章。

三　月　十日　蔡文甫主持的九歌出版社成立。

　　　　廿一日　蔣經國就任第六屆總統，副總統爲謝東閔。

三　月　　　　　楊青矗出版短篇小說《工廠女兒圈》。陳紀瀅出版《文藝運動二十五年》。

四　月　十日　《文學思潮》創刊。

四　月　　　　　尉天驄編《鄉土文學討論集》出版。

五　月　四日　「海外作家五四座談會」在華盛頓大學舉行，主題爲「現代中國抗議文學」。

　　　　九日　《中國時報》設立「時報文學獎」。

五　月　　　　　潘榮禮等著《這樣的教授王文興》出版。《聯合報》開始推介大陸赴港作家金兆的「傷痕文學」。林梵著《楊逵畫像》出版。

七　月　　　　　鄭學稼出版修訂本《魯迅正傳》。

九　月　　　　　王拓自印《黨外的聲音》。宋澤萊出版中篇小說《打牛湳村》。

十　月　廿二～廿四日　《聯合報》副刊刊登〈光復前的臺灣文學座談會〉紀要。

十　月　卅日　李行導演的《汪洋中的一條船》，榮獲金馬獎。

《大地文學》創刊。

十一月　二日　《臺灣民族運動史》作者葉榮鍾去世。於梨華在香港出版報導文學集《誰在西雙版納》。

十二月　卅一日　大陸「中央電視臺」播映了記錄片《臺灣風光》。

十二月　張良澤因從事分離主義運動逃亡日本。非鄉土派的《文藝月刊》、《中華文藝》、《文壇》、《中外文學》等八家雜誌主辦文學會議，檢討當前文學問題。古蒙仁出版報導文學《黑色的部落》。首屆「吳三連文藝獎」頒獎給姜貴、陳若曦。

是年，《中國時報》「人間副刊」大量選登大陸傷痕文學。龍瑛宗日文長篇小說《紅塵》在《民眾日報》連載。

一九七九年

一　月　一日　美國宣布與中華人民共和國建交。全國人大常委會發表〈告臺灣同胞書〉，提出「通航、通郵、通商」的三通主張。

八日　《中央日報》發表題爲〈我們爲何不與中共談判〉的社論，提出「不接觸，不談判，不妥協」的「三不」政策。

二　月　廿三、廿四日　臺灣小說研討會在美國舉行。

二　月　《當代中國新文學大系》陸續出版，共十卷。
三　月　官方開放雜誌自由登記出版。鍾肇政出版「大河小說」《濁流三部曲》。葉石濤出版《臺灣鄉土作家論集》。李南衡編《日據下臺灣新文學選集》共五冊出版，其中第一冊爲《賴和全集》。巫永福評論獎成立。
四　月　廿九日　「中國古典文學研究會」成立。
四　月　余光中出版詩集《與永恆拔河》。
五　月　廿日　蘇雪林發表〈抗戰前劇壇一件大剽竊公案——洪深《趙閻王》抄襲阿尼爾《瓊斯皇帝》詳情〉。
　　　　廿四日　《中國時報》製作「中國大陸的抗議文學——社會主義悲劇文學特輯」。
五　月　黃信介等人創辦《美麗島》雜誌。
七　月　七日～八月十日　鍾肇政主編的《民眾日報》副刊連載陳火泉「皇民文學」代表作〈道〉。此作品曾被吳濁流嚴辭拒絕在他主編的《臺灣文藝》上刊登。
七　月　北京《當代》雜誌轉載白先勇的小說〈永遠的尹雪豔〉。葉石濤、鍾肇政主編《光復前臺灣文學全集》出版，共八卷。
八　月　十四日　出版家王雲五去世。
八　月　首屆「鹽分地帶文藝營」在臺南舉辦。
九　月　七日　金庸的武俠小說在臺灣部分解禁，《聯合報》開始連載〈連城訣〉。
　　　　十五～十七日　美國愛荷華大學聶華苓舉辦「中國週末」，兩岸作家在該校首次握手。

九　月　　夏志清《中國現代小說史》中譯本在臺北出版。遠景出版社出版金庸正式授權的《金庸作品集》。南琪出版社也開始「盜印」金庸作品，引發版權官司。

十一月　五日　張良澤在日本《朝日新聞》發表〈苦悶的臺灣文學〉。

　　　　十七日　「陽光小集」詩社成立。

十一月　　左翼刊物《夏潮》遭停刊一年處分。蕭蕭、張漢良編著《現代詩導讀》出版。

十二月　十三日　小說家王拓、楊青矗、呂秀蓮因美麗島事件被捕。

十二月　　蘇雪林出版《二三十年代的作家與作品》。

是年，黃凡發表小說〈賴索〉，拉開了一九八〇年代臺灣政治小說的序幕。美國德克薩斯州大學舉辦首次以臺灣文學為主題的研討會，次年由印第安納大學出版論文集《臺灣小說》。行政院開放觀光護照，臺灣居民從此可以出島旅遊。「三三書坊」停辦。楊熾昌日文現代詩集《燃燒的臉頰》在臺南出版。

一九八〇年

一　月　十日　由美返臺的陳若曦攜帶余英時、白先勇、李歐梵等多人連署的有關美麗島事件的信函，當面交呈蔣經國。

　　　　十三日　臺灣省文藝界在臺中市舉行迎接自強年座談會，討論通過提倡「反共文學」等提案。

二　月　廿二日　「國軍文藝大會」在臺北召開，中心議題為「反共愛國團結自強」。

　　　　廿八日　蔣經國接見陳紀瀅、林海音、鍾肇政、林懷民等九名文學藝術界人士。發生林義雄滅門血案，極大地刺激了原先認同中國的林雙不、宋澤萊，使他們「一夜之間」變成了「臺灣人」。

三月 十九日 《聯合報》發表署名文章〈姚雪垠的《李自成》〉，批評《李自成》「是一部馬馬虎虎的作品，無獨特之處。」

三月 發生要求解散「國民大會」的「野百合學運」。

四月 廿日 於梨華在北京《人民日報》發表〈我的留美經歷——寫給祖國的青年朋友們〉，希望大陸年輕人丟掉對美國的幻想，不要嚮往資本主義生活。

四月 南方朔在《中國時報》發表題爲〈臺獨之路走不通也不能走〉的文章。羅青在高雄作〈七〇年代新詩與後現代主義關係〉的報告。張良澤在日本發表〈戰後臺灣文壇的歷史考察〉，在分期上採用十年爲一期的方法，後被許多論者沿用。

五月 《臺靜農短篇小說選》出版。周錦主編《中國現代文學研究叢刊》廿種開始出版。劉心皇出版《抗戰時期淪陷區文學史》，認爲張愛玲是「落水文人」。

六月 鍾肇政長篇小說《臺灣人三部曲》出版。《於梨華作品集》十四卷在香港出版。

七月 一日 鄭振寰發表〈從治學方法看文學批評〉，批評夏志清的論著「思路不清」、「政治偏見充斥」。

八月 三日 《現代文學》舉辦創刊二十週年酒會。

十日 黃武忠《日據時代臺灣新文學作家小傳》出版。

八月 李行導演的電影《原鄉人》上映。臺灣的電視臺開始播映介紹上海現狀的影片。

九月 一日 李歐梵發表〈三十年代的文學研究〉，贊成有關部門適當開放三十年代文藝的建議。

七～九日 趙滋蕃發表〈三十年代文藝縱橫談〉，反對開放三十年代文藝作品。

廿五日 「神州詩社」遭當局鎮壓，其負責人溫瑞安被捕。

廿九日 「中國文藝協會」及「道藩文藝中心」慘遭火災。

十月 《中國時報》「人間」副刊開始介紹諾貝爾文學獎。李喬出版大河小說《孤燈》，《寒夜》三部曲完成。

十一月 一日 《書評書目》雜誌召開座談會，討論三十年代文藝能否開放問題。

十一月 王集叢《中共文藝析論》出版。

十二月 十七日 小說家姜貴去世。

是年，《李敖全集》開始出版。臺灣電影開始準許出現五星紅旗、毛澤東肖像，並準許改編大陸的傷痕文學作品。蘭陵在「首屆實驗劇展」演出《荷珠新配》。

一九八一年

一月 一日 詹宏志發表〈兩種文學心靈〉，引發有關臺灣文學是否屬「邊疆文學」的爭論。

十二日 《聯合報》發表〈中國現代文學史幾個鑰匙問題——梁實秋、梁錫華對談紀實〉。

三月 十二日 旅美臺灣作家鄭愁予、劉紹銘、楊牧、李歐梵等七人組團訪問大陸三週，引發各界議論。

四　月　十日　「黎明文化事業公司」舉行茶會，慶祝該社出版的《中國新文學叢刊》滿百種。
四　月　廿六日　《聯合報》介紹大陸作家白樺的作品。
《進步》雜誌創刊後被查禁。第二屆「巫永福評論獎」開評，葉石濤支持彭瑞金的論文入選，陳映真則支持詹宏志的〈兩種文學心靈〉入選，後來兩文因意見分歧而落選。王文興中篇小說《背海的人》出版。
五　月　十日　《中央日報》和《明道文藝》合辦全島學生文藝獎。
《純文學》以季刊形式復刊。
六　月　一日　旅美臺灣作家訪問大陸後發表〈坦白的建議——給中國大陸文藝界的一封公開信〉。
六　月　《臺灣文藝》舉辦「臺灣文壇方向」座談會。
七　月　一日　徐瑜發表〈共匪的海外文藝統戰〉，大罵愛荷華會議。
廿五日　《三三集刊》的靈魂人物胡蘭成在日本去世。
七　月　《臺灣文藝》製作臺灣文學的方向專輯，由李喬帶頭一起圍剿詹宏志。席慕蓉詩集《七里香》出版。《中國當代科幻小說選集》出版。
八　月　劉心皇編《當代中國新文學大系．史料與索引》出版。
十日　李敖再次入獄。
九　月　一日　《書評書目》停刊。
十六日　《聯副三十年文學大系》陸續出版，計二十七卷。《李敖千秋評論叢書》開始刊行。
九　月　高準在香港發表〈評大陸出版的《臺灣詩選》〉。日本成立「臺灣文學研究會」。

十　月　　《聯合報》副刊主編的《寶刀集：光復前臺灣作家作品集》，由聯經出版事業公司出版。《吳新榮全集》由遠景出版事業公司出版時，「二·二八」事件前後吳氏的日記被刪去。

十一月　廿日　原新月派作家葉公超去世。

十一月　「行政院文化建設委員會」成立，由陳奇祿任主任。

十二月　廿一日　「亞洲華文作家協會」在臺北成立。

是年，張良澤在日本築波大學開設「臺灣文學」課程。九歌出版社開始出版「年度散文選」。

一九八二年

一　月　六日　新竹清華大學中文系主辦「現代文學教學研討會」。

十五日　《文學界》雜誌創刊，共出二十八期。葉石濤發表〈臺灣小說的遠景〉，認為「臺灣文學是居住在臺灣島上的中國人建立的文學」，後否定這種觀點。

廿三日　前衛出版社成立。

二　月　十八日　由青溪新文藝學會等單位主辦的「大陸反共文學透視」座談會在「文復會」辦公地點舉行。

廿四日　語言學家趙元任在美國去世。

三　月　廿日　旅美小說家陳若曦再次回臺灣，在高雄主持南北兩派文學座談會。

廿四日　陶百川發表〈禁書有正道·奈何用牛刀〉文章，引來「警總」圍剿。

四　月　一日　文史學家徐復觀去世。

十五日　《中央日報》和「文建會」合辦「從傷痕文學看大陸文藝思潮」座談會。

四　月　彭瑞金在《文學界》發表〈臺灣文學應以本土化爲主要課題〉。

五　月　一日　洛夫發表〈詩壇春秋卅年〉，引發臺灣詩壇的集體反駁。

五　月　楊牧出版散文集《搜索者》。羊子喬等編《光復前臺灣文學全集》新詩部分四卷本出版。《現代文學》推出「大陸文革專號」。

六　月　一日　於梨華在北京出版《三人行》，姜穆抨擊於梨華被中共所統戰，又造謠說愛荷華會議主持者聶華苓「家裡掛上了毛澤東的像，髮型也以江青的爲準」。

廿九日　當局查禁臺北喜美出版社出的《郁達夫散文論》。

十～十六日　大陸舉行第一屆臺灣香港文學學術研討會。向陽接編《自立晚報》副刊。

六　月　日本出版《臺灣文學研究會會報》。

七　月　一日　國民黨「文工會」成立「文藝資料研究及服務中心」。

卅一日　青年作家洪醒夫去世。

八　月　林錫嘉主編《七十年散文選》由九歌出版社出版。楊逵應愛荷華國際寫作計劃之邀赴美訪問。

九　月　六～七日　香港作家西西在《聯合報》副刊發表短篇小說〈像我這樣一個女子〉。

廿一日　《自立晚報》創辦「百萬元長篇小說徵文」。

九月　魯迅之孫周令飛衝破阻力飛往臺灣，引發「魯迅熱」。

十月廿二日　「三民主義統一中國大同盟」在臺北成立。

卅日　旅美臺灣學者成立「臺灣文學研究會」。

十月　《陽光小集》第十期刊登當代十大詩人選舉結果。

十一月　柏楊主編《一九八〇中華民國文學年鑑》出版。

是年，里仁書局出版《周作人先生文集》二十六冊，當局以周作人在北京人民文學出版社工作，屬「附匪文人」爲由查禁。另解除一項禁令：曾經到過大陸的李翰祥和演員李麗華，其參與拍攝的香港影片準起在臺灣放映。齊邦媛在美國舊金山加州大學講授臺灣的「中國現代文學」。爾雅出版社開始出版「年度詩選」。公孫嬿主編《海內外青年女作家選集》出版。前衛出版社分別出版《臺灣詩選》、《臺灣小說選》、《臺灣散文選》。李喬發表反體制的小說〈告密者〉。由馬漢茂等翻譯的第一本德語臺灣文學選集出版。

一九八三年

一月十五日　《臺灣文藝》由陳永興接辦，李喬主編。

一月　《文學界》發表呂昱〈打開歷史的那扇門——爲催生《臺灣文學史》敲邊鼓〉。

二月　《夏潮論壇》創辦。陳冠學出版散文集《田園之秋》。

三月廿二日　大陸作家無名氏赴臺定居。

一日　《文季》復刊，一九八五年六月停刊。
三日　《臺灣文藝》舉辦「臺灣文學的過去和未來」演講會。

四月　第一本以臺灣生活環境爲關注對象的散文集《我們只有一個地球》出版。

五月　一日　《自立晚報》副刊和《笠》詩社合辦「藍星、創世紀、笠三角討論會」。應鳳凰出版《一九八〇年文學書目》。

六月　四日　音樂家侯德健前往大陸，後引發「中國意識」與「臺灣意識」的爭論。
五日　小說家孫陵去世。
十八日　陳映眞借談〈龍的傳人〉爲名，大力批判在島內不斷強化的「臺灣意識」。
廿五日　蔡義敏發表文章批評陳映眞的「父祖之國」論。

七月　一日　由國民黨文工會支持的《文訊》雜誌創刊。
卅日　散文家吳魯芹去世。

八月　七日　鍾理和紀念館正式落成啓用。
廿八日　評論家李辰冬去世。

八月　陳映眞解禁出國，與七等生一起參加美國愛荷華大學國際作家工作坊。《陽光小集》刊登〈「我看政治詩」座談會〉。

九月　《現代文學》出版「抗戰文學專號」。

十月　原住民田雅各布以〈拓拔斯·塔瑪匹瑪〉一文登上文壇。

十一月　李昂小說《殺夫》出版。

十二月　一日　《文訊》刊出「大陸傷痕文學」專輯。

十二月　李喬、高天生編《臺灣政治小說選》出版。廖輝英中篇小說《不歸路》出版。

是年，臺灣外匯存底突破百億美元。黨外編輯及作家聯誼會成立。鄭欽仁在《臺灣文藝》發表文章稱：「臺灣研究」是唯一可以對抗中國學術研究的重要分野。金石堂連鎖書店創立。總政部作戰部主任王昇失勢，「戰鬥文藝」從此一落千丈。施明正發表監獄小說〈喝尿者〉。聯經出版事業公司推出十三冊《中國文化新論》。迫於政治壓力，高信疆再次離開《中國時報》。

一九八四年

一月　七日　胡風在大陸發表〈介紹兩位臺灣作家——楊逵和呂赫若〉。

十二日　女作家鍾梅音去世。

廿一日　「國家文藝基金會」成立「文藝評論委員會」，葉慶炳、侯健分別擔任中國古典文學與現代文學召集人。

一月　宋冬陽（陳芳明）發表〈現階段臺灣文學本土化的問題〉，後引發爭論。《散文季刊》創刊。

二月　一日　《文訊》製作〈抗戰文學口述歷史專輯〉。

十一日　《自立晚報》和《臺灣文藝》合辦「臺灣文學討論會」。

二月　陳映眞發表〈中國文學和第三世界文學之比較〉。

三　月　一日　《文訊》製作「五十年代文學回顧專號」。
九日　龔鵬程批評歷屆文學博士論文，引發廣泛討論。
十三日　《自立晚報》副刊刊登林俊義〈政治的邪靈〉，被「警總」勒令停刊一日。
廿一日　前衛出版社出版施明正小說〈島上愛與死〉，遭「警總」查禁。
廿九日　《中央日報》「晨鐘」版創辦《文藝評論》。
三　月　蔣經國當選第七屆總統，副總統爲李登輝。林衡哲在美國創辦臺灣出版社，推出臺獨首領彭明敏《自由的滋味》等書。《夏潮》開闢「臺灣結大解剖」專欄，反駁宋冬陽的觀點。由吳登川主持專門爲作家自費出版的「吳氏圖書發行公司」創辦。《亞洲華文作家》雜誌創刊。
四　月　廿五日　賴和平反紀念會在彰化舉行。
四　月　夏宇登上詩壇。策劃獄中詩的詩刊《春風》創辦，後遭查禁。吳晟主編的《一九八三臺灣詩選》出版後，引起各方面的圍剿。漁父（楊誠）在《中國時報》「人間副刊」分五天連載〈憤怒的雲——剖析陳映眞的小說〉，引發一場關於「依賴理論」的論爭。
五　月　十八日　全島雜誌大展在臺北舉行。
五　月　李喬在報上連載小說〈藍彩霞的春天〉。
六　月　「文建會」編印《中華民國文藝社團概況》問世。應鳳凰等編《中華民國作家作品目錄》出版。

八月　三日　「現代詩學研討會」舉行。

九月　一日　「臺灣原住民權利促進會」正式通過「原住民」爲臺灣土著民族的統一稱呼。《文訊》製作「六十年代文學專號」。

九月　廿日　《創世紀詩選》出版。張曉風出版散文集《我在》。

廿六日　由「中國文藝協會」舉辦有卅六家雜誌參與的「自清」座談會，對某些政論性雜誌攻擊蔣介石、「破壞政府形象」進行反擊。

九月　王曉波發表〈殖民地傷痕與臺灣文學——敬答張良澤先生〉。陳映眞出版短篇小說集《山路》和評論集《孤兒的歷史‧歷史的孤兒》。張曉風出版暢銷書《我在》。

十月　五日　《藍星》詩刊出版第一號。

六日　「中國現代詩卅年展覽」在臺北舉行。

十五日　《蔣經國傳》作者江南在美國被暗殺。

十一月　六日　資深作家王詩琅去世。

廿七～十二月一日　《自立晚報》副刊刊登黃得時〈晚近臺灣文學運動史〉。

十一月　純文學《聯合文學》雜誌創刊。「臺灣文學研究會」就當局查禁《臺灣文藝》十一月號發表聲明，以示抗議。《文學界》開始發表葉石濤〈臺灣文學史綱〉。李瑞騰出任《文訊》月刊總編輯。

十二月　廿三日　「臺灣兒童文學學會」成立。

是年，當局實施經濟自由化和國際化政策。金石堂開始推出「十大暢銷書排行榜」，成爲文學出版業的風向球。《自立晚報》副刊登載林俊義的雜文，遭「警總」以「爲匪宣傳」罪名查禁。前衛出版社出版的《一九八三臺灣詩選》引發爭論。

一九八五年

一　月　一日　由張恆豪任總編的《臺灣文藝》製作「工人文學的回顧與前瞻」專輯。

二　月　一日　《文訊》製作「中文系新文藝教育的檢討」專號，其中不少人再次呼籲開放三十年代文藝作品。

三　月　一日　「表演工作坊」推出賴聲川等人的戲劇〈那一夜，我們說相聲〉。

十二日　資深作家楊逵去世。

十六日　「三民主義文藝在臺灣」座談會在高雄舉行。

三　月　第一本年度文學批評《七十三年文學批評選》出版。

四　月　五日　根據金庸小說《射雕英雄傳》改編的電視劇，因劇名「射雕」與毛澤東詩詞名句「射大雕」相似而被「警總」下令禁拍。

四　月　《創世紀》從六十六期開始交由年輕人主編。

五　月　中共中央總書記胡耀邦在北京接見陳若曦，陳氏提起北島出國受阻一事，胡耀邦當場表態放行。宋澤萊出版長篇小說《廢墟臺灣》。《文學界》發表葉石濤〈高雄作家的心願〉。林語堂故居開放。

六月　十日　左翼評論家唐文標去世。
六月　《國文天地》創刊。《龍應台評小說》出版。
夏季，《文學界》發表陳若曦〈海外作家的困境〉。
七月　廿六日　周玉山發表〈中共「臺港文學研究」的非文學意義〉。
八月　柏楊《醜陋的中國人》出版。呂秀蓮中、短篇小說集《這三個女人》出版。張良澤在日本成立「臺灣學術研究會」。
九月　十日　余光中返臺到高雄中山大學任教。
　　廿一日　武俠小說家古龍去世。
九月　《新書月刊》停辦。
十月　一日　《文訊》出版「香港文學特輯」。
　　廿日　《中華雜誌》爲歡迎大陸「右派」作家林希翎來臺，舉辦中國前途座談會。林希翎說：「有人要我當『反共義士』，我寧願回大陸坐牢！」
十一月　二日　陳映眞主編的《人間》雜誌創刊，於一九八九年九月停刊。
　　五日　龍應台發表〈容忍我的火把——與一位告密者的溝通〉，引發《掃蕩》雜誌的圍剿。
十一月　宋澤萊在《臺灣文藝》發表〈一個作家對環境和文化的省思〉，成了臺灣意識論戰後在本土派陣營裡面所引發的第一聲炮火。葉石濤發表〈龍與意識形態之論爭〉。
十二月　十二日　國防部系統的《青年日報》發表文章批判龍應台焚燒的「野火」。
　　十三日　有軍方背景的《臺灣日報》開始以密集方式炮轟龍應台。

十二月　李喬的小說《藍彩霞的春天》遭查禁。龍應台出版《野火集》。「政戰部」下令軍中禁止閱讀《野火集》和《中國時報》。

是年，「著作權法」修正，改爲採用「創作保護主義」，作品一完成即享有著作權。

一九八六年

一　月　十五日　宋澤萊發表〈呼喚臺灣黎明的喇叭手——試介臺灣新一代小說家林雙不並檢討臺灣的老弱文學〉，指名批判葉石濤、陳映眞、三毛、席慕蓉、楊牧及《笠》詩刊等爲「老弱文學」，後引起陳芳明等人的反彈。

一　月　《聯合文學》以大篇幅刊出「文學、藝術與同性戀」座談會實錄。這是文學界首次從正面肯定同性戀的意義。

一　月～二　月　宋澤萊在《臺灣文藝》總第九十八期發表〈人權民主文學必須繼續走下去〉。

二　月　《笠》在卷頭語發表〈堅定的立場，不變的信念〉，反駁宋澤萊的指控。

三　月　十四日　軍方查禁吳濁流的小說《無花果》。小說家趙滋蕃去世。

三　月　宋澤萊提出「人權民主說」，企圖抵消「南北兩派文學論」。顧肇森出版短篇小說集《貓臉的日子》。

四　月　李永平出版短篇小說集《吉陵春秋》。

五　月　四日　臺灣文學史上的第一本中文新詩集、由張我軍著於一九二五年發行即《亂都之戀》，被民俗搜藏家重新出土。

五月　《當代》創刊。林衡哲在《臺灣文藝》發表文章，認為「臺灣雖然在政治上未獨立，但在文學上早就獨立了。」又認為「中、臺文學的關係，猶如英、美文學之間的關係」。《文學界》發表黃樹根〈沒有人性何有人權——讀宋澤萊所謂人權文學〉。

六月　劉心皇的《魯迅這個人》出版。

七月　政治大學黨團會審後，禁止宋澤萊的〈公平、正義與愛的激進分子〉在《政大青年》第七十九期發表。《春風》詩刊出版「崛起的詩群——中國大陸朦朧詩」專輯。

八月　廿、廿一日　李昂發表〈臺灣作家的定位〉，引起強烈反響。

九月　廿八日　民進黨成立。

九月　大陸作家阿城《棋王・樹王・孩子王》在臺出版，掀起一股「阿城旋風」。《臺灣新文化》創刊，後因宣傳分離主義被查封。《文星》復刊，一九八八年六月再次停刊。

十月　一日　《文訊》製作「通俗文學的省思」專輯。

十月　李遠哲獲諾貝爾化學獎。

十一月　八日　第一屆國際文學與宗教會議在臺灣舉行。

十五日　《文學界》發表鄭炯明〈為《臺灣文學史綱》的出版說幾句話〉。

十一月　張良澤在美國和臺灣出版自傳《四十五自述》。陳冠學的《田園之秋》出版。臺灣藝人淩峰在大陸錄製《八千里路雲和月》的電視節目，受到臺灣觀眾的熱烈歡迎。

十二月　二日　《自立晚報》副刊刊登王禎和電影劇本《人生歌王》。

是年，《日內瓦的黃昏》成了臺灣反共電影的絕唱。柏楊的《醜陋的中國人》引發北京「左派」刊物的批判。

一九八七年

一　月　〈一九八七年臺灣電影宣言〉發表。梅新接任《中央日報》副刊主編。

一　月　廿日　吳錦發主編《悲情的山林——臺灣山地小說選》出版。

一　月　《聯合文學》創設小說新人獎。「當代文學史料研究小組」成立。

二　月　十五日　「臺灣筆會」成立，後申請參加「國際筆會」遭拒絕。

二　月　羅青發表〈後現代狀況出現了——臺灣後現代詩之萌芽〉。葉石濤《臺灣文學史綱》正式出版。

三　月　民進黨立法委員朱高正，在立法院用「臺語」發言質詢，引發國民黨和民進黨嚴重衝突，也促使社會討論語言政策改革問題。「臺灣文學研究會」成立。

　　　　廿七日　龍應台發表〈臺灣作家哪裡去〉，認為官方「打著『中國』旗號，臺灣的文學被〈外國人〉看作冒牌貨而受到摒棄」。

四　月　丁邦新在《聯合報》副刊發表〈一個中國人的想法〉，引發「中國結」與「臺灣結」論戰。

五　月　十七日　左翼團體「夏潮聯誼會」成立。

五　月　　　　《臺灣文藝》發表「眞昕」〈御用攻擊也算文評〉，攻訐彭瑞金爲國民黨御用打手，並批評葉石濤對被捕的王拓落井下石。
六　月　　　　李敏勇發表鼓吹臺獨主張的〈寧愛臺灣草笠，不戴中國皇冠〉的文章。
七　月　十五日　戒嚴令解除。臺灣地區出版品管理審查轉由「新聞局」負責。
九　月　九日　陳映眞發表〈習以爲常的荒謬〉，反對臺獨文化的一切建構，後引來李敏勇等人的強烈反彈。
　　　　廿日　拓拔斯出版原住民小說《最後的獵人》。
九　月　　　　《臺北評論》創刊。光復書局推出五十冊《當代世界小說家讀本》。
十　月　十四日　臺灣當局正式宣布開放民眾赴大陸探親。
十　月　　　　第一本解禁三十年代大陸作家作品《沈從文選集》，由新聞局審核通過。
十一月　三日　資深作家梁實秋去世。
十一月　　　　《當代》推出新馬克思主義專輯。新聞局公布申請出版大陸作品審查要點和審查作業須知。《文學界》發表〈陳芳明、彭瑞金對談——釐清臺灣文學的一些烏雲暗日〉。
十一月～十二月　《臺灣文藝》發表「檢驗臺灣意識與中國意識」座談會記錄。
十二月　　　　白少帆等主編的《現代臺灣文學史》在瀋陽出版。
是年，宋澤萊發表小說《抗暴的打貓市》，宣告「臺語小說」的登場。

一九八八年

一月 一日 解除報禁，許多報紙擴爲六大張，連載小說在類似第二副刊的版面上大量出現。
十三日 蔣經國去世，李登輝接任總統。
十四日 余光中爲高雄市五萬市民寫悼蔣經國的朗誦詩〈送別〉，引來本土派的尖銳批評。
十九日 「人間出版社」社長王拓隨著第一批「外省人返鄉探親團」到大陸訪問，爲陳映眞與大陸作家劉賓雁會面探路。
一月 廿三日 「臺灣現代詩學研究會發起會議」在臺北召開。
一月 電影三級制分級辦法正式實施。
二月 標榜新左翼批判路線的《臺灣社會研究季刊》創辦。
三月 《臺北評論》出版「後現代狀況」專輯。
四月 四日 「中國統一聯盟」成立，胡秋原爲名譽會長，陳映眞任創盟主席。
四月 「臺灣文學」開始與政治反對運動、新國家「獨立」混爲一體。
五月 十日 王鼎鈞出版散文《左心房漩渦》。
廿二日 《文訊》等單位聯合舉辦「當前大陸文學研討會」。
六月 廿五、廿六日 首屆「當代中國文學國際學術會議」在新竹清華大學舉行，主題爲「當代海峽兩岸中國文學之探討」。

七　月　十七日　《聯合報》爲紀念抗戰勝利舉辦「《聯合報》抗戰文學（中、長篇小說）獎」徵文活動。

七　月　李登輝就任國民黨主席。武漢作家白樺正式授權三民書局出版其在臺灣的第一本小說《遠方有個女兒國》。希代出版公司發行《小說族》雜誌。

八　月　二日　「中國文藝協會」舉辦「作家眼中的今日大陸座談會」，赴大陸探親作家蓉子等人報告見聞。

四～六日　香港舉辦「陳映眞文學創作與文化評論國際研討會」，劉賓雁與陳映眞對談，這是兩岸作家首次公開的歷史性對話。在此前後，臺灣有八家出版社出版劉賓雁的傳記及著作。

十一日　《中國時報》「人間副刊」推出大陸《河殤》作品。

廿二日　本土作家施明正去世。

九　月　《臺灣文化》發表谷君批判國民黨提倡「文化中國化」的文章，後遭查禁。

十　月　廿日　首屆「海峽兩岸圖書展覽」在上海開幕，從此開啓兩岸出版交流大門。

十　月　《臺灣文化》因刊登彭瑞金〈先有獨立的臺灣文化才有臺灣〉，後遭高雄市新聞局停刊一年的處分。

十二月　《文學界》發表日本學者松永正義〈臺灣文學研究的三個階段〉（葉石濤譯）。

一九八九年

一月　一日　創辦四十年的《大華晚報》停刊。
　　　九日　《中國時報·開卷》刊登大陸學者王觀泉〈在最冷的地方最熱——漫談哈爾濱的臺灣文學熱〉。
　　　十三日　「文建會」邀請文學史料專家與作家、學者座談籌建「大陸藝文資訊檔案」。
　　　廿八日　《文學界》停刊。謝長廷任發行人的《新文化》雜誌創刊。
一月　《中國時報》「人間」副刊首次邀請大陸作家參加時報文學獎評審。
二月　十五日　林雙不宣揚分離主義的《大聲講出愛臺灣》出版，後來和陳芳明的《在美麗島的旗幟下》、《在時代分合的路口》一起遭當局查禁。
　　　廿五日　「海峽兩岸兒童文學的比較」座談會在臺北召開。
二月　洪範書店為紀念五四運動推出《中國現代小說選》、《中國現代詩選》。
三月　廿三日　《民生報》發表〈王藍隔海開炮質疑吳祖光〉，認為吳早期作品《少年游》係抄襲王藍《一顆永恆的星》。
三月　《聯合報》小說獎增闢「大陸地區短篇小說推薦獎」，開大陸作家到臺灣領獎之先河。第一家「誠品書店」開張。
四月　十日　李澤厚的《華夏美學》在臺北出版。

四月　淡江大學、東吳大學在淡江大學舉行「大陸文學研討會」。
五月　一日　《國文天地》製作「海峽兩岸論五四」專輯，並與臺灣師範大學國文系合辦「七十年風霜——從北京到臺北」演講活動。
四日　《中時晚報》時代副刊製作「五四在北京現場」特輯，由羅智成、龔鵬程、李錦旭等六位兩岸青年學者、作家執筆。
八日　李魁賢發表〈指鹿爲馬的文學共謀——初評遼寧大學《現代臺灣文學史》〉。
廿八日　「中華民國作家協會」成立。
五月　九歌出版社推出余光中總編的《中華現代文學大系：臺灣一九七〇～一九八九》，共十五冊。林燿德等人主編的《新世代小說大系》出版，計十二冊。
五月～六月　《臺灣文學》爲臺獨理念自焚者鄭南榕製作專輯，林雙不借此號召臺灣作家「要優先投入獨立建國的道路」。
六月　十七日　廖咸浩發表〈臺語文學的商榷——其理論的盲點與囿限〉。
廿九日　朱天心的連載小說《佛滅》被認爲是影射作品，引發爭論。
七月　十六日　陳芳明首次獲準回臺灣。
七月　吳祖光在《聯合文學》發表〈爲抄襲大案致王藍書〉。北京古繼堂《臺灣新詩發展史》在臺北出版。
八月　四～六日　陳映真作品研討會在香港召開。
八月　漢城召開國際筆會年會，來自臺北的「中華民國筆會」彭歌等人，與來自北京的「中

九　月　十五日　國筆會」蕭乾等人在此相會。《創世紀》出版「兩岸詩論專號」。

九　月　十五日　謝建平出版第一本獨派現代詩集《臺灣國》，軍方以「文字叛亂罪」名將作者移送臺北地檢署偵辦。

九　月　十六日　根據朱天文、吳念眞合編劇本所拍的電影〈悲情城市〉，榮獲威尼斯影展最佳電影金獅獎。

九　月　　　　　陳映眞創辦的《人間》雜誌停刊。「唐山」和「谷風」兩家出版社分別出版《魯迅全集》。張大春出版短篇小說集《大說謊家》。施敏輝（陳芳明）編《臺灣意識論戰選集》出版。中央圖書館舉辦「民間文學國際研討會」。

十　月　十七日　《中國時報》企劃「一部作品兩岸評」單元。

　　　　十八日　呂正惠發表〈臺灣的「後現代」知識分子〉，表示不贊同「後現代」，後引起孟樊的反彈。

十　月　　　　　胡民祥編《臺灣文學入門文選》出版。

十一月　廿五日　新竹清華大學舉辦「從現代到後現代情境」研討會。

十一月　　　　　莫那能出版原住民漢語詩集《美麗的稻穗》。

十二月　十　日　臺北最後一家文學咖啡屋「明星」停止營業。之前，周夢蝶在門口擺攤賣詩集成爲重要的人文風景。

　　　　廿一日　「吳三連文藝基金會」創辦人吳三連去世。

　　　　廿五日　〈臺灣精神的崛起——《笠》詩論選〉出版。

十二月　戒嚴解除後第一次總統選舉，民進黨二十一人當選立法委員，六人當選縣長。遠景出版社推出韓少功等大陸當代作家的小說集。莫言、陸文夫、王蒙、鄧友梅等一批大陸作家作品在臺灣出版。《聯合文學》推出「現代人看『醜陋的中國人』阿Q」專輯。

是年，朱高正爲了羞辱「老國代」衝上主席臺，開立法院打群架風氣之先。《小說族》創刊。林央敏提出「臺灣新民族文學」主張，企圖和中華民族及其中國文學劃清界線。陳芳明出版《鞭島之傷》，內收〈文化上的稱霸與反霸——旁觀楊青矗與張賢亮的筆戰〉。黃明堅出版《單身貴族》、《新遊牧族》，引領出國旅行的新潮風尚。

一九九〇年

一　月　陌上桑出版《臺灣抓狂》。葉石濤出版的《臺灣文學的悲情》，內有否定「皇民文學」存在的內容。張系國主辦的科幻小說季刊《幻象》創刊，一九九三年停刊。九歌文學書屋開幕。

二　月　十四日　中共中央總書記江澤民接見陳映眞率領的「中國統一聯盟代表團」。

二　月　成功大學首次開設「臺語」課程。

四　月　五日　《新地文學》復刊。

五　月　李登輝、李元簇就任第八屆總統、副總統。何方在《當代》發表文章闡述「人民民主」論。「行政院新聞局」取消了電視電臺節目使用方言的限制。

六月 一日 《臺灣文學觀察》雜誌創刊。

六月底 李登輝將一代大儒錢穆掃地出門：從「素書樓」搬遷至小公寓。

六月 《聯合報》副刊主辦「海峽兩岸作家文藝座談會」，出席者有大陸流亡作家蘇曉康、祖慰、徐剛、老木等，臺灣方面有瘂弦、洛夫、張曉風、管管、朱西甯等多人。

七月 卅日 「臺灣作家協會」與《中華日報》聯合舉辦「大陸文學與臺灣文學」座談會。

七月 《臺灣詩庫叢書》及《臺灣精神的崛起》出版。齊邦媛出版評論集《千年之淚》。

八月 卅日 國學大師錢穆和比較文學專家侯健分別去世。

八月 「二·二八」事件進入高中教材。陳火泉發表〈大東亞共榮圈的臺灣作家——「皇民文學」的形態〉。

九月 三日 鄉土作家王禎和去世。

廿九日 由「中國青年寫作協會」等單位主辦的「八十年代臺灣文學研討會」召開。

九月 陳銘磻編選的報導文學集《大地阡陌錄》出版。《文藝月刊》停辦。前衛出版社接辦《臺灣文藝》（至一九九三年十二月）。

十月 七日 《中國時報》開卷版〈四十年來影響我們最深的書〉票選揭曉，長篇小說《未央歌》、《藍與黑》高踞首榜。

九日 資深作家臺靜農去世。

十一月 臺中縣立文化中心出版《臺灣文學家作品集》十冊，開地方文化中心出版縣市作家作品先河。全島文化會議在臺北召開。

十二月　九日　臺獨團體「臺灣教授協會」成立。

十二月　陳芳明和陳映眞因周明（古瑞雲）的《臺中的風雷》發生版權衝突，陳芳明指責陳映眞爲「出版商」和「告密者」。

是年，遠流出版事業公司推出五種《新馬克思主義新知譯叢》；時報文化出版公司出版馬克思的《資本論》。尹雪曼建議姚雪垠的《李自成》在臺出版，而陳紀瀅卻認爲《李自成》是作者「巴結毛澤東的一堆亂文章」；在哈佛大學召開的「中國當代小說研討會」上，只有王德威提出半篇有關臺灣文學的論文；高行健小說《靈山》由聯經出版事業公司出版。

一九九一年

一　月　四日　散文家三毛去世。

一　月　「行政院大陸工作委員會」（簡稱「陸委會」）成立。《詩與臺灣現實》出版，書中認爲臺灣就是他們的祖國。

二　月　一日　顏元叔發表〈向建設中國的億萬同胞致敬〉。

四日　《兒童文學家》季刊創辦。

廿二日　「文工會」舉辦「現代學人風範系列研討會」。

廿五日　詩人陳秀喜去世。

二　月　《臺灣作家全集》計五十冊由前衛出版社出版。

三月 廿一日 蘇曉康在香港發表〈對苦難漠視的殘忍〉反駁顏元叔「致敬」一文，北京牧惠也寫了〈爲什麼《中流》引進個顏元叔〉，顏元叔亦寫了反駁文章。

三月 彭瑞金出版《臺灣新文學運動四十年》。

五月 一日 當局宣布終止長達四十四年的「動員戡亂時期」，廢除臨時條款。

十九日 臺灣出版界首次在大陸舉辦書展。

五月 廿五日 廣州《華夏詩報》發表〈一尊「偶像」轟然自行崩塌——請讀第二版《臺灣詩壇對余光中的批判》〉，後來古遠清在香港《文匯報》發表文章糾正該文的謬誤。

五月 鄭義（胡志偉）在香港《前哨》發表〈海峽兩岸文學糾葛的政治化——吳祖光抄襲王藍疑雲廓清〉。

六月 廿二日 《文訊》主辦第二屆「當前大陸文學研討會」。

廿八日 「文建會」通過「現代文學資料館」籌建計劃。

六月 福建劉登翰等人主編的《臺灣文學史》上卷在福州出版。

八月 廿～廿二日 「二十世紀中國文學研討會」在臺灣師範大學舉行。

八月 吳祖光在香港《前哨》發表〈再談抄襲大案〉。《蕃薯詩刊》創辦。

九月 廿日 「東南亞華文文學國際學術研討會」在淡江大學召開。

九月 《國文天地》舉辦「解嚴前後的魯迅」座談會。

十月 十三日 民進黨五全大會通過臺獨綱領，從此在理論上宣稱臺獨不再成爲禁忌。

廿五～廿八日 「中國青年寫作協會」等單位主辦「當代臺灣通俗文學研討會」。

十二月　一日　墨人的長篇小說《紅塵》研討會在臺灣師範大學舉行。

十二月　廿五日　《文學臺灣》創刊。

十二月　卅一日　「中華民國在臺灣」正式開始。

是年，《胡蘭成全集》由三三叢刊出版。「國際寫作計劃」創辦人保羅・安格爾去世。

一九九二年

二　月　廿五日　現代文學史家周錦去世。

廿九日　「臺北市文藝協會」成立。

二　月　臺灣外匯存底世界第一。山西《名作欣賞》轉載余光中認爲朱自清不是散文大師的文章，廣州《華夏詩報》批評余光中在全面否定三十年代作家的作品。金石文化廣場公布「十大暢銷男女作家」、「年度十大出版新聞」、「年度最具影響力的書」票選結果。

三　月　一日　《聯合文學》製作「莫言短篇小說特展」。

四　月　五日　爾雅出版社出版的「年度詩選」停辦。

五　月　一日　朱天心短篇小說集《我想眷村的兄弟們》出版。

十三日　葉石濤發表〈總是聽到老調〉，批評大陸出版的兩本臺灣文學史。彭瑞金也發表〈誤入歧途的臺灣文學史撰述——以劉登翰四人主編的《臺灣文學史》上卷爲例〉。後來，《福建論壇》發表福建學者〈談臺灣文學在中國文學中的地位〉反駁葉石濤。首屆「陳秀喜詩獎」頒發。張默編《臺灣現代詩編目（一九四九～一九九一）》出版。

五　月

六　月　一日　《中國論壇》推出評大陸出版的臺灣文學史專輯。

六日　歷史小說家高陽去世。

六　月　九歌文教基金會成立。

七　月　廿五日　時在日本的張良澤因從事臺獨活動被國民黨拒絕回臺出席會議。

廿七日　陳芳明出任民進黨文宣部主任（至一九九五年）。

八　月　一日　「警總」裁撤，另成立海岸巡防部會。

廿三日　「外省人臺灣獨立促進會」舉行成立大會，鍾肇政致詞時爲該會的誕生激動得泣不成聲。

八　月　《臺灣文學評論集》共五冊出版。「詩的星期五」活動開始舉行，至一九九五年八月停辦。

九　月　二日　余光中應中國社會科學院邀請，第一次回大陸參加學術交流。

九　月　《文訊》企劃「現代文學資料館紙上公聽會」。

十　月　廿五日　「中國詩歌藝術學會」成立，理事長文曉村。

十　月　因產權問題爭吵不斷，「中國文藝協會」首任理事長郭嗣汾被迫辭職。

十一月　六日　《笠》同仁李敏勇等六十人在《笠》上發表〈臺灣是臺灣，中國是中國——給大韓民國詩人朋友的公開信〉，重申他們的臺獨主張。

七日　金門馬祖解除戰地服務，回歸地方自治。

十五日　金馬影展首次推出「同志單元」，正式引進queer，用「同志」取代「同性戀」的說法。

廿日　余秋雨《文化苦旅》繁體字本由爾雅出版社出版。

廿三日　「臺灣教授協會」等十五個社團發起「退報救臺灣運動」，指責《聯合報》報導李瑞環的談話有如「中共傳聲筒、中共《人民日報》臺灣版」，後《聯合報》控告這場運動的帶頭人林山田犯誹謗罪，林氏被判有刑徒刑五個月。

十一月　「世界華文作家協會」在臺北成立。

十二月　廿五日　「中國青年寫作協會」等單位主辦「當代臺灣女性文學研討會」。

十二月　《臺灣詩學季刊》創刊號製作「大陸的臺灣詩學」專輯，對大陸學者古遠清、古繼堂、章亞昕等人的著作提出「滿含敵意，頗多譏諷」的批評，後引發爭論。呂正惠出版《戰後臺灣文學經驗》。

是年，當局廢除刑法一百條，允許海外臺獨人士返臺，且不再有政治犯，結束因思想異端而坐牢的「白色恐怖」。從臺灣投奔大陸的劉大任，掉轉矛頭批評大陸，出版《神話的破滅》。臺獨大佬彭明敏獲準回臺，張良澤亦首次回臺。第十六屆全臺灣比較文學會議召開，邱貴芬發表「臺灣後殖民論述」的有關論文，引發爭議。市場上開始出現「輕、短、小」的作品。嚴歌苓以小說《少女小漁》登陸臺灣。

一九九三年

一月　劉登翰等人主編的《臺灣文學史》下卷在福州出版。
二月　三日　「臺灣筆會」等單位主辦「第一屆臺灣文藝營」。
十一日　行政院通過「文建會」所提「國家文化藝術基金會設置條例」草案，明定該基金會爲財團法人，創立基金爲新臺幣二十二億元。
十五日　《臺灣文藝》出版「二·二八文學特輯」。
二月　郝柏村卸任，連戰出任行政院長，宋楚瑜出任臺灣省主席。政權全面本土化開始。
三月　七日　《柏楊版資治通鑑》七十二冊全部出齊。
四月　四日　客家語文刊物《客家臺灣》創辦。
四月　廿七～卅日　在新加坡舉行首次「汪辜會談」，確立「一個中國」爲兩岸交流原則。
四月　「臺灣地區區域文學會議」召開。以女性爲主題的「女書店」在臺灣揭幕。
五月　四日　附屬於《中央日報》的《世界華文作家》週刊創辦。
五月　廣州《華夏詩報》刊登讀者來信，認爲余光中否定朱自清是散文大師等文章屬「文學上的大反攻，反攻大陸」。由鄭明娳總編的《當代臺灣文學評論大系》出版。
六月　一日　《聯合文學》製作「一九九二年大陸短篇小說選粹」專輯。
七月　王志健出版三冊《中國新詩淵藪》，引發爭議。《島嶼邊緣》推出「假臺灣人」專輯。

八　月　　　新黨成立。國民黨十四全會召開，非主流派重挫。

九　月　九日　曹禺名作《北京人》在臺北公演。

九　月　　　施叔青香港三部曲之一《她名叫蝴蝶》出版。臺中YMCA創設「臺灣文化學院」。

十　月　一日　龔鵬程發表〈「我們的」文學史〉，批評鍾肇政編的《臺灣作家全集》排斥外省作家。

九日　周金波在日本演說時爲「皇民文學」翻案。

十六日　新竹清華大學成立「臺灣研究室」。

十一月　　　爲原住民發聲的《山海文化》創刊。

十二月　十六日　《聯合報》系文化基金會主辦「四十年來中國文學會議」。

十七日　王德威發表〈一種逝去的文學？——反共文學新論〉。

十二月　　　確定總統直選。前衛出版社出版《臺灣作家全集》共五十卷全部出齊。促成一系列國際性前衛藝術節的「身體氣象館」創辦。

是年，傳統的活字印刷走入歷史。

一九九四年

一　月　七日　朱秀娟出版長篇小說六冊《大時代》。

一　月　八日　《中國時報》主辦「從四十年代到九十年代——兩岸三邊華文小說研討會」召開。
十日　「臺灣筆會」推薦一九九三年度本土好書書單揭曉，鍾肇政《怒濤》等作品入選。
十八日　《文訊》雜誌舉辦「新生代文學研討會」。
朱西甯發表〈光輝永續的反共文學——爲王德威「四十年來中國文學會議」論文〈一種逝去的文學？〉稍作增補〉。林文義出版《母親的河——淡水河紀事》。邱永漢出版早期作品集《看不見的國界線》。
二　月　《臺灣文藝》由李喬、鄭清文等人接辦。
三　月　十二日　前衛出版社舉行《臺灣作家全集》出版茶會。
廿六日　《幼獅文藝四十年大系》五卷本出版。
廿八日　「中國文藝協會」理事長夏鐵肩去世。
三　月　「臺灣現代詩研討會」在臺北舉行。大陸圖書展首次在臺北舉辦。
四　月　鍾肇政主編《客家臺灣文學選》出版。
五　月　龍應台發表〈我是臺灣人，我不悲哀——給李登輝先生的公開信〉。
六　月　三日　「臺灣母語研討會」在新竹清華大學舉行。
十三日　由《中國時報》主辦的「第一屆時報文學百萬小說獎」揭曉，朱天文長篇小說《荒人手記》入選。
六　月　《文訊》主辦的「九十年代前期臺灣十件詩事」票選活動揭曉。
七　月　十七日　朱天文發表〈如何和張愛玲劃清界線〉。

八　月　廿八日　國民大會正式用「原住民」取代「山胞」、「高山族」的說法。
葉石濤出版《展望臺灣文學》。一本自稱「中共武力犯臺白皮書」《一九九五閏八月》出版，《聯合文學》於十二月製作「一場致命的幻覺？——會勘《一九九五閏八月》」。
九　月　廿七日　詩人楊熾昌去世。
十　月　四日　詩人羊令野去世。
廿五日　廣州《華夏詩報》發表「本報評論員」文章〈眞理愈辯愈明——關於「余光中嚴辭否定新文學名家名作」爭論的一個尾聲並評古遠清的拙劣行徑〉。
十一月　廿五日　「賴和及其同時代作家——日據時期臺灣文學國際學術會議」在新竹清華大學舉行。
十二月　臺北市、高雄市市長及臺灣省省長直接選舉。陳水扁當選臺北市市長。黃英哲編《臺灣文學研究在日本》出版。
是年，《島嶼與邊緣》雜誌倡導將「酷兒」取代同性戀即「同志」一詞。前衛出版社開始拍攝「臺灣文學家紀事」系列影片（二〇〇一年完成）。臺灣科幻邁進「性／別政治」的新時代。

一九九五年

二　月　十六日　臺北《世界論壇報》發表文章批駁廣州《華夏詩報》對余光中及其辯護者古遠清的攻擊。

二月　「二・二八」紀念碑落成，李登輝代表官方向受難者遺族謝罪。許俊雅出版《日據時期臺灣小說研究》。陳若曦又一次返臺。

三月　四日～五月廿七日　《文訊》雜誌社主辦《臺灣現代詩史研討會》。

三月　《中華民國作家・作品目錄新編》出版。

四月　十二日　哲學家牟宗三去世。

四月　廿七日　《臺灣新文學》創刊，於一九九九年停刊。

五月　六日　《幼獅文藝》舉辦「臺灣五十年來文學發展」座談會在臺北召開。

五月　廿四日　「臺灣筆會」等十八個文化團體發表〈臺灣文學界的聲明〉，強調「大學文學院不能沒有臺灣文學系」。

五月　《呂赫若小說全集》出版。歌唱家鄧麗君在泰國去世。暢銷書《必須贏的人》作者張繼高去世。

六月　《雙子星》詩刊創刊。嚴歌苓在爾雅出版社出版《少女小漁》。

廿四日　青年作家邱妙津在巴黎自殺。

七月　七日　爲紀念抗戰勝利五十週年，爾雅出版社出版紀念叢書《回憶常在歌聲裡》。

七月　彭瑞金發表〈是宣告臺灣文學獨立的時候了〉。《呂赫若小說全集》出版。

八月　純文學出版社停辦。《八十三年詩選》出版。陳昭瑛發表〈論臺灣的本土化運動〉，後引發「三陳（陳昭瑛、陳芳明、陳映眞）會戰」。

九月　八日　臺灣張派小說家的「祖師奶奶」張愛玲在美國去世。張默和蕭蕭合編的《新詩三百首》出版。

十日　陳芳明在《中國時報》「人間副刊」發表〈張愛玲與臺灣〉。

九　月　臺灣第一部區域文學史《臺中縣文學發展史》問世。廖咸浩在《中外文學》發表爲什麼要談認同的文章，引發獨派廖朝陽的回應，導引出持續一年的「雙廖大戰」。

十　月　十七日　臺大哲學系事件正式平反。

十九日　首屆「皇冠大眾小說獎」百萬徵文活動揭曉，張國立等人獲獎。

廿五日　《中國時報》、《聯合報》慶祝光復五十年時，統派用「回歸祖國」稱之，而獨派用「終戰」、「蔣家占領臺灣」名之。《文訊》雜誌主辦「五十年來臺灣文學研討會」開幕。

十　月　中島利郎、黃英哲等在日本出版《復活的臺灣文學》。

十一月　馬森發表〈爲臺灣文學定位——駁彭瑞金先生〉。

十二月　十四日　小說家王定國開始寫總統選舉的一百天觀察和批評。

十二月　《中外文學》製作「後現代文化論」專輯。

是年，以「創造臺灣文化尊嚴」爲宗旨的玉山社成立。平氏出版社出版系列「新感官小說」。郭楓發表〈吐魯蕃火浴〉，認爲余光中是臺灣文壇諸多不良風氣的推波助瀾者。

一九九六年

一　月　八日　青年詩人林燿德去世。
　　　　廿九日　「臺灣文學研討會」在北京召開。
二　月　廿一日　新文學史家劉心皇去世。
二　月　《誠品閱讀》停刊，共出二十五期。宋澤萊發表〈當前文壇診病書〉。
三　月　李登輝首次直選為總統，連戰為副總統。林央敏出版《臺語文學運動史論》。中國語文學會出版《中國現代文學理論》季刊。《文訊》雜誌編《臺灣現代詩史論》出版。張大春出版小說《撒謊的信徒》。
四　月　廿～廿一日　「第二屆臺灣本土文化國際學術研討會」在臺北召開。
　　　　廿二日　應臺灣「中國作家藝術家聯盟」邀請的第三梯次「大陸作家訪問團」，在臺北訪問十天。
五　月　廿五～廿七日　「張愛玲國際研討會」在時報廣場舉行。
五　月　靜宜大學中文系申請「臺灣文學」專業被教育部駁回。《巫永福全集》十五冊出版。
六　月　一～三日　《中央日報》副刊主辦「百年來中國文學學術研討會」。
七　月　林瑞明出版《臺灣文學的歷史考察》。
七　月　游勝冠《臺灣文學本土論的興起與發展》出版。

九　月　廿日　「臺灣文學基金會」在高雄成立。
九　月　　　　簡媜出版散文集《女兒紅》。
十　月　十四日　「城邦出版集團」成立。
十一月　廿五日　陳芳明開始為《臺灣日報》的「非臺北觀點」專欄寫作。
十二月　十六日　《山海文化》雜誌社為原住民設立的「山海文學獎」揭曉。
十二月　　　　建國黨自民進黨分裂而成立，作家李喬擔任該黨決策委員。《臺灣新聞報》「西子灣副刊」刊登葉石濤〈黃得時未完成的《臺灣文學史》〉，並從此陸續登載葉石濤翻譯的《臺灣文學史》。
是年，「行政院原住民委員會」成立。岡崎郁子以邱永漢、陳映真、劉大任、鄭清文及原住民作家拓拔斯為研究對象，在日本出版《臺灣文學——異端的系譜》。教育部核準臺南師範學院成立「鄉土文化研究所」。

一九九七年

一　月　七日　龍應台在上海《文匯報》發表〈啊，上海男人！〉，在海內外引起軒然大波。
　　　　十日　《臺灣美學文件》季刊創刊。「世界中文報紙副刊學術研討會」在臺北舉行。
一　月　　　　余秋雨二度訪臺，作演講二十場，掀起「余秋雨文化旋風」。《乾坤》詩刊創辦。
二　月　十五日　「臺灣省文藝作家協會」榮譽理事長李升如去世。

三　月　十九日　中共第二代領導人鄧小平在北京去世。
　　　　廿三日　武俠小說家臥龍生去世。
四　月　廿五日　私立淡水工商管理學院成立首家「臺灣文學系」。
五　月　十一日　戲劇家姚一葦去世。
　　　　十一日　彭瑞金發表〈南方文學〉，在打出「南方文學」旗號和「臺北文學」對抗的同時，主張「臺灣文學的主權在臺灣」。
六　月　廿二日　原「中國文藝協會」負責人陳紀瀅去世。
　　　　《文訊》雜誌社首次編輯的《一九九六臺灣文學年鑑》出版。「詩路：臺灣現代詩網路聯盟」正式運作。
七　月　一日　香港回歸中國。
七　月　國民大會決議廢除臺灣省。《文訊》以《文訊別冊》的形式與《中央月刊》合併。李喬在日本發表〈「臺北觀點」初探〉，認爲統派的「臺北文學」已經成形。
八　月　將清朝和中國大陸視爲外國的《認識臺灣》教科書，引發統派人士的強烈抗議。馬森等著《二十世紀中國新文學史》出版。
九　月　十七日　李昂舉行新書《北港香爐人人插》發表會，後引發「兩個女人的戰爭」。
十　月　十日　《中央日報》副刊中心主任梅新去世。
十　月　兩場不同觀點的鄉土文學論戰二十週年研討會舉行，其中余光中拒絕出席「青春時代的臺灣——鄉土文學論戰二十週年回顧研討會」。九歌出版社設立二百萬元長篇小說獎。《文訊》製作「期待『現代文學資料館』」專輯，南北兩派學者對未來的臺灣文學館的館址和館名展開論爭。

十一月　八日　增補版《鍾理和全集》面世。

十二月　十四日　武俠小說《高手》雜誌創刊。

是年，蔡智恆在各大學的電子布告欄連載網路小說〈第一次親密接觸〉。朱夜出版以文革做背景的長篇小說《籲神錄》。

一九九八年

二　月　十日　張良澤開始發表〈臺灣皇民文學拾遺〉的系列文章，企圖爲「皇民文學」作出新評價。

十四日　《張深切全集》十二冊出版。

三　月　廿二日　小說家朱西甯去世。

卅一日　九歌出版社舉辦創業二十週年慶祝會，並出版《臺灣文學二十年集》。

春，齊邦媛呼籲設立一個「獨立、沒有意識形態爭議的文學館」。

三　月　司馬新（張默）發表〈打開天窗說真話——對一九九七年詩壇某些現象之檢討與省思〉，稱《葡萄園》和《秋水》是收容大陸劣等詩作的垃圾桶，引發文曉村等人的強烈反彈。

四　月　十一日　「兩岸文學交流會談」在臺北舉行，大陸出席的有陳忠實、陳世旭等人。
五　月　三日　首屆「五四獎」頒獎典禮舉行。
　　　　九日　首屆「全國大專學生文學獎」頒獎典禮舉行。
六　月　　　　李喬發表〈文學北、中、南〉，認爲「臺北市文學」變化詭譎，「南部文學」樸拙平淡，而中部文學介於兩者之間。
八　月　五日　《鄭清文短篇小說全集》七卷本發行。
九　月　十一日　評論家何欣去世。
　　　　廿四日　《出版法》正式廢止。
九　月　　　　北京《文藝理論與批評》發表艾尚仁〈謝冕諸君應有個說法〉，質問謝冕等九位《創世紀》大陸地區社務委員爲這個「反共詩刊」做了什麼工作。
十　月　廿九日　「兩岸作家展望二十一世紀文學研討會」在臺北舉行。
十一月　四日　「金庸小說國際學術研討會」在臺北舉行。
十一月　　　　女鯨詩社成立。
十二月　　　　馬英九當選臺北市長，陳水扁競選連任失敗。陳映眞發表〈精神的荒廢——張良澤皇民文學論的批評〉。陳義芝主編《臺灣現代小說史綜論》出版。行政院同意將設於文化資產保存研究中心之下的「文學史料組」提升爲「國家文學館」。
是年，臺灣社會充斥日本流行文化，並掀起日本文學熱潮。東京大學教授藤井省三在日本出版《臺灣文學這一百年》。聯經出版事業公司首印兩千套奇幻文學聖經《魔戒》。

一九九九年

一月　七日　《中國語文》創辦人趙友培去世。

一月　立法院第三屆第六會期聯席會議審查「國家文學館組織條例」草案時，通過將「國家文學館」更名為「國立臺灣文學館」。

二月　十八日　資深作家黃得時去世。

廿四日　「皇民文學」的推動者、日本作家西川滿在東京去世。

三月　十九～廿一日　《聯合報》副刊承辦的「臺灣文學經典研討會」舉行，後引發民進黨黨部的強烈抗議。「彭歌作品研討會」在臺北舉行。

四月　十日　《蘇雪林作品集．日記卷》出版。

四月　廿一日　資深作家蘇雪林去世。

四月　高行健長篇小說《一個人的聖經》在臺北出版。

六月　七日　德國臺灣文學研究家馬漢茂去世。

四月　十五日　第一所中學「現代文學館」在明道中學誕生。

六月　成功大學成立「臺灣文學研究所」。《笠》詩刊發表莊柏林〈擺脫中國才有臺灣文學〉、黃樹根〈張愛玲是臺灣作家嗎？〉。陳映眞等編《一九四七～一九四九臺灣文學問題議論集》出版。陳義芝主編《臺灣文學經典研討會論文集》出版。網路文學座

談會在中興大學舉行。

七月　九日　李登輝提出「兩國論」。

八月　陳芳明開始在《聯合文學》連載《臺灣新文學史》片斷。

九月　廿一日　臺灣發生規模極大的地震，「震災文學」由此興起。

四月　廿六日　資深作家龍瑛宗去世。

九月　陳映眞在上海會見大陸首位研究臺灣文學專家范泉。《臺灣文壇大事紀要（一九九二～一九九五）》出版。

十一月　二日　評論家吳潛誠去世。

四月　十二日　邱貴芬在臺灣大學舉行的「臺灣文學國際研討會」上，指出「臺灣文學提倡本土化是一種暴力行爲」，後引發彭瑞金反彈：〈本土化是反抗暴力的行爲〉。

十一月　《中華民國作家作品目錄一九九九》七卷本出版。「戰後五十年臺灣文學國際學術研討會」在臺灣大學舉行。

十二月　廿一日　「臺灣省政府」完成由「廢省」到「凍省」再到「精省」過程，一家出版社原定出版的「中華兒童文學叢書」近千本也由此被凍結。陳丹燕繼《上海的風花雪月》登陸臺灣後，又出版繁體字本《上海的金枝玉葉》。

是年，大學聯考不再考「三民主義」。姚宜瑛結束大地出版社業務。年度十大讀書新聞第一名是「網路書店世紀末發燒」。

二〇〇〇年

一　月　五日　資深作家王昶雄和謝冰瑩分別去世。

　　　　八～九日　「解嚴以來臺灣文學國際學術研討會」在臺灣師大舉行。

一　月　「年度詩選」編委前行代退位。《文學臺灣》第一期「卷頭語」希望新世紀成爲「臺灣文學獨立紀元」。《李喬短篇小說全集》十冊出版。「年度詩選」編委交棒。

二　月　十日　《傳記文學》創辦人劉紹唐去世。

　　　　十五日　「李敖諾貝爾文學獎提名暨《北京法源寺》新書發表會」在臺北舉行。

三　月　四日　《柏楊全集》出版。

　　　　十九日　選舉總統時發生「槍擊案」。

　　　　廿四日　李登輝辭去國民黨主席，由連戰擔任代主席。

三　月　《八十八年詩選》出版。

四　月　爾雅出版社陸續推出商禽等人的世紀詩選。

五　月　十二日　五十年代紅極一時的楊念慈小說《廢園舊事》再版。

　　　　十四日　行政院新聞局舉辦「向資深作家致敬」作品回顧展。

五　月　廿日　陳水扁出任總統，呂秀蓮擔任副總統。

七　月　八日　臺獨組織臺灣南社成立，社長爲作家曾貴海。

七　月　陳映眞發表批駁陳芳明文章〈以意識形態代替科學知識的災難〉，《中外文學》發表劉紀蕙編《中國符號與臺灣圖像專號》。
八　月　十一日　吳守禮發表〈國臺對照活用辭典〉。
八　月　張大春出版小說《城邦暴力團》。高行健獲諾貝爾文學獎。
九　月　成功大學成立「臺灣文學研究所」。
十　月　六日　小說家孟瑤去世。
九日　陳映眞在北京發表〈論「文學臺獨」〉。
十五日　《文學臺灣》發表趙天儀的演講稿〈臺灣文學研究的方向〉。
十　月　爲配合高行健獲諾貝爾獎，高行健小說《靈山》狂印十萬冊。夏祖麗《林海音傳》出版。陳芳明發表〈當臺灣文學戴上馬克思面具〉反駁陳映眞。
十一月　駱以軍出版長篇小說《月球姓氏》。
十二月　十八日　「臺獨教父」葉石濤爲日文版《臺灣文學史綱》作序時指出：「我眞正的祖國是臺灣，但是我內心的故鄉是日本。」
是年，水瓶鯨魚主編《失戀雜誌》，帶動網路輕文學的平面出版新模式。林海音、賴和、鍾肇政、葉榮鍾、孫觀漢等老作家全集陸續出版。大陸作家衛慧小說《上海寶貝》在臺灣出版。改編自痞子蔡的網路小說《第一次親密接觸》同名電影上演。

二〇〇一年

一月 十五日 《臺灣e文藝》創刊。
十七日 教育部鼓勵公立大學增設臺灣文學系或臺灣文學研究所。
廿一日 陳映眞發表〈天高地厚〉，批評高行健的諾貝爾獎受獎詞。
一月 臺灣加入WTO，兩岸的圖書零售開放，大陸書開始以低價進入臺灣市場。
二月 八日 京劇《紅燈記》不作任何修改在臺北上演。大陸記者范麗青等二人首次抵臺採訪。
廿二日 日本出版漫畫《臺灣論》，漢譯本在臺灣問世後引起反日的「深藍」人士強烈抗議。
廿八日 張春鳳著《臺語文學概論》出版。
二月 高行健擔任臺北市駐市作家。《海翁臺語文學》創刊。
三月 卅一日 世新大學成立「世界華文文學資料典藏中心」。
三月 琦君小說《橘子紅了》改編爲電視劇上演。李喬出版《文化・臺灣文學・新國家》，認爲「文化臺獨論」才是建設未來「臺灣國」的根本。
四月 廿五日 李敖舉行《上山・下山・愛》新書發表會。
四月 《九十年散文選》出版。
五月 「國立文化資產保存研究中心」公布《全臺詩編印計劃》以及《日據時期臺灣史料編譯計劃》。

六　月　　　《楊逵全集》、《洪醒夫全集》出版。
七　月　一日　由張良澤主編的《臺灣文學評論》創刊。風靡全球的兒童讀物《哈利波特》第三集在臺灣出版，奇幻故事熱掀起。
七　月　　　「文建會」與美國加州大學合作出版《臺灣現代詩系列》英譯本。「文建會」與日本下村作次郎合作主持《臺灣原住民文學日譯計劃》。
八　月　廿二日　「文建會」把眷村住民稱為「新住民」，成為和「原住民」並列的弱勢族群，引發張大春和朱天心的強烈不滿。
八　月　　　藍博洲發表報導文學〈消失在歷史迷霧中的作家身影〉。邱貴芬主編的《日據以來臺灣女作家小說選集》出版。
十　月　三日　《自立晚報》停刊。
十二月　　　焦桐創辦二魚文化出版公司。
是年，問津堂書店從廈門大量引進簡體字圖書。

二〇〇二年

一　月　一日　臺灣加入世界貿易組織（WTO）。
一　月　十六日　本土作家柯旗化去世。
一　月　　　呂正惠、趙遐秋主編《臺灣新文學思潮史綱》在北京出版。

二月　張春鳳等著《臺語文學概論》出版。

三月　九日　《現在詩》創刊。

廿日　《未央歌》作者鹿橋在波士頓去世。

卅一日　《張文環全集》出版。

三月　臺北市長馬英九主持「錢穆故居」開啓典禮。根據李喬大河小說《寒夜三部曲》改編的電視劇《寒夜》，在公共電視臺播出。

四月　廿日　李歐梵當選中央研究院院士。

六月　「臺灣文學資料館」在眞理大學麻豆校區開館。呂正惠《殖民地的傷痕——臺灣文學問題》出版。暢銷書《北大荒》作者梅濟民去世。

七月　十八日　九歌出版社出版「新世紀散文家」書系。

七月　陳映眞在《聯合文學》發表中篇小說〈忠孝公園〉。王文興出版《小說餘墨》。

八月　陳水扁提出「一邊一國論」。陳映眞編《反對言僞而辯——陳芳明臺灣文學論、後現代論、後殖民論的批判》出版。

九月　九日　由焦桐策劃的《臺灣現代文學教程》系列書籍出版。

廿二日　美學家王夢鷗去世。

廿五日　陳水扁出席成功大學臺灣文學系成立茶會。

十月　十一日　大陸赴臺作家無名氏去世。

廿二日　《王昶雄全集》出版。

十一月　廿二～廿四日　成功大學舉辦「臺灣文學史書寫國際學術研討會」。
十一月　《臺灣原住民的神話與傳說》十冊出版。
是年，為配合九年一貫課程的實施，教科書全面開放不再由「國立編譯館」壟斷，改為民間各自編輯，是為「一綱多本」的開始。《中國時報》發行人余紀忠去世。以發行大陸書著稱的若水堂書店在臺中成立。

二〇〇三年

三　月　「吳濁流文學藝術館」於苗栗落成。駱以軍出版長篇小說《遠方》。
四　月　十五日　《文學臺灣》發表〈展望光復以來臺灣文運〉，另發表彭瑞金〈文學只有獨立，沒有統一問題〉、黃英哲〈一九五〇年代臺灣的「國語」運動（上）〉，下篇在該刊七月十五日發表。
十八日　孫大川主編《臺灣原住民漢語文學選集》共七冊出版。
四　月　成功大學臺灣文學研究所設立博士班。
四日　「中國文藝協會」主辦的《文學人》季刊創刊。
廿日　文壇新秀黃國峻自縊身亡。
夏，行政院公布「文書由左向右」，以便跟國際接軌。
六　月　九日　《壹詩歌》詩刊創刊。

七月　十～十二日　龍應台在《中國時報》連載〈五十年來家國——我看臺灣的「文化精神分裂症」〉。《董橋精選集》出版。

七月　臺灣當局正式施行「大陸地區出版品在臺銷售許可辦法」。張大春出版小說《聆聽父親》。詩人大荒去世。

八月　《INK印刻文學生活誌》創刊。《七等生全集》共十冊出版。

九月　一日　《野葡萄文學志》創刊。

十月　九日　小說家王藍去世。

十日　九歌出版社出版《中華現代文學大系：臺灣一九八九～二〇〇三》共十二冊。

十五日　許達然發表〈建議《文學臺灣》考慮橫排〉。

十七日　「臺灣文學館」開館。「文建會」主委陳郁秀致詞時稱「臺灣人終於拿到臺灣文學解釋權」。

廿七日　原《幼獅月刊》主編司徒衛去世。

十月　應鳳凰等合著的《臺灣文學百年顯影》出版。靜宜大學成立臺灣文學系。

十一月　十三日　陳映眞批判藤井省三在東京出版的《百年來的臺灣文學》。

廿八日　由中國文化大學中文系等單位主辦的「回顧兩岸五十年文學學術研討會」在臺北舉行。

十二月　六～七日　由佛光人文社會學院等單位主辦的「兩岸現代詩學國際學術研究會」在宜蘭舉行。

十二月　廿七日　由陳映眞發起的「人間學社」成立。

中國溫家寶總理訪問美國時，引用余光中的詩云：「這一灣淺淺的海峽，確實是我們最大的國殤、最深的鄉愁。」

是年，「國藝會」推出「長篇小說專案補助案」。許俊雅編《無語的春天：二·二八小說選》出版。

二〇〇四年

一　月　十一日　柏楊、朱天文、楊照等作家結合社運界人士籌組「族群平等行動聯盟」，對正在進行中的總統選舉表明族群立場和主張。

二　月　由臺灣文學館委託施懿琳編纂的《全臺詩》共五冊出版。聶華苓出版自傳《三生三世》。

三　月　十日　九歌出版社開始出版「年度童話選」。

四　月　五日　青年作家袁哲生自殺。

十五日　《臺灣文學評論》發表黎湘萍〈解讀臺灣——以兩岸知識者關於臺灣文學史的敘事爲例〉。

廿九日　白先勇改編昆曲《牡丹亭》在臺北上演。

四　月　《臺灣文藝》停刊。

五　月　十二日　出版家沈登恩去世。

廿日　陳水扁再次當選總統，後任命鍾肇政為「總統府資政」，李喬、葉石濤、楊青矗為「國策顧問」，吳錦發為「文建會」副主委。

六月廿一日　北京趙稀方在大陸發表〈視線之外的余光中〉，重提余光中的「歷史問題」。

六月廿四日　評論家胡秋原去世。

六月廿三日　詩人王祿松去世。

六月　臺灣文學館舉辦「臺灣新文學重大事件評選」。

七月十五日　《文學臺灣》發表彭瑞金〈戰後初期「臺灣文學路向之爭」的眞相探討〉。

七月廿三日　《文星》雜誌創辦人蕭孟能在上海去世。

七月　「文建會」啓動《臺灣大百科全書》編輯計劃。北京人藝在臺北上演老舍名作《茶館》。《印刻文學生活誌》製作張愛玲專號。

八月　藤井省三在臺北出版《臺灣文學這一百年》。

九月廿一日　余光中就其鄉土文學論戰中的歷史問題，在廣州《羊城晚報》發表〈向歷史自首？〉。

十月十五日　《文學臺灣》發表鄭炯明〈你所不知道的陳映眞〉。《臺灣文學評論》發表沙漠〈「臺灣文學」與「鎖國文學」〉，並發表陳俊宏〈一場雞同鴨講的浪漫演出——解讀黎湘萍的《解讀臺灣》〉，同時發表黎湘萍〈愛與美——回應陳俊宏先生〉。

十月十六日　行政院文建會主辦「多元族群與文化發展會議」，強調官方將推動各族群語言都成為「國家語言」。

十　月　十七日　陳水扁主持「臺灣文學館」成立一週年慶祝活動，並同時舉辦「北鍾南葉主題書展」。

柏楊、琦君、齊邦媛、鍾肇政、葉石濤獲得「總統府國家二等卿雲勳章」。《人間思想與創作叢刊》製作「余光中風波在大陸」、「陳映眞駁藤井省三」專題。臺灣大學、中興大學、中正大學「臺灣文學研究所」成立。十一月廿七日「臺灣新文學發展重大事件研討會」在臺灣文學館舉行。

十二月　廿一日　統派教師向「教育部」陳情提高文言文比例，認爲如果象徵中華文化的文言文消退了，那「中華民國就將國不成爲國了」，而「獨派」教師則認爲提高文言文比例是「殖民教育」，是「中國豬」所爲。

二〇〇五年

一　月　一　日　本土詩人李魁賢出任「國家文學藝術基金會」董事長。

十四日　以余光中領銜的「搶救國文教育聯盟」成立。

十五日　《文學臺灣》發表彭瑞金〈臺灣的確需要文化大革命〉。

二　月　廿四日　聯經出版事業公司與上海季風書園合作專賣簡體字版圖書的「上海書店」在臺北開幕。田啓文等人出版《臺灣文學讀本》。

三　月　十四日　《反分裂國家法》在北京通過。

三　月　廿四日　臺灣師大人文教育中心主持編纂的《臺灣文化事典》出版，後因內容涉及「臺灣地位未定論」引發爭議。
四　月　六日　《青少年臺灣文庫——文學讀本》十二冊出版。《張秀亞全集》十五冊出版。
　　　　六日　評論家黃武忠去世。
五　月　十五日　《文學臺灣》發表林瑞明〈臺灣文學研究的回顧與展望〉。
　　　　二日　孟樊主編《當代詩學》創刊。黃春明創辦文藝雙月刊《九彎十八拐》。
六　月　二日　葉洪生等著《臺灣武俠小說發展史》出版。
七　月　二日　「臺灣海翁臺語文教育協會」主辦的「第一屆海翁臺灣文學營」在臺南舉行。
　　　　十六日　馬英九出任國民黨主席。
七　月　卅一日　古遠清著《分裂的臺灣文學》在臺北出版，後被陳信元批評為「極盡分化之能事」。
七　月　陳雪出版短篇小說集《惡女書》。
八　月　《藍博洲文集》在北京出版。
　　　　十六日　資深編輯家馬各去世。
九　月　十七日　由陳芳明負責的政治大學臺灣文學研究所成立。
　　　　卅日～十月一日　「臺灣大河小說作品學術研討會」舉行。
十一月　三日　小說家潘人木去世。
　　　　廿六日　《鹽分地帶文學》創刊。
　　　　廿七日　楊逵文學紀念館落成使用。

十一月　詩人杜十三炮打獨派政客謝長廷，後引發藍綠作家不同的詮釋。

十二月　十五日　《文學臺灣》開始連載曾貴海《臺灣戰後反殖民與後殖民詩學》。

廿七日　評論家魏子雲去世。

是年，「龍應台文化基金會」成立。〈反分裂法〉在北京通過。田啓文出版《臺灣文學讀本》。

二〇〇六年

一　月　二日　評論家沈謙去世。

廿四日　臺灣文學館主辦首屆臺灣文學研究論文獎助得獎名單揭曉。

廿六日　龍應台在《中國時報》發表〈請用文明來說服我〉的「公開信」。

一　月　由教育部青少年臺灣文庫策劃的文學讀本十二冊出版。

二　月　十九日、廿日　陳映眞在《中國時報》發表〈文明與野蠻的辯證——龍應台女士〈請用文明來說服我〉的商榷〉。在此前後加拿大樊舟也發表〈請不要用文明說服我——評龍應台近作〉。

廿三日　《聯合報》特闢「差異與交鋒」專欄，連續刊登八篇討論龍應台和陳映眞的文章。

廿四日　臺北電視新聞播放余光中和教育部長杜正勝辯論的新聞。

三　月　十七日　和「搶救國文教育聯盟」對立的「搶救白話文聯盟」等單位主辦的「還阮臺灣文學的主體性——臺灣文學再正名」座談會舉行。

三月　九日　蔡金安主編的《爲臺灣文學正名》出版。楊逵文學紀念館在臺南落成。《青少年臺灣文庫——文學讀本》十二冊由「國立編譯館」出版。

五月　九日　翻譯家葉笛去世。

十四日　詩人上官予去世。

五月　成功大學中文系成立「現代文學研究所」。

六月　一日　《中央日報》停辦。

六日　《臺灣日報》停辦。

七日　散文家琦君去世。

廿八日　皇冠文化公司控告北京「經濟日報出版社」未經授權出版張愛玲作品，該出版社敗訴後賠償四十萬元人民幣給「皇冠」。

六月　向陽主編《二十世紀臺灣文學金典》出版。

七月　六日　漢學家夏志清當選中央研究院院士。

七月　《高雄文學小百科》出版。黃錦樹等編《重寫臺灣文學史》出版。邱家洪的作品《臺灣大風雲》計五冊出版。

八月　卅日　「臺灣大河小說作品學術研討會」在臺灣文學館舉行。

八月　邱貴芬編《臺灣政治小說選》出版。張雙英《二十世紀臺灣新詩史》出版。

九月　六日　第二十一屆《聯合文學》小說新人獎決審認爲：新臺灣寫實主義已經誕生。

九日　「紅衫軍」倒扁走上街頭，詩人詹澈任副總指揮，龍應台從香港赴臺聲援，陳芳明發表〈除了挺扁，民進黨能做什麼〉。

卅日　詩人胡品清去世。

十　月　六日　陳映眞二度中風入院。

十五日　《文學臺灣》發表曾貴海〈思辯與邏輯——談陳芳明《臺文所與中文所》一文中的觀點〉。

廿日　黃英哲主持編譯的《日治時期臺灣文藝評論集（雜誌篇）》舉行新書發表會。

十一月　卅日　《民生報》停刊。

十二月　《龍瑛宗全集》共八冊出版。

是年，「國家統一綱領」宣告終止。蘇偉貞《張派作家世代論》出版。臺灣文化界討論「悅納異己」論述。

二〇〇七年

一　月　香港《亞洲週刊》選出二〇〇六年中文十大小說，蘇偉貞《時光隊伍》、張大春《戰夏陽》入選。臺灣文學館出版三冊《全臺賦》。

二　月　六日　柏楊捐贈其文物計一七四五六件，入藏北京「中國現代文學館」。

春，李敖開始嚴厲批判大陸文壇，並說季羨林不是國學大師，不過是語文能力較強。

三　月　臺灣文學館正式定名爲「國立臺灣文學館」。劉亮雅等人合著的《臺灣小說史論》出版。

六月　北京上海等十二家出版社聯合發表聲明，不承認「皇冠」繼承張愛玲著作權的合法性。

七月　廿日　白先勇出版《紐約客》。

廿五日　資深作家劉枋去世。

八月　《文學「臺獨」批判》兩巨冊在北京出版。由黃哲永等人主編的《全臺文》七十五冊出版。臺灣文學館籌備處改制，正式以官方四級機構營運。

九月　五日　大陸曾經出版張愛玲作品的十五家出版社發表「聯合聲明」，拒絕臺灣皇冠文化公司對大陸出版社高額索賠的要求。

廿七日　「皇冠」出示一份張愛玲的親筆信複印件，證明「皇冠」具有獨家永久出版權，以此作為索賠新證據。

九月　鍾怡雯、陳大為主編的《馬華散文史讀本一九五七～二〇〇七（卷一）》出版。

十一月　九日　根據李喬同名史詩改編的〈臺灣，我的母親〉開始在全臺地區巡迴演出。

十日　「柏楊國際學術研討會」在臺南大學舉行。《吳新榮日記全集》舉行新書發表會。

十二月　廿五日　詩人文曉村去世。

十二月　「國家文藝基金會」公布「長篇小說創作發表專案」補助名單，由鍾文音等四位作家獲得。文史哲出版社出版王堯主編《文革文學大系》十二冊。

是年，朱天文出版長篇小說《巫言》。指考文史試題中國古典文學和中國歷史所占分數大幅升高，另還有中學課本沒有的夏志清《中國現代小說史》和王德威的論文〈一種逝去的文學？〉作爲考試內容，引發獨派的強烈反彈。《人間思想與創作叢刊》推出「學習楊逵精神」專輯。史書美替《中外文學》策劃「弱勢族群與跨國主義」專輯。

二〇〇八年

一　月　十五日　《青溪論壇》創刊。

一　月　古遠清著《臺灣當代新詩史》在臺北出版，後引起爭論。

二　月　一日　小說家王拓出任「文建會」主委。李進文出版詩集《除了野薑花，沒人在家》。

廿三日　評論家尹雪曼去世。

廿八日　臺灣文學館舉辦「二・二八文學展」。

四　月　五日　《誠品好讀》停刊。

七日　「推理文學研究會」成立。

十日　九歌出版社出版七本《臺灣文學三十年菁英選》。

四　月　十～十三日　「中國苦難文學」暨「戒嚴與後戒嚴時代臺灣文學」國際研討會在臺北舉行。

廿九日　資深作家柏楊去世。

四　月　《皇冠》雜誌發表新發現的張愛玲游臺灣手稿。《葉石濤全集》二十冊問世。

五　月　馬英九當選總統。「中國文藝協會」會刊《文學人》革新號出版。古遠清編《余光中評說五十年》在北京出版。

五　月　廿四～廿五日　由陳芳明主持的「余光中先生八十大壽學術研討會」在政治大學舉行。

六　月　彭瑞金著《高雄市文學史》出版。《二〇〇七臺灣兒童文學年鑑》問世。「文建會」出版閱讀文學地景系列套書。

七　月　《文訊》主編的《二〇〇七臺灣作家作品目錄》三冊出版。

八　月　十五日　陳水扁因涉嫌洗錢退出民進黨。

九　月　十日　資深作家巫永福去世。

九　月　陳芳明出版散文集《昨夜雪深幾許》。

十　月　廿二日　劇作家姜龍昭去世。

十一月　廿三日　以出版臺獨書籍著稱的前衛出版社因經營困難清倉賣書。

十二月　十一日　資深作家葉石濤去世。

二〇〇九年

一　月　廿七日　前《中央日報》副刊主編孫如陵去世。

二　月　張愛玲遺作《小團圓》由皇冠出版社出版。

三　月　十日　王鼎鈞完成《文學江湖》等四部回憶錄。

廿五日　女作家曹又方去世。

三　月　　　謝里法歷史小說《紫色大稻埕》問世。
四　月　十日　《洛夫詩歌全集》新書發表會舉行。
　　　十五日　《文學臺灣》發表陳建忠〈詮釋權爭奪下的文學傳統：臺灣「大河小說」的命名、詮釋與葉石濤的文學評論〉。
　　　十八日　臺灣八所大學十四位學生共同組成「風球詩社」，並創辦同名詩刊。
　　　廿六日　創辦於一九九二年四月的《聯合報》「讀書人」副刊停辦。《商禽詩全集》出版。
五　月　一日　《文訊》雜誌製作「懷想五四，紀念五四」專輯。
　　　五日　前《中國時報》「人間」副刊主編高信疆去世。
五　月　　　《黃春明集》八冊由聯合文學出版社出版。林博文出版《一九四九石破天驚的一年》。
七　月　七日　齊邦媛《巨流河》出版。
　　　廿一日　由吳三連臺灣史料基金會主辦的「鹽分地帶文藝營」舉辦卅年後因學員少停辦。
七　月　　　臺灣原住民作家筆會成立。
八　月　七日　臺灣文學館舉辦「林海音文學特展」。
　　　廿七日　資深作家艾雯去世。
　　　廿八日　陳芳明在接受採訪時表示，不再把臺獨作為自己追求的人生理想，並呼籲在兩岸和解的歷史轉折點，島內的兩派也應和解。
七　月～八　月　《文訊》策劃專題「回顧關鍵年代——一九四九文化事件簿」。

八月　　臺灣文學館舉辦「林海音文學特展」。
九月　一日　為配合國民黨撤退臺灣六十週年，龍應台推出《大江大海一九四九》。在此之前林博文也出版了《一九四九石破天驚的一年》。
十五日　楊青矗出版長達八十萬言的小說《美麗島進行曲》，由「衝破戒嚴」、「高雄事件」、「政治審判」組成。
九月　　《文訊》雜誌社等單位策劃「向大師致敬」活動，出版「人間風景——陳映真」專輯。吳錦勳採訪撰述《臺灣，請聽我說——壓抑的、裂變的、再生的六十年》出版。
十月　五日　日本文壇巨擘大江健三郎首度踏上臺灣土地。
廿～廿九日　由羅智成策劃的第十屆臺北詩歌節舉行。
十一月　一日　隱地《遺忘與備忘》出版。《巨流河》作者齊邦媛獲第五屆總統文化獎。臺灣高準與大陸學者古遠清就余光中評價問題，在臺北出版的《傳記文學》再次交鋒。
廿一日　「臺文筆會」成立，理事長李勤岸。
十二月　六日　高雄文學館為葉石濤去世一週年豎立銅像，並出版《葉石濤全集》續篇。

二〇一〇年

一　月　十四日　劉兆玄接掌「國家文化總會」會長。
廿九日　小說家蕭颯去世。

二　月　一日　李瑞騰出任臺灣文學館館長。
　　　　六日　《文學客家》創刊。
　　　　廿七日　第一本二・二八本土母語文學選集《天光》出版。
四　月　十五日　《文學臺灣》發表〈日文版《臺灣文學史綱》的出版——兼論戰後日本學界的臺灣文學論述〉。
　　　　十七日　封德屏出任「中國婦女寫作協會」會長。
四　月　朱天文系列作品共四冊由上海譯文出版社出版。《文協六十年實錄》出版。
五　月　廿一日～廿二日　「第四屆經典人物——李昂跨領域國際學術研討會」在中正大學舉行。
五　月　廿二日　詩人秦岳去世。
六　月　四～五日　「演繹現代主義：王文興國際研討會」在中央大學舉行。
　　　　廿六日　詩人商禽去世。
七　月　一日　華文詩人許世旭在韓國去世。
　　　　十六日　駱以軍《西夏旅館》獲香港「紅樓夢獎」。
　　　　廿六日　有大陸資本背景的新經典文化出版社在臺灣成立。
八　月　推理雜誌《九曲堂》創辦。陳映眞出任中國作家協會名譽副主席。
九　月　九日　張愛玲自傳小說《雷峰塔》、《易經》由皇冠文化出版公司出版。孫大川出版新書《搭蘆灣手記》。
　　　　十五日　詩人杜十三在南京去世。

十　月　廿四～廿六日　楊牧國際學術研討會在政治大學舉行。
十　月　五～十一月廿八日　「眷村文化節・想我眷村作家——主題館藏展」在桃園縣舉行。
十一月　十六～十七日　由江蘇鹽城師範學院等單位主辦的「蔡文甫作品研討會」在該校舉行。
十一月　十七日　由陳芳明、廖咸浩等參與的「國民文化與國民文學的座談會」在臺灣文學館舉行。
十一月　七日　「臺灣客家筆會」成立。
十一月　臺灣文學館出版八冊《當代臺灣作家評論資料目錄》。
十二月　二日　梁實秋文學獎頒獎典禮在臺北舉行。
十二月　二～七日　世界詩人大會在臺北舉行。
十二月　四日　《錦連全集》出版。
　　　　十日　六冊《馬森文集》出版。
是年，國民黨為慶祝「中華民國建國一百年」，擬拍攝國父記錄片，顧問平路認為孫中山不是什麼聖人，後受到胡佛及周陽山的批駁。

二〇一一年

一　月　四日　皇冠文化集團等單位舉辦「三毛逝世二十週年紀念特展」在臺北開幕。
　　　　十四日　絕大多數作品均在臺灣發表的美國華文作家木心去世。
　　　　十五日　「九歌兩百萬長篇小說徵文」揭曉，張經宏的《摩鐵路之城》獲首獎。

三　月　一日　詩人楚戈去世。
四　月　「他們在島嶼寫作——文學大師系列電影」上演。
五　月　廿日　陳芳明在演講中稱《現代文學》資金來源為美國新聞處，引發白先勇等人的反彈。
五　月　廿一～廿四日　百年小說研討會分別在臺北、臺南召開。
五　月　廿四日　黃春明在臺南演講〈臺語文書寫與教育的商榷〉，遭到蔣為文在現場舉大字報抗議，兩人發生衝突。
七　月　一日　詩人羅智成任中央社社長，張曼娟接任香港光華新聞文化中心主任。封德屏未經陳映真授權，將其文章收入《現當代作家資料研究彙編二——吳濁流》，特在《文訊》封二向其發表道歉啓事。
六日　散文家陳冠學去世。
十五日　翻譯家葉泥去世。
七　月　臺北首家文學館舍「紀州庵文學森林」揭幕。
八　月　十八日　詩人羅盤去世。
廿二日　小說家鍾鐵民去世。
九　月　廿四～廿五日　第四屆兩岸四地當代詩學論壇在臺北教育大學舉行。
十　月　一日　民俗學家朱介凡去世。
十　月　「臺灣文學的內在世界」在臺南開幕。
十一月　二日　陳芳明《臺灣新文學史》新書發表會在臺北舉行。

十二月　廿九日　「兩岸文學高峰會議——大陸文學作家參訪暨文學交流會議」在臺北舉行。
十二月　廿五日　學者朱炎去世。
十二月　墨人全集計六十冊問世。

二〇一二年

一　月　二日　小說家陳燁去世。
十三日　龍應台出任「文建會」主委。
十五日　小說家佘之良去世。
二　月　廿四日　小說家周嘯虹去世。
廿五日　散文家陳之藩在香港去世。
三　月　十九日　由臺南市文化局出資的《臺江臺語文學季刊》創辦。
卅一日　《現當代作家資料研究彙編（第二階段）》新書發表會在臺北舉行。
三　月　「蔣勳熱」在大陸持續不斷，中信出版社推出八輯蔣氏作品。
四　月　卅日　詩人陳千武去世。
五　月　廿一日　龍應台出任文化部部長。
六　月　一日　《短篇小說》創辦，傅月庵任主編。
廿二日　榴紅詩會在府城舉行。

八　月　十二日　詩人鍾鼎文去世。
　　　　卅日　由人間出版社出版的《人間思想》叢刊問世。
十一月　九日　由臺北市文化局籌建「華文文學資訊平臺」開放上線測試。
　　　　十六～十八日　第二屆「二十一世紀世界華文文學高峰會」在臺中市舉行。
　　　　十七日　小說家古之紅去世。
十一月　第四十九屆臺灣金馬獎頒給大陸和香港獎項數目首次超過臺灣，引來民進黨立委攻訐：「金馬獎成了瘋馬獎，必須停辦」。
十二月　廿六日　學者顏元叔去世。
十二月　《臺灣文學史長篇》三十三冊全部完工。林央敏《臺語文學史及作品總評》出版。北京電臺音樂臺最受兩岸聽眾喜歡的「中國歌曲排行榜」，計劃在臺北舉辦頒獎盛典，後遭民進黨以暴力抗爭導致取消。
是年，華語語系專欄接連問世，「華語語系文學」這一概念由此引發臺灣學界的高度重視。

二〇一三年

一　月　六日　「銀鈴會」同仁錦連去世。
二　月　二日　兩岸兒童文學作家交流會在臺北舉行。
二　月　臺北市文化局擬斥資三點三億，打造以「華文文學創作」爲主題的臺北文學館。

三　月　四日　浦忠成《原住民文學史綱》英譯本出版。
三　月　「重訪後街：以陳映眞爲線索的一九六〇年代」系列活動開始舉行。
四　月　四日　小說家張放去世。
四　月　湖南衛視舉辦「我是歌手」節目，竟引來時任民進黨主席蘇貞昌的批評，認爲大陸的對臺工作做到「入島、入戶、入腦」。
五　月　五日　臺灣文學館規劃建置《臺灣文學辭典》檢索系統正式開放使用。
六　月　十九日　小說家郭良蕙去世。
七　月　廿二日　詩人紀弦在美國去世。
　　　　卅一日　臺灣文學館舉辦「釘根與散葉：臺灣文學系所特展」。
九　月　一～三日　「臺灣文學大會師」活動於北、中、南三地舉行。
　　　　三日　傳記作家王璞去世。
　　　　十五日　大陸作家莫言訪臺。
　　　　廿四日　戲劇學者黃美序去世。
十　月　十一日　小說家蕭白去世。
　　　　十二日　臺灣文學館十年館慶典禮與系列活動在臺南舉行。
十一月　《人生拼圖——李魁賢回憶錄》出版。郭楓在香港《明報月刊》發表〈詩活動家紀弦的臺灣獨步〉，後引發羅青的回應。
十二月　廿九日　學者夏志清在美國去世。

是年，史書美出版《視角與認同——跨太平洋華語語系表述．呈現》。伊格言發表科幻小說《零地點》。

二〇一四年

一　月　十一日　《中國時報．開卷》好書獎舉行頒獎典禮。
　　　　十七日　翁志聰出任臺灣文學館館長。
　　　　十九日　香港《亞洲週刊》二〇一三年十大小說評選揭曉，黃錦樹等人作品入選。
　　　　廿七日　賴和文教基金會等團體發布〈臺灣文學界致龍應台部長公開信〉，指責翁志聰出任臺灣文學館館長係「行政霸權踐踏文學專業」。
三　月　　三日　出版家姚宜瑛去世。
　　　　廿七日　「全球華文寫作中心揭牌儀式暨文學創作座談會」在臺灣師範大學召開。
四　月　十二日　臺灣與馬來西亞文學交流暨新書發表會在東華大學舉辦。
五　月　　一日　詩人周夢蝶去世。
　　　　　十日　《笠》詩刊五十週年系列活動在臺北、臺中等地分別舉行。
　　　　廿四日　臺灣文學館首次邀請大陸學者古遠清主講〈臺灣文學在大陸的傳播與接受〉。
六　月　廿三日　第十八屆國家文學獎揭曉，旅美作家王鼎鈞獲獎。
　　　　廿八日　第卅二屆華文學生文學獎頒獎典禮在明道中學舉行。

八月卅日　首屆《聯合報》文學獎大獎揭曉，陳列獲獎。
八月十七日　「文學生命力的延伸——談文學館的想像與實踐」座談會在高雄舉行。
九月廿三日、廿四日　「第三屆兩岸民族文學交流暨學術研討會」在臺北舉行。
十月廿二日　美國第四屆紐曼華語文學獎由朱天文獲得。
十月十五日　「文學臺灣基金會」於高雄市籌建「文學臺灣館」在積極進行中。
十七～十八日　施叔青國際學術研討會在臺北舉行。
廿四～廿六日　兩岸新詩國際論壇在臺灣舉行。
十月　自稱是「灣生」後裔的陳宣儒，化名田中實加出版記實文學《灣生回家》，由遠流出版社推出五萬多本。後來作者向讀者道歉，承認自己不是臺日混血的「灣生」後裔。
十一月廿二～廿三日　首屆全球華文作家論壇在臺北舉行。
廿八～十二月三日　兩岸文學刊物主編高峰論壇在臺北召開。
十二月一日　文化部部長龍應台發布「辭官聲明」，後由洪孟啓任代理部長。
十六～廿二日　第二屆海峽兩岸文學筆會在臺灣舉行。
是年，中島利郎、河原功、下村次作郎編著的《臺灣近現代文學史》在日本出版。

二〇一五年

一月十四日　由《文訊》主持的澳門作家座談會在臺北召開。臺北市國際書展大獎揭曉。

二　月　十日　馬森《世界華文新文學史》新書發表會在臺北舉行。
廿七日　涂靜怡出版回憶錄《秋水四十年》。
三　月　廿一日　隱地在《聯合報》發表〈文學史的憾事〉，尖銳批評《世界華文新文學史》。
三　月　大陸學者林丹婭主編《臺灣女性文學史》出版。
四　月　十五日　《文學臺灣》為一位政客寫的〈直銷臺獨——「臺灣獨立建國」道路的探索〉做大幅廣告。
廿七日　夏志清紀念研討會暨《夏志清．夏濟安書信集》新書發表會在臺北舉行。
廿九日　詩人辛鬱去世。
五　月　廿三日　「日本臺灣學會」與「天理臺灣學會」學術大會在日本天理市舉行。
廿八～廿九日　兩岸青年文學會議在北京舉行。
卅～卅一日　鍾肇政文學國際學術研討會會在臺中舉行。
六　月　四日　小說家廖清秀去世。
十三日　大陸學者古遠清在《聯合報》發表〈吃了一只辣椒〉聲援隱地。
廿七日　第二屆「《聯合報》文學大獎」得獎者為王定國。
六　月　馬森在《新地文學》發表公開信，用「不共戴天」形容他與隱地的分歧。
七　月　十五日　第四屆兩岸交流紀實文學獎頒獎典禮在臺北舉行。
十八日　第十三屆花蹤文學獎頒獎典禮在吉隆坡舉行，余光中獲世界華文文學獎。
卅一日　成功大學中文系特聘教授陳益源出任臺灣文學館館長，獨派團體強烈抗議起用「立場親中」的陳益源接任館長。

八　月　廿四日　「銘記民族歷史，珍愛兩岸和平——海峽兩岸抗日題材作品座談會」於北京舉行。

十　月　十五日　彭瑞金在《文學臺灣》發表〈高喊臺灣文學獨立，會引發戰爭嗎？〉。

廿六日　第三十八屆「時報文學獎」得獎名單在臺北揭曉。

十二月　十日　隱地出版新書《深夜的人》，內有收錄〈文學史的憾事（續篇）〉，回應馬森對他的攻擊。

十五日　陳芳明《臺灣新文學史》日譯本出版。

十六日　由《文訊》等單位主辦的「二〇〇一～二〇一五華文長篇小說二十部」及「二〇〇一～二〇一五臺灣長篇小說票選前三十部」名單揭曉。

十二月　《兩岸詩》在臺北創刊。

是年，「國科會」（行政院國家科學委員會）的研討計劃申請類別中，仍然只有「中國文學」，沒有「臺灣文學」。教育部的教師升等著作類別中，同樣沒有「臺灣文學」。《臺中文學地圖》、《府城文學地圖》的出版，掀起了文學地圖熱。「桃園文學獎」改爲「鍾肇政文學獎」。淡水「眞理大學臺灣語言學系」停辦。

二〇一六年

一　月　七日　香港《亞洲週刊》公布二〇一五年十大好書，其中有藍博洲《臺灣學運報告》。

二　月　廿九～卅日　日本橫濱國立大學舉辦「第五屆國際工作坊：臺灣文學中的日本表象的相互性」，由垂水千惠主持。
二　月　一日　《文訊》雜誌發表〈小說引力，臺灣魅力──記「二〇〇一～二〇〇五華文長篇小說二十部」評選活動〉、〈「二〇〇一～二〇一五長篇小說」評選調查報告〉。
四　月　廿六日　施叔青擔任香港浸會大學駐校作家。
五　月　一日　《文訊》雜誌製作「澳門東西交會的歷史性與獨特性」專題。
六　月　五日　中山醫學大學臺文系倒閉，後引發媒體討論臺文系是否將逐一關門。
　　　　卅日　《葉石濤短篇小說英譯選集》新書發表會在臺南舉行。
七　月　十五日　《文學臺灣》發表彭瑞金〈臺灣文學系話題再起〉。
　　　　十六日　「小說引力」臺灣與馬來西亞、新加坡講座在臺北舉行。
八　月　九日　鄉土作家王拓去世。
　　　　十六日　臺灣大學出版中心舉辦「何處是故鄉──漂泊人生下的越境認同」講座。
　　　　廿日　加拿大華裔作家協會向詩人洛夫頒發「加華文學成就獎」，歡送即將回臺灣定居的洛夫伉儷。
九　月　一日　中興大學特聘教授廖振富出任臺灣文學館館長。
九　月　古遠清著《臺灣新世紀文學史》，由新北市花木蘭文化出版社出版。
十　月　十五日　《文學臺灣》製作該刊一百期紀念專號，其中康原認為該刊係「走揣臺灣獨立心靈的長河。」

十一月　廿四日　兩岸文學出版交流見證者陳信元去世。
十二月　廿二日　左翼作家陳映眞在京去世。
十二月　卅一日　蔡英文印製春聯「自自冉冉，歡喜新春」，立刻招來廖振富質疑：該「春聯」存在「自自由由」被錯成「自自冉冉」等三大問題。
十二月　臺灣現當代作家研究資料彙編第六輯出版。
是年，宇文正等主編《我們這一代：七年級作家》出版。

二〇一七年

一　月　廿三日　三民書局創辦人劉振強去世。
一　月　紀大偉《同志文學史：臺灣的發明》出版。
二　月　十三日　二魚文化出版社「年度詩選」編委最後一次聚會。
三　月　七日　小說家紀剛去世。
廿一日　「禁書暢讀三百本展覽」在臺中舉行。
五　月　四日　「《文學季刊》五十週年回顧研討會」在臺北舉行。
五　月　《詩潮》第八輯出版。內有高準批判古遠清的〈邪辭知其所離——答湖北古遠清文六件〉，還有悼念丁穎的文章。
九　月　廿二日　小說家李永平去世。

九　月　　《〈詩潮〉選集》出版。
十一月　四、五日　首屆「陳映真思想研討會暨《陳映真全集》發表會」在臺北舉行。
十二月　十四日　詩人余光中去世。
　　　　卅一日　隱地「『年代五書』熱鬧會」在臺北舉行。
是年，《白先勇細說〈紅樓夢〉》由廣西師大出版社出版。《哈佛新編中國現代文學史》由哈佛大學出版公司出版。

二〇一八年

一　月　二日　《春風》詩刊座談會在臺北舉行。
　　　　廿七日　「春光再明媚——黃春明特展」舉行開幕典禮。
一　月　《文訊》雜誌製作「余光中紀念特輯」、「臺灣現當代作家研究資料彙編一百本」特輯。
三　月　十八日　雜文家李敖去世。
　　　　廿日　詩人洛夫去世。
四　月　一日　《文訊》製作「洛夫紀念特輯」。
　　　　廿一日　詩人阮襄去世。
　　　　廿九日　辛鬱遺作《輕裝詩集》出版。

七月　一日　《文訊》「文藝資料中心」開放。
八月　古遠清《藍綠文壇的前世與今生》在香港出版。
十月　八日　志文出版社創辦人張清吉去世。
廿二～廿三日　第三屆海峽兩岸中華詩詞論壇暨「聶紺弩杯」年度詩壇人物發布會在武漢隆重舉行。
十一月　三日　首屆琦君研究高峰論壇在溫州舉行。
廿七日　臺灣大學臺灣文學所教授蘇碩斌接任臺灣文學館館長。
十二月　八日　第六屆兩岸文化發展論壇・青年論壇八日在福州市舉行。
廿五日　韓國瑜當選高雄市市長。
是年，《夜行——臺馬小說選譯》出版。凱瑟琳・海爾斯《後人類時代》中譯本出版。

二〇一九年

一月　廿三日　散文家林清玄去世。
三月　廿五～廿八日　第十一屆世界華文作家協會代表大會在臺北舉行。
四月　學者柯慶明去世。
五月　廿三日　出版家平鑫濤去世。
六月　六日　罷免韓國瑜成功。

六月　十三～十四日　「新世紀重評《紅樓夢》兩岸交流論壇」在臺灣大學舉行。
　　　廿九日　「風車詩社與跨界域藝術時代」研討會召開。
　　　柳書琴主編《日治時期臺灣現代文學辭典》出版。
七月　《瘂弦回憶錄》由江蘇鳳凰文藝出版社出版。
八月　卅日　詩人羊子喬去世。
九月　一日　《文訊》製作「臺灣文學的博碩班未來、出路與論題關注」專輯。
九月　黃春明出版小說集《跟寶貝兒走》。
十月　十五日　汕頭大學《華文文學》因王德威的文章出現「六四」這個敏感詞而停刊整頓。
十月　鄭慧如《臺灣現代詩史》出版。
十一月　十五日　「族群身分與成長記憶」會議在臺北召開。
　　　廿二日　政治大學啓動「羅家倫國際漢學講座」，余英時、王德威作演講。
十一月　古遠清《余光中傳》由長江文藝出版社出版。
十二月　一日　《文訊》製作「讓我們想像讀者特輯」。
十二月　《二〇一八臺灣詩選》出版。
是年，李紀（李敏勇）出版《私の悲傷敘事詩》。

二〇二〇年

一　月　一日　《文訊》製作「一九四九：流離與落地，之後」專輯。
　　　　十五日　彭瑞金在《文學臺灣》發表〈荷蘭人寫的臺灣文學〉。
二　月　一日　《文訊》製作「砂拉越文風」專輯。該刊同時恢復「大陸研究華文文學動態」專欄。
　　　　一日　《文訊》製作「文學的科幻，科幻的文學」專輯。
　　　　十三日　詩人楊牧去世。
三　月　七日　江啓臣當選中國國民黨主席。
四　月　一日　詩人秀陶去世。
　　　　廿九日　評論家趙天儀去世。
　　　　卅日　小說家於梨華去世。
五　月　十六日　小說家鍾肇政去世。
　　　　廿日　蔡英文再度當選總統。
六　月　十日　詩人藍雲去世。
　　　　十八日　翻譯家宋穎豪去世。
七　月　十五日　《文學臺灣》製作「趙天儀教授追思專輯」。出版家蔡文甫去世。
　　　　卅日　李登輝去世。

七　月　　　《文訊》製作「香港文學觀察」專輯。
八　月　一日　詩人岩上去世。
八　月　　　下村作次郎《臺灣文學的發掘與探究》在日本出版。
九　月　卅日　專營簡體書的若水堂書店關閉。
九　月　　　黃春明長篇小說《秀琴，這個愛笑的女孩》首發式在臺北舉行。
十　月　十五日　彭瑞金在《文學臺灣》發表《向香港藝文團體致敬》。
　　　　廿四日　小說家七等生去世。
十二月　十一日　「中天新聞臺」由「國家通訊傳播委員會」宣布「關臺」。
　　　　十七日　評論家尉天驄去世。
十二月　　　《文訊》製作「二十一世紀上升星座——一九七〇後臺灣作家作品評選」。
是年，兩岸關係高度緊張。王壽來出版小說集《智慧的回聲》。

——本文其中一九四八～二〇〇〇年大事記，載於《新文學史料》二〇一七年第二、三、四期；新世紀文學大事記，載於《人文》二〇二〇年總第三期

附錄　不願退休後學術生涯就此被「淪陷」
——自己訪問自己

問：只聽說有記者訪問你或學生訪問你，文壇上從沒有過自己訪問自己的做法。

答：你這眞是少見多怪，李敖年過半百時，就發表過〈五十而不知天命——自己訪問自己〉。

問：可你不是李敖呀。如果你謙虛一點的話，還是請別人訪問你好。

答：報紙上登的許多由記者出面寫的訪問記，其實都是被訪者草擬的。

問：但也有確實是被訪者所寫。

答：別人訪問我，總感到他問不到點子上。世界上最瞭解我的人莫過於自己。

問：你太自戀了！

答：別人訪問我，稿成後還要自己動大手術改一遍，還不如自己寫來得乾脆！

問：你正在向耄耋之年大踏步向前進邁進。回顧這輩子，你認爲人生最爽的境界是什麼？

答：上有天堂，下有書房！自己再累也要讀書，工作再忙也要談書，收入再少也要買書，住處再擠也要藏書，交情再淺也要送書。

問：請你注意，廣東人送書等於送輸，打牌時不能送書。

答：我是「廣廣」，可從不打麻將，歡迎你送書！

問：從網上查到，你近年來在海內外多所高校講學，有的海報寫你是博士或博士生導師，這算不算僞造學歷呀？

答：這是好事者寫的，應與我無關。趕緊坦白交代：文革前我在武漢大學讀了五年，只拿到畢業證書。連學士都不是，何來博士？我更沒有當過一天在大陸高校被視爲一個特殊階層的博士生導師，倒當過華中師範大學評博士生導師的評委，如此而已。

問：你沒有博士帽又沒有博導的光環，退休前一直在沒有中文系的中南財經大學從事世界華文文學研究，一定感到很失落吧？

答：文化名人余秋雨在其發行量極大的自傳中，這樣蔑視我：「古先生長期在一所非文科學校裡研究臺港文學，因此我很清楚他的研究水平。」一位文友建議我回應他：「余秋雨長期在一所非創作單位戲劇學院從事散文創作，因此我很清楚他的寫作水平。」

問：像你這種在一個學校待一輩子從不跳槽的人，眞是稀有動物。

答：九十年代時任武漢大學主管文科的副校長李進才前來商調我回珞珈山，一些博導和我說：「你現在多麼風光，在『財大』享受『獨生子』待遇，每年出國三幾次均可報銷，一回母校就成了『大家庭』成員，再無此特權了。」還有人則用「一流教授」的紙糊假冠忽悠我：「錢鍾書說得好，一流教授到三流學校，三流學校因一流教授而增光；三流教授到一流學校，三流教授因一流學校而榮耀。」

問：你回家賣紅薯多年了，還一直在筆耕嗎？

答：我一直在寫，僅二〇二一年在大陸就出版了《世界華文文學概論》、《當代作家書簡》，在臺灣

「萬卷樓圖書股份有限公司」出版了《戰後臺灣文學理論史》、《臺灣查禁文藝書刊史》、《臺灣百年文學制度史》、《微型臺灣文學史》等六本書。

問：這使我想起古代官員爲附庸風雅，提倡「未妨餘事做詩人」。

答：他們把自己寫詩看作是「歲之餘、日之餘、時之餘」結出的果實。歐陽修的「三上」即「馬上、枕上、廁上」，則比上面說的「三餘」更具體、更生動。本來，每個人都有自己的「三餘」，退休多年的我，《中國大陸當代文學理論批評史》、《臺灣當代文學理論批評史》、《香港當代文學批評史》、《臺灣當代新詩史》、《香港當代新詩史》、《海峽兩岸文學關係史》、《臺灣新世紀文學史》只能說是「二餘」：「退之餘、休之餘」的產物。

問：不少人希望你寫一本把陸臺港文論打通的《中華當代文學理論批評史》或在文論、詩論基礎上寫一部《臺灣文學史》。

答：我後來想，與其寫一本有可能自費出版將三地文論貫通的文學史或《臺灣文學史》，不如弄點銀子寫一部有新意的書，於是便前後兩次申報國家社會科學基金課題。那時我早已告別杏壇，一位朋友勸我說：「退休的人幾乎無人再做科研更談不上報課題，就是報了也很難批」，何況二〇〇六年申報《海峽兩岸文學關係史》課題時，合併後的中南財經政法大學中文系還未正式成立，無學術資源去「跑題」，但我還是未聽他的忠告，只不過是申報後就束之高閣，不向任何有可能當評委的人打招呼，更不向我認識的文學課題組總負責人打聽任何消息。大概是此課題係嘗試用整合的方法將兩岸文學融合到一起，而不是像眾多當代文學史那樣，把臺灣文學當作附庸或尾巴然後拼接上去，就這樣被評委看中了，僥倖被批准了。

問：有人說退休就是「淪陷」，你讚成嗎？

答：「淪陷」？我可從來沒有這樣想。我一直在「進攻」，而未退卻過。對我這把年紀的人來說，如果連自信心都沒有，那就枉對自己不斷的思考、開掘和突破，那退休就眞變爲「淪陷」了。

問：你寫的眾多境外文學研究著作，除高等教育出版社出版的《當代臺港文學概論》屬教材型外，其餘均是屬所謂專家型吧。

答：專家型的臺港文學史由於過於冷門，在教育界和以大陸爲中心的當代文學研究界不占主流地位，鮮有人問津，以致變爲無人理睬的孤兒，因而那位友人好話說盡後跟我潑了瓢冷水，認爲我的臺港文學研究即使搞得再多再好，也與「淪陷」無異。這使我想起香港某教授有一次在《中國青年報》談香港文學研究，引用學界流傳的順口溜「一流的搞古典，二流的搞現代，三流的搞當代，四流的搞臺港」後說，這話當然不對，但現在研究臺港文學最有名的劉登翰和古遠清，「還不就是這個水平！」我不甘心自己永遠停留在「這個水平」，尤其是不願退休後學術生涯就此被「淪陷」，我竟不顧身體的承受能力，近年來多次穿梭於寶島南北兩地，並採購了大批書刊，以致去年過七十七歲生日時，幫我打字的「老秘」即內人爲我做了三個書架慶賀。

問：你覺得退休後的日子過得充實否？

答：一般說來，在珞珈山求學才是我讀書的黃金時期，可我現在仍然有強烈的求知欲，讀書和寫作對我來說是一種最好的休閒方式，是一件很愉快的事，用臺灣作家胡秋原的話來說「寫作是一人麻將」。日讀萬言，日寫千字，並不覺得厭倦和疲憊。有時一邊做飯，一邊寫作，竟把飯燒糊了，身心完全融進新世紀臺灣文壇，人在此岸心卻在彼岸的「萬卷樓」，能不快哉！如此說來，我眞該感謝臺灣文學，是它使我多了一塊精神高地，同時也應感謝對岸朋友送來的和自己採購的眾多繁體字書刊。沒有它們，我的日子就不可能過得這麼充實，就不可能感到精神上是這樣富有。

問：你姓古，可你並不崇尚發思古之幽情，將自己的精力全埋首在古文學堆裡呀。

答：我出版的文學史明顯帶有當代人寫當代史的特點。我受老師劉綬松的影響，寫「史」似乎上了癮，現在仍和歷史的情緣未斷，八十歲時居然在「萬卷樓圖書公司」一口氣推出「臺灣文學五書」，並推出「臺灣文學五書續編」，眞好像是走上「不歸路」了。可我寫的「史」並不屬古文學的亡靈，其中上史的作家不少還健在，這就是爲什麼我喜歡用「當代」命名的緣故。

問：中國古代有江郎才盡的故事，放眼內地學界，也可找到不少這樣的例子。你已到耄耋之年，快成「無齒之徒」了，難道沒有「才盡」之感？

答：「才盡」應與年齡無關，而與對研究現狀、研究題材和研究對象失卻敏感相聯繫。「才盡」的人往往找不到新的學術生長點。我爲了將自己和「江郎」區隔開來，近幾年在兩岸三地出書和寫論文時均盡可能做到出新，不至於「把破帽，年年拈出」。例如，我在長沙舉行的第四屆「新銳批評家高端論壇」和《學術研究》上發表的〈偷渡作家：從逃亡港澳到定居珠海〉，以及在《南方文壇》發表的〈厚得像老式電話簿的《世界華文新文學史》〉，就曾被一些報刊競相轉刊。

問：你這種年齡老化、思想鈍化、連打字都不會的人，竟然成了「新銳批評家」，眞是奇葩也。你寫的境外文學史的確很多，有人建議你改換門路，因爲這些不成爲「史」的著作，很容易被他們用後現代的非中心論進行解構。

答：我的確想改換門庭。「武漢出版社」即將出版我百萬言的《臺灣當代文學事典》，就是用辭條寫的文學史。對拙著提出任何批評意見，我都表示歡迎，但不應由此認為「當代事，不成史」或否定當代文學史寫作的必要性。我這十三種境內外文學史，均是基於自己的史學意識和文學觀念，對境內外文學存在的一種歸納和評價，與現代性尤其是與現代的教學和學術緊密聯繫在一起，它們都富有強烈的當下性與現實感，這既是由選題決定的，也與我的研究興趣和評論取向分不開。

問：有位資深學者看了你的《臺灣新世紀文學史》校樣後很不爽，他強烈反對用「史」命名。因為以「史」的名義顯得過於莊重，還不如用「現場」一類的詞好。

答：這是很不錯的建議，「現場」的命名既有學院派的嚴謹，又有作家智慧的靈動，讀之能帶給人學術震撼和審美享受。我為此動搖過，很想按他的意見改。不過，後來掂量了一下：藍海的《抗戰文學史》，不就是當時創作的編排和歸納？夏志清的《中國現代小說史》，在框架上與作家作品彙編並無多大的不同。至於今人溫儒敏的《中國現代文學批評史》，則純粹是批評家論組成。可見，「史」並不神秘，何況拙著前面有整體勾勒，有史的線索，有不少地方闡明了新世紀臺灣文學與上世紀末文學的不同之處。不敢說拙著已全面總結了臺灣當下文學發展的規律，但起碼描述了當選票變成臺灣所有核心價值的新世紀文學發展之輪廓，其中不乏「兩岸」框架下文學對象的經驗總結。

問：你二〇一二年申報《臺灣新世紀文學史》國家社科基金課題，曾考慮過「臺灣新世紀文學」能單獨成為一個階段來寫嗎？這樣論說，能得到對岸的認可嗎？

答：在臺灣，除《文訊》雜誌二〇〇四年十至十二月策劃過「臺灣文學新世紀」專輯外，鮮有「臺灣新世紀文學」的提法，而在大陸，「新世紀文學」成為各出版社出版系列叢書競相打出的新旗號，還成為各媒體討論的熱門話題。不管別人如何評說，重要的是走自己的路。

問：你爲什麼對臺灣新世紀文學如此情有獨鍾？

答：作爲一位有三十年「工齡」的臺灣文學研究者，且偶爾寫點文章參與臺灣文壇論爭的大陸學人，我也認同文藝不能脫離政治的觀點，我在上海《文學報》發表過「用政治天線接收臺灣文學頻道」的文章，這大體上沒有錯。在大陸，已有不少人在研究新世紀大陸文學，我覺得臺灣新世紀文學也很值得研究，尤其是最近到臺灣島巡迴講學歸來，我感到越來越需要研究，尤其需要「拜託」有志者跟蹤書寫。

問：大陸學者都像你這樣瞭解臺灣文學嗎？

答：我十多次去臺灣，在寶島出版了十六本書，以致「中國社科網」和《中國當代文學研究》雜誌均誤認爲我是臺灣作家。我曾大言不慚地說：我在臺灣訪問、開會、講學期間，「吸的是臺灣空氣，吃的是臺灣大米，喝的是臺灣涼水，拉出來的則是……」

問：你這話大不文雅了！不過「拉出來的是臺灣屎」畢竟說明你寫的臺灣文學著作與垃圾無異，難怪有位臺灣詩人批評你在臺灣出版的《臺灣當代新詩史》，送到廢品收購站還不到一公斤哩。

答：隨他怎麼批評都可以，只要不像余秋雨那樣將我告上法庭。本來，臺灣文學現象如雲，我只是抬頭看過；臺灣文壇是非如雷，我只是掩耳聽過。儘管我認爲自己瞭解臺灣文學不過是漂浮如雲，但我可以這樣回答你，大陸研究臺灣文學的大名如雷貫耳者有「福建社會科學院」的劉登翰、「中國社會科學院」的古繼堂。

問：這就是臺灣文壇「流星」林燿德說的「兩古一劉」或「南北雙古」吧。你這位「南古」和「北古」是兄弟嗎？

答：古繼堂是河南人，我是廣東人，我們兩人是同學加兄弟，同在武漢大學中文系一九六四年畢業。

問：我還聽新加坡《赤道風》主編說你們「兩古」是父子關係呢。

答：我們的著作堅持臺灣文學是中國文學組成部分的觀點，因而受到臺灣左派的歡迎，同時也受到一些人的攻訐，當我們「兩古」踏上寶島時，一位學者竟驚呼「兩股（古）暗流來了」。

問：這眞是「不批不知道，一批做廣告」。在臺灣有魯迅之稱的陳映眞曾說你是「獨行俠」，聽起來你好似江湖中人，難怪新加坡和剛去世的臺灣同名女作家蓉子（本名李賽蓉）稱你「古裡古氣，似深藏不露的武林人物。」

答：錯了，我是「文林人物」。我退休後在央視以及到北大、北師大、人大、南大和中央大學、世新大學等近百所高校講學，許多研究生都會問我一些有關臺灣文學叫人難於三言兩語講清的問題，這就使我領悟到一個道理：在大陸學界中理所當然的事情，到了臺灣學界就不那麼理所當然。

問：不過，臺灣已有一些書介紹過臺灣文學這方面的知識，看這些書就足夠了，何必要你這位「隔岸觀火」者編寫《臺灣當代文學事典》？

答：看來你還不夠瞭解臺灣。臺灣曾組織眾多學者編寫大型的《臺灣文學辭典》，可「只聽樓梯響，不見人下來」。

問：你的資料從哪裡來的？

答：不可否認，有些南部文友爲我提供過一些信息和史料，但更多的是自己十下寶島採購書籍時找到的。當然，筆者不是有聞必錄，有許多資料經過仔細考慮後還是割愛了。

問：有一位學者稱讚你在臺灣全精裝印出的上、下冊《臺灣新世紀文學史》中，以尖刻及焦慮取代了昔日的幽默與寬容，肯定你不留情面，這是否顯得不厚道和無情義？

答：任何撰史者都有自己的立場，都有自己的主張，完全客觀是不可能的。寫文學史，不應講人情或情義，而應把還原歷史眞相放在首位。

問：你這位臺港文學史家太勞累了，何不去出國旅行，在欣賞良辰美景中吟誦徐志摩的佳句：

你再不用想什麼了，你再沒有什麼可想的了。
你再不用開口了，你再沒有什麼話可說的了。

答：我這位「老古」還未成爲又古又老的植物人，每天仍騎著一輛又古又破的自行車奔走在書店與菜場之間，自信思維還像青年時一樣活躍。我「活著爲了讀書，讀書爲了活著。」還有許多構想來不及寫出，還有醞釀多時的研究課題未破土動工……

問：你埋頭寫書不抽菸不喝酒不跳舞，一點都不會享受生活，太落伍了！須知在當今人人都講賺錢的時代，李白的詩「桃花潭水深千尺」，竟變成了「不及汪倫送我錢！」

答：我回顧過去，有一個難於啓齒的小小秘密：我這輩子最大的遺憾是沒有當過大學校長。

問：收起你升官發財夢！像你這種日薄西山的人，是不可能有什麼仕途了。

答：豈與夏蟲語冰。我當官決不是爲了發財，而是爲了實現自己最大的願望：在學校門口辦一個全市最大的書店，把老師們的著作——當然也把我自己在海內外出的六十多本書都放在裡面。

問：西方諺語講貓有九條命，我想假如你有九條命——

答：那我一條命用來買書，一條命用來讀書，一條命用來教書，一條命用來著書，一條命用來評書，一條命用來編書，一條命用來借書，一條命用來搬書，最後一條命用來賣書——在我當大官後到新開辦的全武漢市最大的書店當營業員去。

問：你這是「老夫聊發少年狂」。正因爲「狂」，我發覺你疑似得了妄想症。你神經異常，自稱是「八十後」，所以你連修辭都忘記了，如「當大官後」，應改爲「發大財後」；「營業員」，亦應改爲「董事長」，即「最後一條命用來賣書——在我發大財後到新開辦的全武漢市最大的書店當董事長去！」

——載《名作欣賞：鑒賞版（上旬）》二〇一九年第九期，收入本書時略有修改。

參考書目

行政院文建會編印　光復後臺灣地區文壇大事紀要（增訂本）　一九八五年六月
葉石濤著　臺灣文學的悲情　派色文化出版社　一九九〇年一月
葉石濤著　走向臺灣文學　自立晚報社文化出版部　一九九〇年三月
許俊雅著　臺灣文學散論　文史哲出版社　一九九四年十一月
許俊雅著　日據時代臺灣小說研究　文史哲出版社　一九九五年二月
梁明雄著　日據時期臺灣新文學運動研究　文史哲出版社　一九九六年二月
林瑞明著　臺灣文學的歷史考察　允晨文化實業公司　一九九六年七月
林瑞明著　臺灣文學的木土觀察　允晨文化實業公司　一九九六年七月
（日本）岡崎郁子著、葉笛等譯　臺灣文學——異端的系譜　前衛出版社　一九九七年一月
（日本）垂水千惠著、涂翠花譯　臺灣的日本語文學　前衛出版社　一九九八年二月
陳信元總編輯　民國八十一～八十四年臺灣文壇大事紀要　行政院文化建設委員會　一九九九年九月
（日本）中島利郎編　臺灣新文學與魯迅　前衛出版社　二〇〇〇年五月
（日本）中島利郎、河原功、下村作次郎編　日本統治期臺灣文學文藝評論集（第二卷）　日本綠蔭書房出版社　二〇〇一年第一版
趙勳達著　《臺灣新文學》（一九三五～一九三七）定位及其殖民精神研究　臺南市圖書館　二〇〇六

年十二月
彭瑞金總編　高雄文學小百科　高雄市政府文化局　二〇〇六年七月
文訊雜誌社編　文訊二十五周年總目　二〇〇八年七月
葉榮鍾　日據下臺灣大事年表　晨星出版社　二〇〇八年八月
張默等編　創世紀一九五四～二〇〇八圖像冊　創世紀詩社　二〇〇八年十月
彭瑞金主編　鳳邑文學百科　高雄縣政府文化局　二〇一〇年三月
文協六十年實錄（一九五〇～二〇一〇）　中國文藝協會編印　二〇一〇年五月
陳建忠編選　臺灣現當代作家研究資料彙編・賴和（一八九四～一九四三）　臺灣文學館　二〇一一年三月
許俊雅編選　臺灣現當代作家研究資料彙編・呂赫若（一九一四～一九五一）　臺灣文學館　二〇一一年三月
向　陽編選　臺灣現當代作家研究資料彙編・楊熾昌（一九〇八～一九九四）　臺灣文學館　二〇一一年三月
陳萬益編選　臺灣現當代作家研究資料彙編・龍瑛宗（一九一一～一九九九）　臺灣文學館　二〇一一年三月
柳書琴等編選　臺灣現當代作家研究資料彙編・張文環（一九〇九～一九七八）　臺灣文學館　二〇一一年三月
張恆豪編選　臺灣現當代作家研究資料彙編・吳濁流（一九〇〇～一九七六）　臺灣文學館　二〇一一

年三月
許俊雅編選　臺灣現當代作家研究資料彙編・張我軍（一九〇二～一九五五）　臺灣文學館　二〇一二年三月
封德屏主編　臺灣文學期刊史導論（一九一〇～一九四九）　臺灣文學館　二〇一二年十二月
彭瑞金等著　臺灣文學史小事典　臺灣文學館　二〇一四年十一月
許俊雅編選　臺灣現當代作家研究資料彙編・王昶雄（一九一五～二〇〇〇）　臺灣文學館　二〇一四年十二月
吳蘭梅總編　賴和・臺灣魂的迴蕩——二〇一四彰化研究學術研討會論文集　彰化縣文化局　二〇一五年
（日）河源功著、張文薰等譯　被擺布的臺灣文學　聯經出版事業公司　二〇一七年十一月
柳書琴主編　日治時期臺灣現代文學辭典　聯經出版事業公司　二〇一九年六月
封德屏、彭瑞金等　臺灣文學年鑑　《文訊》、臺灣文學館　一九九六～二〇一九年
孫起明、李瑞騰、封德屏等總編　《文訊》一九八三年～二〇二〇年

作者簡介

古遠清，廣東梅縣人，一九四一年生。武漢大學中文系畢業，爲臺、港文學史家、文學評論家。歷任國際炎黃文化研究會副會長、香港中文大學「中國當代文學系列講座」教授、香港嶺南大學現代文學研究中心客座研究員、中南財經政法大學世界華文文學研究所所長。現爲陝西師範大學人文社會科學高等研究院駐院研究員、佛山科學技術學院嶺南講座教授、中國新文學學會名譽副會長、中國世界華文文學學會名譽副監事長。多次赴大陸、臺、港、澳地區及東南亞各國、韓國、澳大利亞講學和出席國際學術研討會。承擔教育部課題和國家社會科學基金項目七項。

著有《中國大陸當代文學理論批評史》、《香港當代文學批評史》、《臺灣當代新詩史》、《香港當代新詩史》、《海峽兩岸文學關係史》、《臺灣新世紀文學史》、《澳門文學編年史》、《中外粵籍文學批評史》、《華文文學研究的前沿問題》、《世界華文文學概論》、《世界華文文學研究年鑑》、《古遠清八秩畫傳》、《當代作家書簡》等多部著作；另有在萬卷樓圖書公司出版「古遠清臺灣文學五書」：《戰後臺灣文學理論史》、《臺灣查禁文藝書刊史》、《臺灣百年文學制度史》、《臺灣文學焦點話題》、《臺灣文學學科入門》，以及「古遠清臺灣文學五書續編」之《微型臺灣文學史》。

文學研究叢書 古遠清臺灣文學五書 0810YB4

臺灣文學學科入門

作　　者　古遠清
責任編輯　林以邠
特約校對　林秋芬

發 行 人　林慶彰
總 經 理　梁錦興
總 編 輯　張晏瑞
編 輯 所　萬卷樓圖書股份有限公司
臺北市羅斯福路二段 41 號 6 樓之 3
電話 (02)23216565
傳真 (02)23218698

發　　行　萬卷樓圖書股份有限公司
臺北市羅斯福路二段 41 號 6 樓之 3
電話 (02)23216565
傳真 (02)23218698
電郵 SERVICE@WANJUAN.COM.TW
香港經銷　香港聯合書刊物流有限公司
電話 (852)21502100
傳真 (852)23560735

ISBN 978-986-478-531-5
2021 年 11 月初版一刷
定價：新臺幣 380 元

如何購買本書：
1. 劃撥購書，請透過以下郵政劃撥帳號：
帳號：15624015
戶名：萬卷樓圖書股份有限公司
2. 轉帳購書，請透過以下帳戶
合作金庫銀行 古亭分行
戶名：萬卷樓圖書股份有限公司
帳號：0877717092596
3. 網路購書，請透過萬卷樓網站
網址 WWW.WANJUAN.COM.TW
大量購書，請直接聯繫我們，將有專人為您服務。客服：(02)23216565 分機 610

國家圖書館出版品預行編目資料

臺灣文學學科入門 / 古遠清著. -- 初版. -- 臺北市 : 萬卷樓圖書股份有限公司, 2021.11
面 ;　公分. -- (古遠清臺灣文學五書 ; 810YB4)
ISBN 978-986-478-531-5(平裝)
1.臺灣文學 2.臺灣文學史

863.09　110014315